Vermisst

Abrechnung auf Karpathos

Vielen Dank an Jani Jan J. für die Inspiration und dass er mir sein Iliotropio als Teilschauplatz des Geschehens geliehen hat.

Ein besonderer Dank gilt meiner lieben Frau Stephanie für ihre Unterstützung bei meinem ersten Buchprojekt und ihre manchmal unendliche Geduld mit mir ...

Vermisst

Abrechnung auf Karpathos

von

Frank Kossack

Bibliografische Information der Deutschen Nationalbibliothek
Die Deutsche Nationalbibliothek verzeichnet diese Publikation in der Deutschen Nationalbibliografie; Detaillierte bibliografische Daten sind im Internet über http://dnb.d-nb.de abrufbar.

© 2009 Frank Kossack

Herstellung und Verlag: Books on Demand GmbH, Norderstedt

ISBN 9 783837096811

Inhaltsverzeichnis

Dortmund	9
Die Bucht von Tristomo	16
Am See	21
Zurück auf Karpathos	28
Alte Freunde	43
Sarah	58
Iliotropio	81
Das Boot	95
Platia	103
Verschwunden	114
Angst	123
Hass	134
Nah dran	140
Christina	153
Zufälle	159
Herzschläge	172
Abgründe	185
Abschied … !?	204

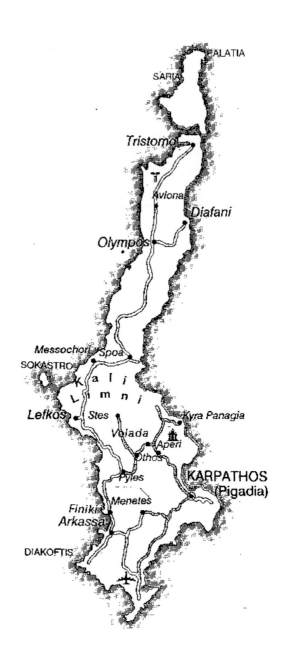

Prolog

Karpathos. Meine Insel. Ursprünglich, wild und rau.
Einsam und karg, still, unheimlich und vergessen.
Aber auch freundlich und einladend, wunderschön blühend, warm und hell. Inspirierend und lebendig im ständigen, allgegenwärtigen Spiel der Elemente ...

Karpathos ist die südlichste Insel des Dodekanes und liegt zwischen Rhodos und Kreta weit draußen im Südosten der Ägäis, da wo Griechenland schon fast zu Ende ist.
Die langgestreckte und gebirgige Insel ist überwiegend in der Mitte und im flacheren Süden besiedelt. Der Norden hingegen ist weitgehend unberührt geblieben, und einige Stellen sind auch heute nur mit geländegängigen Fahrzeugen zu erreichen, viele gar nur zu Fuß.
Hier in den rauen Bergen sind Jahrhunderte alte Traditionen erhalten geblieben, sodass eine Fahrt dorthin wie eine Reise in längst vergangene Zeiten wirkt. Entgegen dieser kargen Schönheit im Norden lockt der Rest der Insel vor allem im südlichen Teil mit verschwiegenen Buchten und traumhaften Stränden zum Bad im warmen Wasser des Mittelmeeres.
Nach vielen Reisen in die griechische Inselwelt kamen meine Frau Stephanie und ich im Jahre 2001 das erste Mal nach Karpathos. Nach den „typisch griechischen" Inseln, die wir bisher besucht hatten, waren wir nach der Landung auf dem kleinen Flughafen zunächst etwas, nun ja, sagen wir „irritiert". Nichts war hier zu sehen von den weiß-blauen Postkartenmotiven, welche sonst die Reisekataloge zieren. Der heiße Sommer hatte die kargen Reste der Vegetation bereits arg in Mitleidenschaft gezogen. Nicht wenige neue Besucher sind deshalb auf der Fahrt vom Flughafen zu ihrer Unterkunft wahrscheinlich bereits enttäuscht von diesem „Geröllhaufen" und möchten am liebsten gleich wieder umkehren. Doch wenn man sich Zeit nimmt, sich auf die Insel einlässt und genauer hinschaut, dann ändert sich

schon bald die Sicht der Dinge und man entdeckt die wirkliche Schönheit von Karpathos. Man muss die Insel spüren, sich fallen lassen, weg von allen Klischees, weg von den Gewohnheiten des Alltags zu Hause, dann spürt man es. Von Anfang an konnten wir uns dem besonderen Reiz dieser Insel nicht entziehen. Schnell wurden wir ein Teil von ihr, ein Teil der Familie. Was macht diesen Ort so besonders, ja beinahe so magisch? Ist es die Art, wie man hier mit den Menschen und gerade den Fremden umgeht? Ist es die Freundlichkeit und zugleich die respektvolle höfliche Distanz der Einheimischen zu ihren Gästen? Sind es die vielen auf den ersten Blick unscheinbaren aber doch unglaublich schönen Orte? Oder ist es das Licht, welches in Verbindung mit Wolken und dem Meer dem Auge so manchen Streich spielt? Ich denke, man muss die Insel selbst erleben und spüren, um diese Gefühle zu beschreiben.

Karpathos. Meine Insel. Wunderschön und geheimnisvoll.

Verpackt in eine Kriminalstory habe ich versucht, Karpathos dem Leser ein wenig näher zu bringen.

Um sie den Gegebenheiten der Geschichte anzupassen, habe ich die Beschreibung einiger Orte geringfügig verändert.

Ähnlichkeiten mit lebenden oder toten Personen sind durchaus vorhanden, jedoch rein zufällig.

Dortmund

Er hätte die Insel nie verlassen dürfen …
Tom stand am Fenster seines Wohnzimmers und spähte zwischen den Regentropfen, die in kleinen Rinnsalen die Scheibe hinunterliefen, hindurch in den Garten. Das schmutzige dunkle Grün der wild verwachsenen Koniferen und Tannen war beinahe eins geworden mit dem wolkenverhangenen Graugrün des Himmels. Es waren diese ungemütlichen kalten Tage wie dieser späte Aprilnachmittag, die ihn an seine Insel denken ließen. Viel zu kalt für diese Jahreszeit, dachte er, aber war es das wirklich?
Neun Grad waren schließlich normal für einen verregneten Frühlingstag in Deutschland. Tom war verwöhnt vom Wetter auf Karpathos. Ende April, wenn die Saison auf den griechischen Inseln beginnt, liegen die Temperaturen häufig schon weit über 25 Grad.
Karpathos… Tom vermisste auch das besondere Licht, welches die Insel im Frühjahr, wenn alles in Blühte stand, umgab.
Er beobachtete gelangweilt zwei Wassertropfen, die sich ein Wettrennen auf der beschlagenen Fensterscheibe lieferten, um dann von einem dickeren Tropfen verschluckt zu werden.
Gegenüber im Nachbarhaus ging das Flurlicht an.
Ein alter Herr kam mit hochgeschlagenem Hemdkragen und eingezogenem Kopf heraus. Er leerte schnell eine Plastikschüssel mit Kartoffelschalen am Komposter im Garten aus, um dem Regen entfliehend genauso schnell wieder im Haus zu verschwinden. Wahrscheinlich hatte seine Frau ihn rausgejagt, freiwillig ging bei diesem Sauwetter doch niemand vor die Tür.
Viel mehr passierte dann auch nicht an diesem Nachmittag hier in der Siedlung im Dortmunder Süden. Tom wohnte in einer kleinen Einliegerwohnung unter dem Dach eines 50er-Jahre-Einfamilienhauses. Früher war der ganze Stadtteil hier eine Stahlarbeitersiedlung und ein Haus glich dem anderen, mit diesen roten Backsteinen und den üblichen Spitzgiebeldächern.
Jetzt, nachdem längst alle Stahlwerke und Zechen geschlossen

waren, erinnerte nur noch wenig an die harten Nachkriegsjahre, als das Ruhrgebiet noch von Stahl und Kohle lebte. Die meisten Häuser hatten im Laufe der Jahre neue Besitzer gefunden. Einige waren abgerissen worden und modernen Neubauten gewichen, welche nicht so wirklich in die gediegene Siedlungsromantik passen wollten. Andere Häuser wiederum waren liebevoll renoviert worden und so manches junge Pärchen leckte sich heute die Finger nach so einem kleinen alten Schmuckstück. Viele der früheren Bewohner lebten nicht mehr, waren weggezogen oder hatten ihre Häuser aus Altersgründen aufgeben müssen.

Aber es gab sie noch, die Ruhrpott-Originale!

Nämlich genau so jemand war Toms Vermieterin, Frau Paschupke! Wobei die Bezeichnung „Frau" schon ziemlich geschmeichelt war, denn irgendwie hatte Frau Paschupke doch sehr maskuline Züge mit ihren Waigel-ähnlichen, buschigen Augenbrauen und dem riesigen, grobporigen Riechorgan dazwischen. Die Haut an ihren Wangen hing ähnlich herunter wie bei ihrem sabbernden Boxer, der Tom ständig ankläffte, sobald er die Haustür aufschloss. Frau Paschupkes morgendlicher Husten erinnerte dann auch eher an einen Bergarbeiter nach 35 Jahren harter Arbeit untertage.

Tom mochte sie trotzdem sehr, denn sie war eine Seele von Mensch, auch wenn sie ihn meistens auf Schritt und Tritt zu beobachten schien.

Unten vorm Haus konnte Tom durch den jetzt schräg hereinpeitschenden Regen den Nachbarsjungen erkennen, welcher mit seinem Zeitungswagen vorbeizog. Bestimmt hatte er wieder den Stadtanzeiger sowie Dutzende Werbeblättchen anstatt in den Briefkasten auf die Fußmatte vor der Haustüre gelegt. Nur damit Tom danach wie immer die vom Wind verstreuten nassen Papierfetzen vom Gehweg kratzen durfte.

Tom langweilte sich.

Wie sehr sich alles für ihn schon so bald und vor allem so drastisch ändern sollte …

Die Wassertropfen am Fenster hatten inzwischen auch ihren Reiz

verloren und im Garten sowie auf der Straße war ungefähr soviel los wie auf einem Friedhof, also was tun?
„Einkaufen!", dachte er. Tom ging meisten einkaufen, wenn ihn die Wände seines, wie er es oft nannte, 45 Quadratmeter Wohnklos zu erdrücken drohten. Er ging nach nebenan in die kleine Küche und öffnete den Kühlschrank.
„Also gut, was brauchen wir?"
Tom schüttelte den Kopf.
„Wir? ... Ey Mann, Du bist allein"
Er nahm die offene Tüte Milch aus der Kühlschranktür und trank einen Schluck, um diesen sogleich wieder in hohem Bogen quer über das Spülbecken zu spucken.
„Scheiße war ja klar, ist abgelaufen."
Er ersparte sich weitere Verköstigungen seines spärlichen Kühlschrankinhaltes.
Tom schlüpfte in die Sneakers, zog seine olivgrüne verwaschene Lieblings-Baumwolljacke an und griff zum Schlüssel, den er immer von innen im Wohnungstürschloss stecken lies.
Zum Glück hatte er es noch rechtzeitig gehört und verharrte! Unten war Frau Paschupkes Wohnungstür aufgegangen.
Irgendwie war er gerade heute nicht in der Stimmung zu einem ihrer berühmten Hausflur-Smalltalks über die Nachbarin, das Wetter oder gar die letzte Musikanten-Stadel-Show im Fernsehen. Und erst recht hatte Tom jetzt keine Lust auf Boxer-Sabberschleimstreifen auf seiner Jacke.
Er wollte einfach nur in Ruhe einkaufen.
Nach einigen Minuten, als es wieder ruhig im Hausflur war, schloss Tom auf und ging runter.
Erst draußen auf der Straße bemerkte er, wie stark es wirklich regnete. Sollte er zurückgehen und einen Schirm holen?
Zu gefährlich! Frau Paschupkes Nachmittagsschwätzchen drohte. Dann schon lieber nass werden. Außerdem waren Schirme was für Weicheier dachte er.
Tom schlug den Kragen seiner Jacke hoch, ging die Straße runter, vorbei an den vielen mehr oder weniger gepflegten Vorgärten,

bog um die Strassenecke und stand wenige Minuten später schon vor dem Kiosk. Er hätte auch zum Supermarkt eine Straße weiter gehen können, aber erstens regnete es auch für Nicht-Weicheier ziemlich stark, und zweitens kaufte Tom gerne hier in dem kleinen Kiosk ein.

Es war zwar alles etwas zu teuer, aber der Mann hinter der Theke und seine Blümchenkittel tragende Frau waren immer so höflich und nett zu ihm. Tom mochte die beiden, und wenn sein Kühlschrank mal wieder außer einer verschrumpelten Salatgurke nichts zu bieten hatte, kaufte Tom hier ein. Am liebsten noch am Samstagnachmittag. Dann lief die WDR2-Sportzeit auf dem alten Kofferradio in voller Lautstärke und man konnte Manni Breuckmanns Spiel-Kommentar zur Bundesliga die ganze Straße runter hören.

„Hallo Herr Schmidt!"

„Hallo Tom. Mensch, Sie kommen ja bei jedem Wetter, das nenne ich treue Kundschaft!"

Tom klappte den Kragen seiner inzwischen klatschnassen Jacke wieder runter.

„Was darf es denn diesmal sein?", fragte Herr Schmidt. „Meine Frau hat Frikadellen gebraten!"

Tom grinste zufrieden.

"Sehen Sie, Herr Schmidt, dafür lohnt es sich halt, auch mal nass zu werden. Packen Sie mir vier Stück ein!"

Die Schmidts freuten sich jedes Mal wie ein Erstklässler nach einem Lob von der Lehrerin, wenn Tom ihre Frikadellen kaufte. Nach einem Gespräch über Fußball, Kommunalpolitik und die neue hübsche Nachbarin, natürlich, erst als Frau Schmidt nicht zuhören konnte, kaufte Tom noch ein paar Sachen und ging zurück. Es hatte aufgehört zu regnen. Der Himmel sah zwar immer noch so dunkelgrau aus, als wolle er gleich seine Schleusen wieder öffnen, aber zumindest war jetzt die Chance gegeben, trocken nach Hause zu kommen.

Gerade fiel die Haustür ins Türschloss, als Tom das ihm vertraute Husten und die dazugehörige Stimme hörte.

„Guten Tag Tom, mein Junge. Nee, bei diesem Sauwetter gehn`se ohne Schirm raus? Hätten doch bloß was sagen müssen, hab` doch den Schirm vom Erwin noch."
Tom unterbrach sie.
„Hallo Frau Paschupke. Ich war doch nur bis zum Kiosk ein paar Sachen besorgen, aber trotzdem: nett von Ihnen."
Tom hatte schon die ersten zwei Stufen nach oben erklommen.
Er wollte jetzt nur schnell weg und war nun wirklich nicht in der Stimmung für Klatsch und Tratsch. Irgendwie war der ganze Tag schon so merkwürdig verlaufen. Zuerst hatte er fürchterlich wirres Zeug geträumt und war davon schweißgebadet aufgewacht. Im Traum hatte er ein dunkles Loch gesehen und hatte von weit weg ein Kratzen und Schaben gehört. So als würde jemand mit seinen bloßen Fingernägeln verzweifelt an einem Holzbrett kratzen. Schaurig! Morgens hatte der Traum bei Tom noch lange nachgewirkt und er war recht irritiert, zumal er sonst so gut wie nie träumte und schon gar nicht so einen Horrorkram.
„Ach Tom, da Hamm `Se bestimmt wieder nur ungesundes Zeugs gekauft."
Tom hielt kurz inne. Jetzt kam sicher wieder eine der bestimmt lieb gemeinten aber auf Dauer doch recht lästigen Belehrungen.
„Es geht mich ja nichts an, aber ehrlich, Ihnen fehlt `ne Frau im Haus. Eine, die auch mal `nen Gemüsesüppchen für Sie kocht. Immer nur Chips und so was." Natürlich hatte sie die Tüte unter Toms Arm erspäht.
„Ein junger und kräftiger Kerl wie Sie braucht doch wat Kräftiges und Vitamine und …"
Tom unterbrach sie.
„Ich weiß, und eine Frau im Haus. Ich finde schon noch eine, Frau Paschupke. Und zur Not hab` ich ja Sie noch."
Er warf ihr ein freches Augenzwinckern zu und ging nach oben. Er hörte noch so was wie „Ach Sie Kindskopp…" und schloss seine Wohnungstür hinter sich zu.
Wahrscheinlich hatte sie ja sogar recht. Jetzt mit fast 41 Jahren sollte er sich wirklich mal langsam auf die Suche nach der Frau

fürs Leben machen.
„Die Frau fürs Leben ... tzzzz."
Tom führte mal wieder Selbstgespräche. Das tat er häufig, denn mit wem sollte er sonst reden? Er war nun schon lange wieder zurück in Deutschland und wirklich viele Kontakte hatte er nicht geknüpft. Eher im Gegenteil!
Er hatte sich einer gewissen Lethargie ergeben und ging nur selten aus.
„Die Frau fürs Leben hattest Du vielleicht schon, aber das hast Du ja gründlich vergeigt, Thomas Färber!"
Er ging zum Fenster. Inzwischen hatte es erneut angefangen zu regnen. Wieder dachte er an seine Insel, an Karpathos. Und er dachte an die Zeit, die er dort als Reiseleiter verbracht hatte. Zeit, die er nicht mit seiner Frau verbracht hatte. Zeit, in der sie sich immer weiter voneinander entfernt hatten. Zu weit, um sich noch einmal wieder zu finden. Es war zu spät gewesen. Ein schleichender Prozess. Zuerst hatte Katrin nicht mit ihm dort bleiben wollen, vermisste ihre Freundinnen und Familie in Deutschland. Urlaub im Süden, das war ja O.K., aber im Ausland arbeiten? Und dann noch im Sommer, wenn alle Strandurlaub machten und gut gelaunt im Bikini rum liefen und Cocktails schlürften? Zudem hatte der Schreibtischjob in der Agentur auch nicht gerade die Erfüllung für sie geboten. Nach der ersten Saison war sie dann auch gleich nach ihrer Rückkehr in Deutschland geblieben. Sie versuchten es über die Entfernung, würden das schon schaffen, man war ja verheiratet von wegen Treue, Vertrauen und so ...
Nach der Winterpause, als Tom im Frühjahr wieder zurück auf die Insel gewollt hatte, kam dann der erste Streit. Er solle da bleiben, sich zu Hause einen Job suchen. Zu Hause ... für Tom waren da die Grenzen schon zu verschwommen. Wo war überhaupt sein zu Hause??? Er konnte, wollte nicht in Deutschland bleiben. Irgendwas zog ihn immer wieder zurück nach Karpathos, obwohl er spürte, nein wusste, was das zu bedeuten hatte. Dann kam eines Tages der Anruf: „Tom, ich habe da jemanden

kennengelernt. Ich werde Dich verlassen, ich will die Scheidung!" Das war nun schon fast zwei Jahre her und Tom kam es jetzt vor, als sei es vor wenigen Wochen gewesen. Der Rest waren dann nur noch ein paar Tränen und deutsche bürokratische Gründlichkeit - und man war wieder Single.
Tom fröstelte es.
Ihn überkam plötzlich so ein beklemmendes und bedrückendes Gefühl. Ähnlich wie morgens nach dem Traum. Vielleicht hatte er einfach zu wenig geschlafen!? War ja auch ein Scheißtraum.
„Hey, die Einsamkeit tut Dir nicht gut."
Er ging zum Kühlschrank, nahm sich eine Frikadelle und ein Bier raus, ging zurück ins Wohnzimmer und schaltete den Fernseher ein um sich abzulenken. Das Gefühl bekam er aber einfach nicht los. Wie eine schwere Last drückte es auf seine Schultern und bohrte sich in die Magengegend, nahm ihm fast die Luft zum Atmen.
Was war das? Was beunruhigte ihn so dermaßen, dass er kaum einen klaren Gedanken fassen konnte? Etwas stimmte nicht, das war ihm jetzt klar!

Die Bucht von Tristomo

Ioannis zog genüsslich an seiner Zigarette. Das hatte sich gelohnt! Die weite Fahrt hier rauf taten sich nur wenige Fischer an. Zum Vorteil für ihn. Ioannis stand am Bug seines kleinen Fischerbootes und betrachtete den üppigen Fang. Einige Rotbarben und Brassen, vor allem aber Sardellen, Kalamar und Octopus in großer Zahl. Er nahm seine schwarze Baseballkappe mit dem „Kreta"-Schriftzug ab und kratzte sich an seiner faltigen, tiefbraunen Stirn. Wie oft hatte seine Frau ihn gebeten, doch dieses zerfetzte alte Ding nicht mehr aufzusetzen. Sie vergaß dabei jedes Mal, dass er Kreter war, und das zeigte er gerne und voller Stolz, sei es auch nur mit so einer alten Kappe. In seinem dicken, grau-blauen Wollpullover und dem von den vielen Jahren auf See sonnengegerbtem Gesicht stellte er das typische Bild eines griechischen Fischers dar. Hier oben in der Bucht von Tristomo war er sicher der Einzige, der seit Tagen, wahrscheinlich gar seit Wochen seine Fangnetze und Körbe ausgelegt hatte. Mit seinem Zweiten, viel größerem Boot wäre er wohl wie die anderen und somit wie jeden Tag weit raus gefahren.
Aber nicht heute!
Heute Morgen ganz früh, noch vor allen anderen und nur Gott weiß warum, war er hier hinauf nach Tristomo gefahren.
Die fjordartige Bucht war in der Antike einer der wichtigsten Häfen von Karpathos und stark besiedelt.
Heute wohnte hier niemand mehr und nur die verlassenen Häuser und kleinen Kapellen zeugten von menschlichem Einfluss in dieser wohl einsamsten Gegend der Insel.
Es rankten sich immer wieder schaurige Geschichten um diesen Ort, und da der Aberglaube zumindest unter der Landbevölkerung noch sehr verbreitet war, mieden die meisten Einwohner die Gegend. Lediglich zu bestimmten kirchlichen Festen wagte man sich hier raus. Touristen traf man hier auch nur selten an.
Wenn, dann nur in den Sommermonaten den ein - oder anderen Wanderer. Bis vor wenigen Jahren hatte ein Schäfer mit seiner

Frau eines der alten Häuser bewohnt, doch als die Frau starb, zog auch er weg. Nein, kein wirklich einladender Ort. Und doch faszinierend schön, selbst in den heißen Sommermonaten. Die kahlen Felsen, welche die Bucht umschlossen, bildeten dann ein sanftes Farbenspiel aus beigen, hellbraunen und erdig-grauen Tönen, nur hier und da von einigen niederen Pflanzen bewachsen. Einige der Sträucher schafften es im Sommer sogar, der Tag für Tag gnadenlos brennenden Sonne zu trotzen und einige grüne Blätter zu behalten. Jetzt im Frühling allerdings waren weite Teile der Felsen mit einem satten Grün übersäht, durchbrochen von bunten Blüten. Aus der Luft betrachtet boten die zerklüfteten Felsen einen harmonischen Kontrast zu dem von Türkisgrün nach dunkelblau schimmernden Wassers, welches die Bucht und die am Eingang gelegenen zwei Felseninseln umspülte.
Aber für diese so ursprüngliche und reine Naturschönheit hatte Ioannis jetzt kein Auge. Er musste vorsichtig sein Boot durch eine der drei Durchfahrten manövrieren, welche durch die Felseninseln gebildet wurden.
Draußen auf dem Meer hatte es drei Tage und Nächte hindurch gestürmt. Erst letzte Nacht war es ruhiger geworden und die Fischer waren froh, endlich wieder mit ihren Booten rauszukommen. Jetzt im April wurde das Wetter zwar schon langsam beständiger, aber trotzdem war es nicht weniger gefährlich. Das Meer um Karpathos und seine beiden Nachbarinseln Kassos und Saria erreicht Tiefen bis fast 2500 Meter und weist gefährliche Strömungen auf, nur erfahrene Seeleute wagten es, hier bei der oft unruhigen See zu fischen.
Ioannis war begeistert von der überdurchschnittlich großen Menge Meeresbewohner, die er hochgeholt hatte. Es war noch früh, nicht einmal Mittag, und eigentlich könnte er ja kurz an Land gehen. Ja genau, er würde in die kleine Kapelle gehen und Gott für diesen Fang danken. Christos, sein Sohn, sowie dessen Schwager Georgios würden sich sicher freuen, wenn er zurückkam und ihnen den Fang zeigte. Die beiden besaßen zwei gut gehende, beliebte Tavernen in Arkassa und Finiki. Schon jetzt im

April zum Saisonbeginn waren viele Stammgäste da, die ihre frischen, schmackhaften Fischgerichte zu schätzen wussten.
Ioannis versorgte seine Familie mit dem Fischfang, solange er zurückdenken konnte, so wie sein Vater und dessen Vater davor. In den letzten Jahren war das wieder einfacher geworden. Die Gewässer hier in der südlichen Ägäis hatten sich vom jahrelangen Dynamitfischen erholt und galten sogar wieder als fischreich. Nur wenige Male in all den Jahren konnte er nicht hinausfahren. An diesen Tagen saß er wie ein Fisch auf dem Trockenen. Vor ein paar Jahren war sein Boot defekt gewesen und er hatte auf Getriebeteile aus Kreta warten müssen. Es wurden vier langweilige Tage für ihn. Er war es nicht gewohnt, so lange untätig rumzusitzen. Auf See, ja auf See da hatte er immer zu tun. Und als er das einzige Mal krank gewesen war, betete er vor Glück, als er wieder rausfahren durfte, denn krank sein bedeutete keinen Verdienst zu haben. Und so verlief halt jeder Tag gleich für Ioannis. Nur der Jetzige nicht. Er war nicht rausgefahren. Er hatte keinen seiner beiden Gehilfen mitgenommen. Nein, diesmal war er alleine mit dem Boot hier rauf in den Norden der Insel gefahren.
Er wollte gerade sein Boot vertäuen, als er aus dem Augenwinkel heraus oberhalb der von den brachliegenden Jahren gezeichneten Anlegestelle eine Bewegung wahrnahm. Eine Bergziege? Nein, dafür war es zu schnell und zu groß. Er blickte hoch auf die Anhöhe über dem kleinen Naturhafen, aber da war nichts. Da hatten ihm die Sinne wohl einen Streich gespielt.
Wer sollte um diese Jahreszeit auch schon hier sein?
Niemand!
Also war da auch nichts!
Der Dieselmotor des Bootes machte immer noch einen Höllenlärm. Ioannis stellte ihn ab und ging von Bord.
Gerade als er sich zu dem Seil bücken wollte, welches das Boot hielt, bemerkte er oben am alten Schäferhaus wieder eine Bewegung, einen Schatten.
„Hallo!" Das Rufen brachte natürlich nichts, denn der Wind pfiff recht kräftig und bis zum Haus hätte man ihn nie rufen hören.

Trotzdem, jemand lief da oben rum. Ioannis packte die Neugier. Seine seit mehr als 40 Jahren ablaufende tägliche Routine trieb ihn zusätzlich an. Nie hatte er was Spannendes, etwas Außergewöhnliches erlebt. Er, der bei allen beliebt war und den man auf der ganzen Insel kannte, hatte nur seine Arbeit, über die er berichten konnte. Heute nach der Rückkehr würde er am Dorfplatz sitzen und von seinem Abenteuer in Tristomo erzählen. Und diesmal ging es nicht um die Fischerei! Nein. Diesmal ging es um einen Kerl, der in dieser einsamen Gegend herumschlich und anscheinend nicht gesehen werden wollte und er würde zum Teufel noch mal herausfinden, wer das war!
Er ging den schmalen Pfad die Anhöhe hoch zum alten Schäferhaus.
„Hallo?", rief er, nun nur noch wenige Meter vom Haus entfernt. „Wer ist da?" – keine Antwort.
Ein Windstoß setzte eine der Schlagläden in Bewegung, laut schlug sie gegen die Hauswand. Zum ersten Mal wurde es Ioannis etwas mulmig. Seine Hand griff zum Messer, das er an seinem Gürtel trug. Der frische Wind fuhr ihm unangenehm durch die Kleidung. Eigentlich bemerkte er so etwas sonst gar nicht.
Er ging weiter auf das Haus zu. Das recht große Bruchsteingebäude passte nicht so richtig in diese Gegend.
Klobig und beinahe wie eine Festung wirkte es, anders als die kleineren Häuser drum herum, deren restliche weiße Farbe von den gekalkten Wänden abblätterte.
Ioannis hatte das Haus erreicht. Die Eingangstür stand einen Spaltbreit auf. Er schob die Tür mit der rechten Hand kräftig an, sodass sie weit aufflog und die Sicht ins Innere des Hauses freigab. Er trat drei Schritte hinein. Sein Blick wanderte durch den Raum. Nur durch die Tür hinter ihm fiel etwas Licht ein. Gerade genug, um zu erkennen, dass der Raum fast leer war. Lediglich ein alter dunkler Schrank und ein morscher Tisch standen auf dem staubigen Holzboden. Nichts. Da war nichts. Sein Blick wanderte zur Tür, die wohl in den hinteren Teil des Hauses führte. Ein scharfer Windzug heulte durch jede Ritze.

Ioannis bemerkte es spät.
Zu spät, um noch reagieren zu können.
Er hörte noch ein kurzes Knarren der Bodendielen hinter sich.
Der Schlag traf ihn hart!
Er stürzte auf die Knie, fiel nach vorne und stützte sich mit seinen Händen am staubigen Fußboden ab. Er versuchte seinen Kopf aufzurichten, aber es ging nicht. Das konnte doch nicht sein. Nicht jetzt. Nicht hier. Etwas Warmes lief über seinen Nacken das Kinn entlang und tropfte auf den Boden.
Blut. Wie versteinert und völlig hilflos hockte er da auf allen Vieren, wie ein kleines Kind. Er, der stets so voller Stolz war.
Der zweite Schlag folgte im selben Moment als er den Schatten, der sich über ihn beugte, auf dem Boden sah.
Dann wurde es dunkel um ihn.

Am See

Tom lief der Schweiß von der Stirn in die Augen. Er wischte sich mit dem Ärmel des Laufshirts übers Gesicht.
Er hatte mal wieder seine Kappe vergessen, in der Eile hatte er daran nicht gedacht. Die Rollläden seines Schlafzimmerfensters hatten beim Hochziehen den Blick auf einen nahezu strahlend blauen Himmel freigegeben und sofort hatte er Lust verspürt, endlich mal wieder zu laufen. Wenn Tom überhaupt noch etwas leidenschaftlich machte, dann eben das Laufen. Nach einem Mini-Frühstück war er dann auch sogleich in seinen alten Golf gesprungen und zu seiner Lieblingslaufstrecke am Hengstey-Stausee an der Dortmunder Stadtgrenze gefahren.
Früher hatte er hier viele Runden gedreht. Irgendwann hatte ein Kumpel die dumme Idee gehabt, doch mal an einem Marathonlauf teilzunehmen und so war es zu ein paar Jahren intensiven Trainings gekommen, die Tom eine ungeheure Fitness beschert hatten. Manchmal vermisste er diese Zeit, sie hatten dabei viel Spaß gehabt. Wegen seines Jobs auf Karpathos hatte er dann aber das Laufen genau so wie seine Freunde vernachlässigen müssen, obwohl er auf der Insel noch, so oft es ihm möglich war, ein paar Kilometer joggte. Toms Lebensstil in den letzten Monaten nach der Scheidung hatte ihn etwas faul gemacht. Nicht, dass er mit seinen knapp 90kg bei 1,85m Körpergröße der Inbegriff für Fettleibigkeit wäre. Nein, er war nur nicht mehr so fit wie früher. Tom sah von der Brücke, die er nun überquerte und welche am Ende des Sees auf die andere Seite führte, auf den Rest der Strecke. *„Faules Schwein!"* Tom beschimpfte sich gerne selbst, manchmal motivierte ihn das. Zumindest täuschte das jetzt über seinen wahren Frust hinweg, dass er nach gerade einmal 10 Kilometern schon ziemlich platt war.
Als er wieder nach vorne sah, bemerkte er eine hübsche Joggerin, die genau auf ihn zulief. Man, die war wirklich süß! Tom suchte Blickkontakt und verlangsamte sein Tempo. Nur noch wenige

Meter und sie würden einander vorbei laufen.

„Na los, sieh schon rüber", murmelte Tom. Er lächelte und grüßte mit einem leichten Kopfnicken in ihre Richtung, aber die bei näherem Betrachten noch hübschere junge Frau zwang sich nur ein Zucken des Mundwinkels ab und war auch schon vorbei.

„Na super, Deine Wirkung auf Frauen war auch mal besser!"
Da hatte er ohne Zweifel recht, denn er sah nicht gerade übel aus mit seinem schelmenhaftem, einnehmenden Lächeln. Er zog das Tempo kräftig an und lief auf der anderen Seeseite zurück zum Auto. Zwei Runden sollten für heute reichen. Er schloss die Wagentür auf, nahm eine Flasche Mineralwasser raus und tat einen kräftigen Schluck. Als er die Flasche zurücklegen wollte, sah er auf seinem Handy, das auf dem Vordersitz lag, dass er einen Anruf bekommen hatte. Gerade als er nachsehen wollte, wer es war, sah er aus dem Augenwinkel, dass die hübsche Joggerin von vorhin geradewegs auf ihn zulief. Sie hatte die andere Seeseite wohl recht schnell hinter sich gebracht. Tom überlegte sich gerade, ob er sie ansprechen sollte, aber sie grinste nur leicht und ging an ihm vorbei zu ihrem Auto, welches direkt hinter Toms stand.

Ein Flammneues BMW Z4-Cabrio, superaufgemotzt und mit den Xenon-Augen hämisch grinsend auf das rostige Heck von Toms zwölf Jahre alten Golf blickend. Mit einem verächtlichen Blick stieg sie ein und war auch schon weg.

„Na dann nicht. Weißt gar nicht, was Du verpasst ..."

Tom vergaß die Kleine und machte noch ein paar Dehnübungen. Jetzt, nachdem er endlich mal wieder etwas für seinen Körper getan hatte, fühlte er sich besser. Es war inzwischen zwei Tage her, dass er diesen unheimlichen Traum hatte, und das bedrückende Gefühl war auch nicht zurückgekehrt. Er musste einfach nur raus, das war es wohl! Tom rubbelte mit einem Handtuch seine kurzen, braunen, fransigen Haare trocken und betrachtete sein Spiegelbild im Seitenfenster seines Golfs.

„Wird Zeit, dass Du wieder mehr für Dich tust, alter Freund. Schluss mit dem Lotterleben."

Auf der Heimfahrt dachte er an die letzten Monate. Nach der Scheidung von Katrin hatte er sich hängen lassen. Er hätte doch zufrieden sein sollen; endlich frei! Tun und lassen können, was er wollte. Den Job auf Karpathos hatte er gekündigt, da hatte es ohnehin zuviel Stress gegeben mit dem neuen Agenturchef, einem profilsüchtigen Newcomer mit Ideen, die nach Toms Auffassung so gar nicht nach Karpathos passten. Außerdem hatte Tom erstmal in Deutschland alles regeln wollen und sehen, wie es weiter ging. Die gemeinsame Eigentumswohnung hatten sie schnell und sogar mit einem kleinen Gewinn verkauft bekommen, und so waren ein paar Rücklagen da gewesen, um ein paar Monate ohne Job überbrücken zu können. Seine kleine Wohnung bei Frau Paschupke hatte er über einen Bekannten bekommen. Alles war gut gelaufen, aber dann war es anders gekommen, als Tom zunächst gedacht hatte. Mit der neugewonnenen Freiheit hatte er nichts anfangen können, hatte sich immer einsamer gefühlt, war regelrecht in ein emotionales Loch gefallen. Mit seiner Ex hatte sich gleich der gesamte Freundeskreis von ihm getrennt, denn das waren alles Freundinnen von Katrin nebst Partnern. „Der hat Dich bestimmt laufend mit jungen Touristinnen betrogen, wo der doch so lange alleine war auf der Insel", hatte Tom einmal eine ihrer „besten" Freundinnen sagen hören, als er unbemerkt mithören konnte. Dabei hatte er nie Anlass gegeben, ihn für einen Fremdgänger zu halten. Damals hätte Tom der Zicke am liebsten den Hals umgedreht.
Die wahren Probleme zwischen ihm und Katrin hatte sowieso keiner verstanden. Wobei: Probleme? Welche? Denn eigentlich hatte es keine gegeben, zumindest hatten sie sich so gut wie nie gestritten, hatten unter allen als „das" Traumpaar gegolten. Irgendwie hatten sie sich wohl auseinander gelebt, unterschiedlich entwickelt.
Konnte eine so starke Liebe, beide hatten jedenfalls gedacht, es wäre „die" Liebe gewesen, konnte so eine Liebe einfach aufhören? Was war mit dem Versprechen vorm Altar, dass sie sich mal gegeben hatten? Wo war die unbeschwerte Zeit geblieben, in

der sie ein super Team gebildet hatten, total verliebt aneinander klebten, Pläne hatten, alles miteinander geteilt hatten? All diese Fragen beschäftigten Tom jetzt und er zog sich immer mehr zurück. Vor allem, als er merkte, wie er gemieden wurde.

„Man" bezog Stellung und sämtliche Warmduscher von Katrins Freundinnen mussten natürlich kuschen. War er, Tom Färber, denn nichts wert? Erst jetzt wurde ihm bewusst, dass er die Kontakte zu seinen alten Kumpeln von früher nicht mehr gepflegt hatte. Erst jetzt merkte er, dass er alleine war. Sein ganzes Dasein war auf den sozialen Kontakten seiner Ex-Frau aufgebaut. Blöd gelaufen! Schwere, harte Erkenntnis!

In den Wochen danach hatte Tom diese bittere Pille allzu oft mit dem ein - oder anderen Glas Wein, Bier oder auch mal einem Single - Malt runtergespült.

Doch damit musste endlich Schluss sein!

Er war inzwischen zu Hause angekommen, parkte sein Auto in der Einfahrt und ging mit großen energischen Schritten auf die Haustür zu. Ja, er wollte sein Leben in den Griff kriegen, vielleicht sogar etwas Neues anfangen. Was genau, wusste er nicht, aber sicher wusste er eines: Schluss mit dem Selbstmitleid!

Zum ersten Mal seit Wochen fühlte er sich richtig gut und es machte ihm auch gar nichts aus, dass Boxer „Alfred" ihm einmal quer über die Gesichtshälfte leckte, als er die Haustür aufschloss, um die Post aufzuheben. „Hallo Tom, ne` das find` ich ja toll, dass Sie mal wieder was fürs Figürchen machen."

„Ich auch, Frau Paschupke, ich auch". Tom klang so fröhlich wie seit Wochen nicht mehr. Er sprang die Stufen zu seiner Wohnung hoch und hielt auf halbem Weg kurz inne.

„Ich backe gleich ein paar Pfannekuchen, Sie wissen schon, das Einzige, was ich wirklich gut kochen kann. Darf ich Ihnen einen zum Probieren bringen?" Er wusste, dass die alte Dame niemals Nein sagen würde, denn dafür war sie ein zu großer Fan von allem, was süß war und reichlich Kalorien hatte.

„Ja gerne Tom, das ist ja nett. Ich hab doch noch gleich heute Morgen zur Frau Schmidt gesagt: Der Tom, das ist `n richtig

nettes Kerlken."
Tom schloss grinsend seine Wohnungstür auf. Wenigsten eine Frau hatte er dann heute glücklich gemacht, wenn auch nur Herr, äh, Frau Paschupke mit ein paar Apfelpfannekuchen.

Tom war gerade auf dem Weg zur Dusche, als das Telefon klingelte.
„Färber!"
„Hallo Tom."
„Christos?"
„Ja, ich …"
„Mensch Christos!", rief Tom in den Hörer „Das ist ja eine tolle Überraschung! Wie geht es dir? Wie geht's der Familie?"
Ein kurzes Schweigen trat ein.
„Tom, … ich … ich habe … schlechte Nachrichten … Es ist etwas passiert!"
„Christos, was ist los?"
Toms Stimme veränderte sich und er klang besorgt. Er kannte seinen griechischen Freund nur zu gut, und dessen Stimme hörte sich traurig und ernst an!
„Mein Vater … Ioannis ist verschwunden."
„Wie verschwunden, wie meinst Du das?"
„Man hat sein Boot gefunden, ein paar Seemeilen vor der Küste."
Christos unterbrach für einige Sekunden. Tom hörte im Hintergrund ein wildes Stimmengewirr.
Jemand anderes nahm wohl den Hörer.
„Tom, Tom, bitte komme. Du musst uns helfen. Du hast doch noch immer gute Kontakte zur Agentur!"
Tom erkannte die Stimme sofort, es war Christos Frau.
„Elena, … hallo?"
Die Stimmen im Hintergrund überschlugen sich jetzt. Dann war Christos wieder am Apparat.
„Tom entschuldige, aber wir sind alle sehr aufgeregt. Elena ist völlig fertig."
„Christos, erzähle mir ganz ruhig, was passiert ist."

Tom versuchte, selbst nun Ruhe in seine Stimme zu bekommen.
„Was meinst Du mit „die haben sein Boot gefunden? Wo?"
„Sein Boot trieb verlassen draußen vor Saria. Ioannis ist weg, verstehst Du? Er ist verschwunden. Die Polizei von Rhodos hat sich eingeschaltet. Sie sagen, es ist keine Spur von Gewalteinwirkung zu entdecken und er sei über Bord gegangen. Aber das glaube ich nicht. Tom hörst Du? Nicht Ioannis, der geht nicht einfach so über Bord. Nicht er!"
Christos schwieg einen Moment.
„Tom, mein Freund. Ich weiß nicht mehr weiter. Ich weiß nur, dass hier was nicht stimmt. Komm schon, das riecht doch komisch nicht wahr? Warum sollte mein Vater nach über 40 Jahren auf See einfach so über Bord gehen?"
Tom überlegte. In seinem Kopf raste ein Film nach dem anderen an seinen Augen vorbei. Er sah sich und Christos am Hafen von Finiki stehen, dem kleinen Fischerdorf, und sie blickten hinaus aufs Meer, von wo Ioannis mit seinem Boot rein kam.
Und wie immer rief Ioannis ein freundliches „Jassu, Tom" rüber.
„Christos, wann war das? Ich meine, wann hat man sein Boot gefunden?"
„Er ist vor knapp zwei Tagen raus gefahren aber sein Boot hat man erst gestern gefunden. Du weißt doch, hier bei uns dauert das alles manchmal etwas länger. Seit heute Morgen sind erst die Suchhubschrauber der Küstenwache unterwegs."
Den Rest verstand Tom nicht mehr richtig, denn er erinnerte sich an das bedrückende Gefühl und jetzt fühlte es sich an, als kröche es langsam an ihm hoch, um erneut Besitz von ihm zu ergreifen. Hatte das etwas mit Ioannis Verschwinden zu tun? Eine Vorahnung, die er vor drei Tagen hatte?
Tom spürte einen kalten Schauer, der über seinen Körper lief! „… Tom … Tom, hörst Du mich noch?"
„Entschuldige, Christos, natürlich. Was hast Du gesagt?"
Tom versuchte sich zu sammeln, war verwirrt.
„Ich sagte, ich habe mit Jani gesprochen. Er meinte, ich solle Dich anrufen, Du könntest vielleicht helfen, wegen Deiner guten

Kontakte zu den Behörden und so."
Christos Stimme klang jetzt ein wenig ruhiger.
„Tom, ich hätte mich auch so bei Dir gemeldet. Schon weil Du und Ioannis sich so gut verstehen. Und weil Du mein Freund bist. Du hast sicher Deine Probleme in Deutschland zu klären, aber wir brauchen Dich hier."
Tom musste nicht lange überlegen. Ioannis Familie hatte so viel für ihn getan, jetzt war es an der Zeit, etwas zurückzugeben. Er beruhigte Christos ein wenig und sagte ihm, dass er so schnell wie nur möglich kommen würde, und legte auf.
Er ging zu seinem Fenster und blickte in den Garten.
Diesmal war es schön und hell draußen, der Garten erstrahlte in frühlingshaften Farben. Nur seine Stimmung, die gute Laune von vorhin, die war jetzt verschwunden. Er dachte jetzt nur an seine Freunde auf Karpathos. Sie brauchten ihn und er würde ihnen helfen. Er wusste zwar noch nicht genau wie, aber eines war sicher: Er musste so schnell es ging nach Karpathos fliegen!

Zurück auf Karpathos

„Ladys and Gentleman, hier spricht noch mal ihr Flug-Kapitän Amantidis. Wir befinden uns über Thessaloniki und …"
Tom hörte dem Rest der Borddurchsage nicht mehr wirklich zu.
Thessaloniki … Griechenland!
Trotz der Ungewissheit darüber, was ihn erwarten würde, überkam ihn ein angenehmes Gefühl bei dem Gedanken, bald auf Karpathos zu sein. Sofort nach Christos Anruf am Nachmittag zuvor war er losgerast, hatte mit viel Glück noch am Abend einen Flug nach Athen bekommen und war nun mit der Olympic-Airways-Maschine auf dem Weg nach Karpathos. Es war noch ziemlich früh, und er hatte kaum geschlafen. Natürlich hatte er so spät keinen direkten Anschluss mehr bekommen und musste daher in Athen übernachten. Unter normalen Umständen hätte er gerne eine Nacht in Griechenlands Hauptstadt verbracht. Aber so kreisten seine Gedanken nur um Ioannis und seine Familie. Was, wenn ihm wirklich etwas zugestoßen war? Wo sollte er auch sonst sein? Vielleicht hatte er einen Herzinfarkt und war über Bord gestürzt? Tom versuchte sich abzulenken und sah aus dem Fenster auf die 10.000 Meter tiefer liegende, dahin schleichende Landschaft. Der Himmel war klar, fast keine Wolken waren zu sehen. Er konnte einige kleinere Inseln erkennen, von hier oben sahen sie wie kahle Felsbrocken aus. Weit war es nun nicht mehr bis nach Karpathos. Tom musste ruhig bleiben. Er würde für seine Freunde da sein, seine alten Kontakte aktivieren, alles versuchen, um Ioannis zu finden. Und wenn das Unvermeintliche passiert war, dann würde er ihnen Trost spenden. So, wie sie es damals für ihn getan hatten!
„Vielleicht taucht er ja doch wieder auf", sprach er gedankenverloren in Richtung Bordfenster.
„Wie bitte?"
Die tiefe, rauchige Stimme kam von dem Sitz neben ihm.
Tom blickte nach rechts. Eigentlich hatte er seit dem Start in Athen die Dreier-Außenreihe ganz für sich alleine gehabt.

Nur, jetzt saß da eine Frau. Tom hatte sie bereits am Flughafen gesehen und ihm fiel sofort die illustre Szene am Check-In-Schalter ein. Die überaus attraktive Frau war nämlich nicht nur ihm, sondern auch den meisten anderen Männern in der Schlange vor dem Schalter aufgefallen.

Er hatte sie auf locker über 50 geschätzt, zumindest glaubte er das, da sie das ein- oder andere Fältchen im Gesicht nicht mehr verbergen konnte. Jedoch hätte sie ihrem Auftreten nach auch gut und gerne Mitte 30 sein können. Als sie ihr Gepäck aufgegeben hatte und in ihren High-Heels-Sandälchen vom Schalter wegschwebte, in einem weißen flatternden Nichts von Rock und dem eng anliegenden, tief ausgeschnittenen Top, hatten die meisten Männer, die ihr mit offenem Mund nachstarrten, unverzüglich einen Ellenbogen ihrer Frauen in den Rippen.

Tom sah die Frau ein paar Sekunden lang an.

„Wer taucht wieder auf?", fragte sie ihn. Dabei schlug sie elegant das rechte Bein über das Linke, wobei der verrutschende dünne Stoff ihres Rockes den Blick auf spiegelglatt rasierte, schlanke Beine freigab. Tom versuchte nicht allzu auffällig, dort hinzustarren.

„Der Dreizack", antwortete er, um im gleichen Augenblick zu denken: *„Du Trottel, was Besseres ist Dir wohl nicht eingefallen!"*

„Soso, der Dreizack ..." Die Frau schmunzelte dabei.

„Ja, ich meine Poseidons Dreizack."

Die Frau sah ihn nun doch etwas irritiert an.

„Erklären Sie es mir?", hauchte sie und drehte sich noch mehr in Toms Richtung.

„O.K. ..." Tom lächelte „Sie müssen wissen, dass nach der griechischen Mythologie einst in dieser Gegend die Giganten, die Feinde der Götter lebten. Im Kampf gegen sie verlor der Meeresgott Poseidon eines Tages seinen Dreizack. Man sagt, so entstand die Halbinsel Chalkidiki."

„Und Sie glauben, Poseidons Dreizack taucht wieder auf?"

Natürlich hatte sie bemerkt, dass Tom mit seinen Gedanken ganz

woanders gewesen war. „Entschuldigung, ich wollte Sie nicht belauschen. Es geht mich auch nichts an, wer oder was wieder auftaucht."
Sie hielt ihm ihre Hand hin.
„Ich bin Christina."
„Nur Christina?"
„Ja, für Sie nur Christina."
Immer noch hielt sie Tom die Hand hin.
„Oh, sorry." Tom gab ihr nach scheinbar endlos langen Sekunden die Hand.
„Thomas Färber, aber meine Freunde nennen mich Tom."
„Und wie darf ich Sie nennen, Thomas Färber?"
„Oh Mann, die hat was in der Stimme, wow."
„Für Sie, Tom!" Er blickte an ihr vorbei in Richtung Gang.
Eine Stewardess stand inzwischen neben ihnen.
„Möchten Sie noch etwas trinken?", fragte die in ein enges Kostüm gezwängte Flugbegleiterin.
„Danke, ich ..." entgegnete Tom, aber Christina unterbrach ihn.
„Sie dürfen mich einladen, Tom", hauchte sie nun in einem Ton, der bei Tom irgendwie Unbehagen auslöste. Dabei hatte sie ihre Hand auf seinen Unterarm gelegt.
„Ich nehme einen Prosseco!"
„Ey Mann, was macht die da? Will die Dich angraben?"
Tom sah auf die Hand, die immer noch auf seinem Arm ruhte. Lange tiefdunkelrot lackierte Fingernägel sahen aus, als wollten sie sich gleich in sein Fleisch bohren, um ihre Beute festzuhalten.
„Quatsch, nur weil sie hier sitzt, sich mit Dir unterhält und sich auf einen Prosseco einladen lässt, muss sie ja nicht gleich was von Dir wollen", versuchte Tom seine Gedanken zu ordnen.
Die Stewardess gab Christina das Glas und ging zur nächsten Sitzreihe. Christina prostete Tom zu und nippte an dem Prosseco, ohne dabei den Augenkontakt zu ihm zu verlieren. Dann leckte sie sich mit der Zungenspitze über die Oberlippe. Dabei fuhr sie mit der Hand von der Stirn aus durch ihr langes schwarzes seidiges Haar und warf Tom erneut einen dieser Blicke zu, die

garantiert den Willen der meisten Männer brechen konnten.
„Doch!!! DIE will Dich angraben!!"
Tom sah wieder aus dem Fenster, das wirkte vielleicht unhöflich aber bremste die Gute eventuell ein wenig aus.
„Mache ich Sie nervös?", kam wieder von rechts.
„Wollen Sie mich denn nervös machen?" entgegnete Tom.
„Wäre das denn eine so schlimme Vorstellung?"
„Nein, wenn Sie noch bis nach der Landung warten könnten, bis Sie über mich herfallen."
Tom erwartete nach dem Spruch eine verbale Ohrfeige, aber nichts dergleichen passierte.
„Ich bin ihnen zu direkt, nicht wahr?" fragte sie.
„Direkt ... nein. Das ist nicht direkt!" Tom wusste, wovon er sprach. Direkt waren die aufgebrezelten und aufdringlichen Touristinnen gewesen, die mit ihm als knackigem Reiseleiter vor ihren Freundinnen angeben wollten. Manchmal hatten sie ihm Zettel mit ihren Zimmernummern zugesteckt und am nächsten Morgen hatten sie sich dann noch aufgeregt, weil er sie sitzengelassen hatte.
DAS war direkt und genau die Seite am Reiseleiterleben, die ihn manchmal wirklich angewidert hatte.
„Wissen sie, Tom, immer wenn ich auf dem Weg nach Karpathos bin, kommen sagen wir mal, ... meine Hormone in Wallung."
„Sie sind demnach öfter auf der Insel?"
„Öfter? Ich wohne zeitweise dort. Ich habe ein hübsches Haus in Aperi. Ich verbringe den Winter meistens in den Staaten und besuche dort Verwandte. In den kalten Monaten ist mir die Insel zu verschlafen!"
„Und was hat das mit ihren Hormonen zu tun?"
Christina lächelte ihn an und beugte sich weit zu ihm rüber, sodass ihr Busen seinen Arm berührte.
„Die Aussicht auf Urlaub ... Sommer ... knackige, braungebrannte Körper ... heiße, lange Nächte ... das Leben ... jemand wie Sie ..."
„Sie wissen, dass Sie meine Mutter sein könnten?" warf Tom ein.

Autsch! Jetzt würde sie bestimmt zum Rückzug blasen, so was hört sich doch keine Frau gerne an, zumal Tom auch nicht gerade wie 18 wirkte! Christina sah ihm weiter direkt in die Augen. „Okay, und was ist, wenn mir das egal ist?", kam die provokative Antwort „Oder haben Sie Angst vor reiferen Frauen?"
„Na super. Klasse gemacht Tom. Erst beleidigst Du sie und dann lässt Du Dir den Ball wieder zuspielen".
Ihm wurde warm. Sein Kopf fühlte sich an, als wäre er knallrot wie eine Tomate. Er musste deutlicher werden.
„Christina, ich denke nicht, dass das Alter eine große Rolle spielt. Es ist nur so: Momentan habe ich keinen Kopf für ... sagen wir mal ... einen Flirt. Ich habe ein paar wichtige Dinge auf Karpathos zu klären. Ich denke, Sie vergeuden da Ihre Zeit!"
Tom hoffte, das würde sie endgültig zurückpfeifen. Nicht dass sie unattraktiv gewesen wäre. Im Gegenteil. Für ihr Alter sah sie blendend aus. Er fühlte sich auch irgendwie geschmeichelt, von so einer hübschen Frau umgarnt zu werden. Nein, er war jetzt nicht hier um sich in die nächst beste Affäre zu stürzen. Er war hier, um nach Ioannis zu suchen und um Christos und Elena zu helfen.
Christina hatte den Wink wohl verstanden.
Sie stand auf, wühlte kurz in ihrer Handtasche und gab ihm ihre Visitenkarte.
„Wenn Ihnen doch mal langweilig ist und sie Lust auf ein gutes Glas Wein verspüren: Mein Haus in Aperi würde sich über einen Besuch von Ihnen freuen." Dann ging sie, ohne sich zu verabschieden.
Tom war froh, seine Reihe wieder für sich alleine zu haben. Mann, die hatte ganz schön losgelegt! Etwas mulmig war ihm schon geworden, es war schließlich das erste Mal, dass eine Frau die deutlich älter war als er, sich für ihn interessierte.
Tom musste grinsen, denn er dachte gerade jetzt an seine ersten Reiseleiterjahre auf Kreta und an die kleine blonde Engländerin. Sie hatte drei lange Wochen alles Mögliche versucht um Tom rumzukriegen und er hatte drei lange Wochen alles Mögliche

versucht, um zu erklären, dass zu Hause in Deutschland eine Frau auf ihn gewartet hatte. Warum dachten eigentlich alle Frauen, Reiseleiter würden immer und überall zum Sex bereitstehen? Vielleicht hatten ja ein paar seiner Kollegen für diesen Ruf gesorgt. Tom war halt nicht so. Er liebte seinen Job. Ein kleiner Flirt, in Ordnung, aber mehr auch nicht. Andererseits: Was hatte seine Enthaltsamkeit ihm gebracht? Nichts! Er war geschieden und seine Ex hatte seine Treue am Ende mit einem anderen Kerl belohnt.
Aber war das jetzt noch wichtig? Es war vorbei, aus! Unwiderruflich, Geschichte, Vergangenheit, sein altes Leben.
„Ladies and Gentleman, wir haben soeben unsere Reiseflughöhe verlassen und befinden uns im Landeanflug auf Karpathos."
Die Borddurchsage des Piloten riss Tom aus seinen Gedanken.
Etwas später legte sich der Airbus auf die Seite und drehte eine enge Schleife. Tom hatte beinahe vergessen, wie holprig manchmal der Anflug auf Karpathos sein konnte.
Die tückischen böigen Meltemi-Winde hier in dieser südöstlichen Mittelmeerregion zwangen die Piloten während der Landung immer wieder zu heftigen Kurskorrekturen und nach dem Aufsetzen war man eigentlich froh, endlich unten zu sein. Wobei man auch nicht wirklich Angst haben musste, denn die Landebahn bot aufgrund ihrer Länge genügend Reserven. Der Flughafen war als Militärstützpunkt eingerichtet worden, dem Misstrauen der Griechen gegenüber der nahen Türkei sei Dank, und so ist die Landebahn auf dieser kleinen Insel länger, als viele vermuten würden. Auf dem Weg zum Ausgang der Maschine kam Tom an Christinas Sitzreihe vorbei. Sie war sitzen geblieben und hatte anscheinend überhaupt keine Lust auf die typische Eile der Touristen. Sie sah in einen Kosmetikspiegel und zog ihren Lippenstift nach. Eine kräftige dunkelrote Farbe, die Tom vorhin recht bedrohlich nahe gekommen war.
Sie blickte auf zu Tom, warf ihm ein kesses Augenzwinkern zu und dann ging Tom weiter, unsanft von dem hektischen Träger eines Trekkingrucksackes hinter ihm angestoßen.

Tom schritt die Gangway hinunter und spürte den feucht-warmen Wind auf seiner Haut. An der letzten Stufe hielt er inne. Er musste an seine letzte Abreise von Karpathos denken. Er sah die Situation noch sehr deutlich vor Augen, so als sei es gestern gewesen. Er sah, wie er auf das Flugzeug zugegangen war, Tränen in den Augen hatte. Sah, wie er sich noch mal umgedreht hatte, einen letzten Blick auf seine Freunde erhaschte und seinen Fuß auf die erste Stufe der Gangway gestellt hatte. Und er spürte noch immer diesen sehnsüchtigen Schmerz, der ihn durchfahren hatte, weil er die Insel für lange Zeit verlassen musste und nicht wissen konnte, wann und ob überhaupt er wiederkommen würde.
Und jetzt war es soweit: Er verließ die Gangway und stand auf dem Rollfeld. Er war wieder da. Auf seiner Insel.
Für andere wohl banal aber für Tom ein ganz besonderer Moment. Er atmete tief durch und ging mit den anderen Passagieren auf das kleine Flughafengebäude zu.
Rechts sah er die rege Bautätigkeit neben dem alten Gebäude. Schon bald würde hier ein modernes großes Terminal eröffnet werden. Tom fand das ein Stück weit schade.
Das alte und kleine Flughafengebäude hatte nämlich so seinen besonderen Charme. Obwohl es ziemlich heruntergekommen war, erzeugte es vor allem bei denen, die zum ersten Mal ankamen häufig ein erstauntes Schmunzeln. An - und Abflugwarteräume waren lediglich durch einen niedrigen Holzzaun getrennt, alles Freiluft, versteht sich. Die Gepäckausgabehalle mit dem Kofferband war sicher nicht größer als die Wohnzimmer mancher der Touristen.
Tom beobachtete wie immer die Leute aus seiner Maschine, die sich jetzt schnell um das kleine Kofferband scharten, nicht wissend, dass es noch eine Weile dauern konnte, bis das Gepäck kam. Hier gab es halt keine Förderbänder und lichtschrankengesteuerte Transportlogistik wie auf den internationalen Flughäfen. Hier war noch reine Knochenarbeit gefragt, und man konnte von der Halle aus die Arbeiter beobachten, wie sie Koffer für Koffer aus dem Bauch des Airbus auf die Anhänger zerrten.

Ein traktorähnliches Gefährt, mehr oder weniger vom Rost zusammengehalten, zog dann die mit dem Gepäck beladenen Hänger zum Gebäude. Hatte man Pech, war das eigene Gepäck halt erst bei der zweiten oder dritten Fuhre dabei. Herrlich rustikal die Szenerie, das hatte echt was und Tom fühlte sich gleich wieder zu Hause.

Tom erspähte recht schnell seinen Trolley auf dem Band und bahnte sich einen Weg durch die Menge raus aus der Halle. Es waren nur ein paar Schritte durch die Ankunfts- und Abflughalle und im Prinzip stand man dann auch schon vor dem Gebäude. Die meisten Sportflughäfen in Deutschland waren wahrscheinlich größer.

Tom suchte den mit einer Holzpergola überdachten Vorplatz ab. Eigentlich wollte Christos ihn abholen, aber er sah weder ihn noch irgendeinen anderen der Familie oder Bekannten.

Doch! Marie Weimann! Sie kam direkt auf ihn zu. Die kleine, quirlige Reiseleiterin hatte ein Klemmbrett in der einen Hand und fuchtelte mit der anderen in der Luft herum.

Oh nein, sie winkte. Und zwar winkte sie ihm zu. Gleich war sie bei ihm und dann würde eines ihrer berühmten Wortkanonaden über ihn hereinprasseln, bei dem es schien, als bräuchte sie nie Luft zu holen. Die Frau Paschupke von Karpathos!

„Tom ..., hallo Tom! Mensch, das ist ja mal eine Überraschung! Arbeiten Sie wieder auf der Insel? Tom hab` gar nichts gehört davon, ich erfahre so was doch immer als Erstes."

Dabei gab sie ihm mit der Faust einen festen Stuppser in den Bauch. „Tom, ich ..."

Er unterbrach sie.

„Hi, Marie. Nein, ich arbeite diesmal nicht hier. Aber sagen Sie, haben Sie Christos aus Finiki gesehen?"

„Nein, wollten Sie ihn hier treffen? Schlimme Sache, dass mit seinem Vater, die ganze Insel spricht davon. Gibt es etwa Neuigkeiten?", wartete die Sensations-Haschende Frau auf Toms Antwort. Ein älteres Touristenpaar erlöste Tom und nahm Marie Hilfe suchend in Beschlag, die sich mit einem kurzem Gruß verabschiedete.

Tom ging ein paar Schritte zur Seite und setzte sich auf eine niedrige, etwa kniehohe Mauer am Rande des Vorplatzes. Von hier aus konnte er die ganze Szenerie überblicken. Er sah die vielen Touristen, welche die Reiseleiter der diversen Agenturen belagerten und in freudiger Erwartung auf ihren Urlaub waren. Ein paar der Reiseleiter kannte er noch, einige Gesichter waren ihm aber neu. Meistens blieben viele von ihnen ja auch nicht lange hier, vor allem die jungen. Die arbeiteten lieber auf den großen Inseln.

Rhodos oder Kreta, wo für junge Leute einfach mehr los war. Tom war gerne hier. Für ihn war es immer eine ideale Mischung aus Lebendigkeit und Ruhe gewesen.

Langsam löste sich das Durcheinander vor dem Gebäude auf. Die meisten Reisenden hatten den Weg zu den Bussen gefunden oder waren abgeholt worden. Nur noch ein paar Leute waren jetzt auf dem Vorplatz. Tom fiel ein großer, sandfarbener Rucksack auf, der etwas weiter rechts von ihm auf der gleichen Mauer stand, auf der er saß. Der Rucksack war stark nach vorne geneigt und drohte jeden Moment hinunter zu fallen. Tom sah niemanden in der Nähe, also stand er auf.

Er ging ein paar Schritte darauf zu. Mit einem dumpfen Geräusch schlug der Rucksack auf den staubigen Boden auf, nicht ohne den Inhalt seines vorderen Seitenfaches auf dem Platz zu verteilen. Tom bückte sich, stellte den Rucksack aufrecht und fing an, die Sachen wieder einzusammeln. Er wollte gerade einen Lippenpflegestift und zwei Tampons in das offene Fach zurückstecken, als er hinter sich eine Stimme hörte.

„Kann ich ihnen helfen?"

Tom sah zu der Stimme auf.

„Ich wollte … ehm … Ihr Rucksack ist runtergefallen."

„Sicher. Und Sie haben nicht zufällig darin herumgewühlt? Oder wollten Sie sich einen Lippenstift leihen?", kam die prompte Antwort in einem arroganten Tonfall, der Tom nicht gefiel. Er stand auf und sah die Frau an, die jetzt nur wenige Zentimeter vor

ihm stand. Er blickte in ausdrucksstarke grüne Augen. Einige winzige Sommersprossen umspielten die kleine Nase und verloren sich auf den Wangenknochen in einem feinen, blassen Gesicht. Ihre Stirn wurde von einigen Strähnen und Locken einer wilden, rotblonden langen Mähne umweht, die sie notdürftig mit einem Pferdeschwanz zu bändigen versuchte.
„Hey, Sie sollten mir lieber danken. Ganz schön leichtsinnig, das Gepäck so alleine hier stehen zu lassen. Selbst an einem so harmlosen Fleckchen Erde wie Karpathos!"
„Danken? Wofür?", kam spitz zurück. „Dafür, dass Sie meine Sachen über den halben Platz verteilt haben?"
„Woanders wäre Ihr Rucksack trotzdem jetzt weg!", antwortete er und dachte: *"Was für `ne Zicke!"*
„Was Sie nicht sagen, und natürlich habe ich es nur Ihnen zu verdanken, dass er nicht gestohlen wurde!"
„Wissen Sie was, denken Sie doch, was Sie wollen! Sie sollten wirklich besser auf Ihre Sachen aufpassen!"
Tom streckte seine Hand aus, in der immer noch der Lippenstift und die beiden Tampons waren.
„Hier, das brauche ich nicht. Lässt sich so schlecht am Schwarzmarkt verkaufen!" Er grinste hämisch.
Die junge Frau nahm die Sachen aus Toms Hand, dabei fielen ihm ihre schönen gepflegten Hände auf. Schmale Finger mit manikürten, halblangen Fingernägeln. Nicht solche „Schaufeln", die man aus manchem Nagelstudio kannte. Tom achtete auf so etwas. Er hasste es, wenn Frauen ungepflegte Hände wie Bauarbeiter hatten. Genauso hasste er die unnatürlichen Plastiknägel mancher Frauen, am besten noch mit kleinen Kitschsteinchen beklebt.
Bevor sie noch irgendetwas sagen konnte, drehte er sich um, schnappte sich seinen Trolley, und ging in Richtung der Leihwagen. *„Zicke! Hübsch, aber echt `ne Zicke."*
Sie sah ihm kurz nach, ging dann in die Hocke und sammelte den restlichen Kram ein, dabei Dinge fluchend wie: „Na toll ... von wegen runtergefallen ... ach Mann, alles total staubig ... wehe

dem Typ, wenn da was fehlt … Idiot …"
Der überdachte Vorplatz des Flughafengebäudes sowie der große Parkplatz davor waren inzwischen fast menschenleer.
Immer noch keine Spur von Christos oder jemand anderem. Wahrscheinlich war ihnen etwas Wichtiges dazwischen gekommen. Oder es gab Neuigkeiten über Ioannis. Zu dumm, dass Toms Handy leer war. Er hatte in der Eile der Abreise am Tag zuvor keine Zeit mehr gehabt es aufzuladen und auch dummerweise das Ladegerät im Koffer verstaut. Na gut, dann würde er sich halt einen Wagen leihen. War ihm ohnehin lieber, so konnte er den besonderen Moment der Rückkehr noch ein Stück weit genießen, wenn der Anlass auch ein trauriger war.
Tom ging zur Taverne am Rande des Flughafengeländes. Viele Leute erfrischten sich hier noch mal vor ihrem Abflug, und man konnte von hier aus das Treiben auf dem Flughafen beobachten. Außerdem saßen hier zumeist die Agenten der Auto-Verleiher. Es war ungewöhnlich wenig los hier. Tom war aufgefallen, dass fast keine Leihwagen da waren. Ja richtig, es war ja erst Ende April, also sehr früh in der Saison. Und es konnte ja sein, dass mal wieder ein Fuhrparkwechsel stattfand. In den letzten Jahren waren die großen europäischen Autohersteller immer mehr von Japanern und Koreanern abgelöst worden. Konnte man früher zum Beispiel einen Opel Corsa, VW-Polo oder auch Renault Clio leihen, bestimmten heute Hyundai, Toyota und andere das Bild.
Tom war das egal, für ihn waren Autos immer schon reine Fortbewegungsmittel gewesen, und liebend gerne hätte er jetzt seinen alten Dortmunder Golf hier gehabt.
Er sah einen Leihwagenagenten in der Ecke der Außenterrasse sitzen und ging zu ihm.
„Ich möchte ein Auto mieten", sprach Tom den Mann in perfektem Englisch an.
„Für wie lange möchten Sie den Wagen denn mieten?"
Gute Frage! Darüber hatte sich Tom noch überhaupt keine Gedanken gemacht.
„Erst mal für eine Woche!", antwortete er.

„Sie haben Glück, ich habe nur noch den kleinen Hyundai dort drüben." Er deutete mit der Hand auf einen Kleinwagen.
„Kleines Ding mit wenig P.S., absolut günstig!"
Absolut günstig, das kannte Tom noch von früher. Absolut günstig war für ihn jedenfalls etwas anderes als 200 € die Woche für einen kleinen, engen, lauten und spartanisch ausgestatteten Wagen, in dem er sich regelmäßig die Knie am Hartplastik-Armaturenbrett stieß. Fortbewegungsmittel: ja! Aber etwas bequem durfte es schon sein. Oder zumindest preiswerter.
„Was soll der denn kosten?"
„240 Euro, alles inklusive."
„Dachte ich mir schon, das kannste vergessen!"
Tom zog eine ernste Zocker-Miene auf.
„Ich gebe Ihnen 140 Euro, mehr geht nicht. Außerdem hat der die Seite verbeult und sieht nicht gerade sauber aus! Und nach mir kommt heute wohl keiner mehr, oder sehe ich das falsch?"
Tom deutete dabei auf den leeren Flughafen-Vorplatz hinter sich.
Der Mann starrte Tom mit offenem Mund an.
„Das geht nicht, muss ja schließlich noch was verdienen", knurrte er und tat so, als sei er nicht interessiert.
Tom blieb hartnäckig.
„140 Euro oder Sie bleiben auf dem Wagen sitzen. Also, was ist?"
Der Mann wühlte in einer Tasche auf dem Stuhl neben ihm und murmelte etwas von „Malaka", was die Griechen gerne und oft einsetzen und alles bedeuten kann, in diesem Fall aber wohl so was Ähnliches wie „Wichser" bedeutete!
Dann füllte er das Formular aus und gab Tom den Schlüssel.

Tom ging hinüber zum Parkplatz und öffnete die Heckklappe des Wagens, um seinen Koffer reinzulegen.
„Hallo Sie!", hörte er hinter sich.
Die Stimme kannte er. Was wollte *die* denn noch?
„Hallo, ich möchte ..."
„Was wollen Sie denn noch?", fuhr es barsch aus ihm heraus.

Er drehte sich um und sah sie verwundert an. Jetzt, so mitten im gleißenden Sonnenlicht, leuchteten ihre lockigen Haare noch roter, überall standen wild einzelne Strähnen und Locken ab, so als habe sie sich die Haare gerauft. Die beiden sahen sich an und Tom fielen wieder ihre irre Augenfarbe und deren katzenhafte Form auf. Sie hatte sie nur mit einem dünnen Liedstrich betont. Sah gut aus, fand er irgendwie.
„Wenn Sie noch eine Haarspange oder ein paar Tampons vermissen sollten: Ich habe nichts mehr", wurde Tom ironisch.
„Nein … ich meine … Entschuldigung! Ich habe vorhin etwas überreagiert!"
„Das kann man wohl sagen, ich möchte Sie nicht erleben, wenn Sie sich mal richtig aufregen!"
„Nein wirklich, ich möchte mich bei Ihnen entschuldigen. Sie wollten mir wohl echt nur helfen!"
Sie tat einen Schritt auf Tom zu und streckte ihm ihre Hand entgegen.
„Sarah. Sarah Kröner."
Tom reichte ihr im Gegenzug seine und sah sie erstaunt an.
„Färber … äh … Tom Färber"
Er ließ nicht los und stand da wie angewurzelt.
Sarah sah auf ihre Hände, dann Tom fragend an.
"In Ordnung, dass Sie meinen Rucksack nicht wollten, glaube ich Ihnen ja, aber was ist mit meiner Hand?" Sie grinste.
Tom merkte es erst jetzt und ließ endlich los.
„Vollpfosten! Reiß Dich zusammen. Als ob Du noch nie `ne Frau gesehen hättest."
Sarah sah an ihm vorbei zum Leihwagen.
„Da hatten Sie wirklich Glück, ist kein Wagen mehr da."
Warum hatte Tom das Gefühl, das sie nur eine Mitfahrgelegenheit suchte? Hatte sie sich etwa nur deshalb bei ihm entschuldigt?
„Frauen ... Einfach berechnend!"
„Kann ich Sie vielleicht ein Stück mitnehmen? Ich fahre rüber nach Arkassa!"
„Na los, zeig Dein wahres Gesicht", dachte er.

„Wenn Sie mich so fragen: Ja, das wäre toll!", antwortete sie.
„Bingo! Ich wusste es." Tom fühlte sich bestätigt!
Er schmunzelte, wollte den Bogen noch etwas weiter spannen.
„Trauen Sie sich denn zu mir ins Auto? Vielleicht falle ich ja in der Wildnis über Sie her und klaue Ihren Rucksack?"
„Autsch!? War doch nur ein Spruch!" dachte er, denn irgendwie sah Sarah ihn auf einmal völlig anders an.
„Was ist jetzt? Nehmen Sie mich nun mit?", meinte sie genervt.
Tom beschloss, mit dem Spielchen aufzuhören. Wahrscheinlich suchte sie zwar wirklich nur eine Mitfahrgelegenheit, aber die Entschuldigung klang doch ehrlich, wie er jetzt im Nachhinein fand. Außerdem war sie das Attraktivste, was ihm seit Langem über den Weg gelaufen war. Welcher normale Mann lässt so eine Frau schon allein hier stehen? Sarah sah toll aus, war wirklich hübsch, wobei einfach nur „hübsch" nicht das traf, was er sah.
Es passte alles bei ihr zusammen: die rotblonden, langen Haare, das weiche Gesicht mit den leicht vorstehenden Wangenknochen, ihr recht breiter Mund mit vollen, schön geformten Lippen. Und erst jetzt sah Tom bewusst weiter an ihr runter.
Sarahs schlanker Hals mündete in einem makellosen Dekolté, eine dünne weiße Sommerbluse umspielte den zwar schmalen, aber dennoch muskulös-drahtigen Oberkörper. Unter der Bluse zeichneten sich die Konturen eines kleinen, festen Busens ab. Die Bluse hatte sie in eine enge Bluejeans gesteckt, welche zwei wohlproportionierte Beine und sehr weibliche Hüften verhüllte. Dazu trug sie weiße Leinenschuhe.
Tom sah wieder zu ihr auf. Wie musste das auf sie wirken? Da stand er nun wie angepflockt, begutachtete, oder sollte er besser sagen, „begaffte" sie von oben bis unten und hatte immer noch nicht geantwortet.
„Na klar, sorry, steigen Sie ein!", bekam er endlich raus. Tom lud ihr Gepäck ins Auto, sie stiegen ein und fuhren los.

Der schwarze Landrover, der die ganze Zeit neben einem verlassenen alten Bus geparkt hatte, war ihnen nicht aufgefallen.
Auch nicht, dass sich der Wagen ebenfalls in Bewegung setzte und in sicherem Abstand hinter ihnen herfuhr. Der Fahrer trug eine verspiegelte Sonnenbrille und blickte nach rechts auf den Beifahrersitz.
Dort lag ein DinA4-großes Foto. Ein Foto von Sarah!

Alte Freunde

Sarah und Tom verließen das Flughafengelände und fuhren in Richtung Pigadia, der Inselhauptstadt von Karpathos. Hier unten im Süden in der Region Afiartis war es ziemlich öde, zumindest auf den ersten Blick. Tom sah das manchmal immer noch aus den Augen des Reiseleiters und hörte quasi die abfälligen Kommentare mancher Neuankömmlinge, die nach der Landung einen völlig falschen ersten Eindruck der Insel bekamen.
Anziehend konnte man Afiartis nun auch wirklich nicht gerade bezeichnen, mit seinen nur vereinzelt, also wild verstreut stehenden Häusern und einigen Plastikgewächshäusern in der struppigen und felsigen Ebene. Den Surfern in den großen Buchten leicht abseits der langen Küstenstraße war das egal und nur recht, dass sich hier nicht ein Touristenhotel an das andere reihte. Hier war man unter sich. Schon seit Jahren hatte sich Karpathos wegen seiner Windsicherheit zu einem Surferparadies entwickelt und galt lange Zeit als Geheimtipp.
Tom sah hinüber zu Sarah, die wohl das Treiben auf dem Wasser zu beobachten schien.
„Surfen Sie?"
„Wie bitte?" Sarah drehte sich zu Tom.
„Ob Sie surfen? Sie schauen so interessiert zur Bucht."
Sarah wand sich wieder dem schmalen Küstenstreifen zu. Draußen auf dem Wasser waren einige Surfsegel zu sehen, manche sehr weit draußen, und man konnte sie nur schwer ausmachen in den glitzernden Wellen. Sie ließ das Seitenfenster ein Stück hinunter. Der hereinströmende Wind spielte mit ihren Haarsträhnen und wehte sie ihr ins Gesicht. Sie schob sie mit dem Zeigefinger zur Seite hinters Ohr. Als der nächste Windstoß abermals einige Haare packte, nahm sie die Hände an den Hinterkopf und öffnete ihren Pferdeschwanz. Sie beugte sich vor und lockerte ihre nun bis in die Rückenmitte reichende lange Haarpracht. Tom sah dermaßen fasziniert zu, dass er nicht bemerkte, mittlerweile auf der Mittellinie zu fahren. Sarah sah zu ihm und

band sich mit dem Haargummi einen neuen strammen Zopf.
„Du solltest nach vorne sehen, sonst haben wir gleich größere Probleme als meine nervigen Haare!"
Mit einer hastigen Lenkbewegung brachte Tom den kleinen Wagen wieder auf die richtige Fahrspur.
„Du?", hakte Tom nach.
„Ja! Sie bietet Dir das Du an."
„So ein „Sie" ist mir immer zu förmlich, findest Du nicht auch?", antwortete Sarah. Tom musste da nicht lange überlegen.
„O.K., Sarah."
„Sie sind übrigens nicht nervig", sagte er.
„Wie jetzt, ich? Oder was meinst Du?"
„Nein. Ich meine Deine Haare. Du hast sie eben als nervig bezeichnet. Find` ich nicht, sehen toll aus!"
„Danke!" Sarah verzog keine Miene ob des kleinen Kompliments. Sie sah wieder zur Bucht.
„Ich habe als kleines Mädchen mal angefangen zu surfen. Damals war ich acht oder neun. Aber danach hatte ich keine Gelegenheit mehr zu üben."
„Warum?"
„Meine Eltern und ich waren früher jedes Jahr hier. Meine Mutter ist von dieser Insel, und damals lebten noch einige Verwandte hier. Wir sind dann in den Ferien oft für ein paar Wochen hierher gekommen. Dann ging mein Vater aus beruflichen Gründen in die USA. Er musste das Unternehmen meines Großvaters übernehmen. Und ich musste natürlich mit. Weißt Du, mit zehn Jahren kann man in der Regel noch nicht wirklich selbst entscheiden, wo man leben möchte. Ich bin dann nur noch einmal wiedergekommen und habe die Insel danach jahrelang nicht mehr gesehen."
Sarah klang traurig.
„Nicht nur mit zehn Jahren. Das passiert einem auch manchmal, wenn man erwachsen ist", entgegnete Tom.
„Wie meinst Du das?"
Sarah blickte wieder zu Tom rüber und war wohl an einer Ver-

tiefung des Gesprächs interessiert. Überhaupt wunderte sich Tom, dass sie so offen war.

„Ich meine, dass man auch später im Leben oft durch äußere Einflüsse aufgedrängt bekommt, wo man zu leben hat. Ich weiß, wovon ich da spreche. Und ehe man sich versieht, hat man sein halbes Leben am falschen Ort verbracht."

„Was ist denn der richtige Ort, gibt es den überhaupt, Tom?"

„Für mich ist der richtige Ort dort, wo ich mich wohlfühle. Ich meine, so richtig wohl. Wo man halt morgens aufsteht, ans Fenster tritt und sich an dem erfreut, was man gerade draußen sieht. Kein Stress kann einem dort wirklich etwas anhaben. Und warum? Weil man dort seine innere Ruhe gefunden hat, weil alles auf einmal völlig klar wird. Ein Ort, zu dem man immer wieder gerne zurückkehrt. Verstehst Du, was ich meine?"

Sarah sah ihn verdutzt an aber antwortete nicht. Ihr gefielen Toms Worte, denn sie fand sich ein Stück weit darin wieder. Nach so einem Ort suchte sie doch auch, und das schon so lange sie zurückdenken konnte. Gab es so einen Ort überhaupt? Bislang hatte sie sich nirgendwo so richtig zu Hause gefühlt. Ihre Mutter war gestorben, als sie 13 war, und ihr Vater war nach ihrem Tod nur noch in der Firma, kaum zu Hause. Nach ihrem erfolgreichen Studium der Wirtschaftswissenschaften an einer Elite-Uni in den Staaten hatte sie sich gegen den Wunsch ihres Vaters durchgesetzt, direkt mit ins Familienunternehmen einzusteigen und sich erst mal eine Auszeit genommen. Ein Jahr lang war sie um die Welt getingelt, hatte sich umgesehen, Erfahrungen gesammelt. Und Steve kennengelernt!

Bei dem bloßen Gedanken an Steve änderte sich sofort ihre positive Stimmung. Und das wollte sie gerade jetzt nicht!

Sie sah immer noch Tom an. Irgendwas Nettes hatte der Typ ja an sich. Seine Worte gerade eben hatten einen bestimmten Nerv bei ihr getroffen. Übel sah er auch nicht aus, und sein knackiger Hintern war ihr ebenfalls sofort aufgefallen, als er ihr Gepäck ins Auto geladen hatte.

„Sarahlein, Sarahlein, halt Dich zurück, ist bestimmt auch nur `n

Kerl wie alle anderen. Er muss ja nicht gleich merken, dass Du ihn nett findest!"
„Hab ich was Falsches gesagt?" Tom sah Sarah fragend an.
„Nein, nein, ich denke Du hast recht. Sehe ich auch so mit dem Wohlfühlen", lenkte sie ab.
„Sehe ich auch so ...? Was redest Du da? Kennst ihn kaum und vertraust ihm Dein halbes Leben an ... was ist los mit Dir?"
Inzwischen hatten sie die flache Ebene in Afiartis verlassen, die Gegend wurde nun zunehmend hügeliger.
„Ich vermisse die Insel schon sehr, als Kind habe ich mich hier bei meinen Verwandten immer wie zu Hause gefühlt." Sarah sah wehmütig aufs Meer hinaus. „Und heute sind sie alle weg. Ich habe nur noch eine Tante hier auf Karpathos."
„Und die willst Du jetzt besuchen?"
„Ja, genau richtig kombiniert. Wegen ihr bin ich hier, unter anderem ...!"
Während sie die kurvenreiche Straße hochfuhren, verrenkte sich Sarah beinahe den Hals, um noch ein paar Blicke auf die vielen bunten Surfsegel zu erhaschen. Es war zwar noch keine Hochsaison, aber bei den Surfer-Buchten mit so effektvollen Namen wie „Devils Bay" oder „Speed Lagoon" war immer etwas los.
Auch jetzt Ende April. Karpathos war sogar Austragungsort des Speedsurf-Worldcups gewesen und auch Profis schätzten die beständigen guten Bedingungen, die sich Surfern hier boten.
Sarah genoss die traumhafte Aussicht.
Viel zu lange war sie fort gewesen, und wenn sie alles hier erledigt hatte, wollte sie auf jeden Fall noch bleiben, da war sie sich jetzt sicher. Es war ein gutes Gefühl wieder hier zu sein.
„Wo musst Du eigentlich genau hin?" fragte Tom.
„Nach Arkassa.!"
Tom lachte auf.
„Trifft sich gut. Da will ich auch hin, genauer gesagt nach Finiki aber das ist ja quasi nebenan."
„Tom, ICH weiß, wo Finiki liegt. Ich kenne mich hier noch gut genug aus, auch wenn ich länger nicht da war", entgegnete Sarah

mit einer gewissen Arroganz in der Stimme.
Da war sie wieder! Zumindest ein bisschen von der rothaarigen Giftspritze vom Flughafen …
Tom schaltete zwei Gänge runter. Die kleine Kiste bekam sichtlich Mühe, die engen steilen Kurven hoch zu kommen.

Der Mann im Landrover ein Stück hinter ihnen konnte dagegen lässig seine Hände auf Lenkrad und Automatikhebel legen, der Achtzylinder hatte für eine solche Steigung lediglich ein Röcheln über. Er hatte zwei PKW und einen Lieferwagen zwischen sich und dem Kleinwagen gelassen, um nicht zu auffällig hinter Tom und Sarah herzufahren. Er durfte sie nur nicht verlieren. Das würde sein Auftraggeber nicht so leicht verzeihen, und der konnte ziemlich ungemütlich werden. Aber verlieren würde er sie nicht. Nicht hier auf diesem Haufen Fliegendreck. Da war er aus den Staaten ganz andere Sachen gewohnt. Die Staaten … bald würde er zurück sein und von dem Geld, was er für diesen einen letzten Job bekam, würde er sich zu Ruhe setzen.

Tom bog von der Hauptstraße, die sich nun gabelte und weiter in Richtung Pigadia führte, nach links Richtung Arkassa ab. Er hatte das Gefühl, als wenn Sarah nun lieber mit ihren Gedanken allein sein wollte. Den Kopf auf ihre rechte Hand gestützt sah sie aus dem Seitenfenster und schien die Landschaft in sich einzusaugen. Tom sah beim Schalten auf ihren linken Arm, der neben dem Schaltknauf ruhte. Man musste kein Schmuckkenner sein, um zu erkennen, dass das Armband, welches ihr Handgelenk verzierte, ein kleines Vermögen wert war. Überhaupt, obwohl eher schlicht gekleidet, wirkte Sarah irgendwie edel. Manchen Leuten sieht man das halt an, wenn sie aus gehobenen Kreisen kommen.
Sie fuhren nun auf den Ort Menetes zu. Tom genoss, wie schon

Hunderte Male zuvor, den Anblick der majestätisch hoch oberhalb eines Steilhanges ragenden Kirche Kimissis Theotokou am Eingang des Dorfes. Auch Sarah sah hoch zu der Marienkirche, um die sich viele Geschichten rankten. Tom hatte seinen Gästen früher immer einen Besuch der Kirche empfohlen, in der es neben den Säulen einer frühchristlichen Basilika auch eine besonders wertvolle Marienikone zu sehen gab.

„Komisch", meinte Sarah. „Ich weiß genau, dass ich als kleines Mädchen mit meiner Tante einmal dort war, aber ich kann mich nicht erinnern, wie es dort aussah!"

„Meine Chance!", dachte Tom.

„Wenn Du Lust hast, können wir mal zusammen hinfahren. Ich war unzählige Male dort und weiß alles über die Kirche", reagierte Tom prompt.

„Du gehst also davon aus, dass wir uns wiedersehen?", fragte Sarah provozierend.

„Natürlich, was dachtest du denn? Eine Frau wie Dich muss man einfach wiedersehen! Es sei denn, man ist blind, schwul oder völlig bekloppt."

„Ich denke, hier auf Karpathos trifft man sich früher oder später sowieso wieder. Also können wir uns ja auch gleich verabreden, ist einfacher", bot Tom geschickt an.

„So, einfacher …" Sarah hatte wieder so einen Unterton.

„O.K., mal sehen … vielleicht!", ließ sie sich aber doch entlocken.

„Super, Tom. Langweiliger ging es ja wohl nicht. Kirchenbesichtigung … oh Mann, bist Du aus der Übung, Junge!"

„Pass auf!!!", schrie Sarah urplötzlich und stützte sich mit beiden Händen schützend am Armaturenbrett ab. Tom lenkte den Wagen nach rechts, scharf an einer Mauer vorbei und konnte so dem entgegenkommenden Auto gerade noch ausweichen. Der Wagen jagte die schmale, enge Dorfstrasse hinunter und war auch schon verschwunden.

„Verdammt, das war Christos` Schwager. Der will wahrschein-

lich zum Flughafen, um mich abzuholen. Nachfahren hat keinen Sinn, bis ich hier gedreht habe, ist der bei seinem Fahrstil schon fast am Flughafen." Somit fuhr Tom weiter nach Arkassa.
„Christos? Auf ihn hast Du gewartet?"
„Ja, er ist ein Freund aus Finiki. Wegen ihm, oder besser gesagt, wegen seiner Familie bin ich hier."
Mehr wollte Tom nicht erzählen und eigentlich wusste er ja auch zu wenig, um Sarah damit jetzt während der kurzen Zeit, die sie noch bis Arkassa hatten, zu belasten.
Es waren nur noch wenige Kilometer, und die wollte er lieber mit angenehmeren Gesprächsthemen verbringen.
Tom schossen tausend Gedanken durch den Kopf. Er erinnerte sich an die Momente des Abschiednehmens von seinen Freunden hier. Die Abfahrt aus Arkassa und sein letzter Stopp in den Kurven oberhalb des Ortes. Tom erinnerte sich an den Schmerz, als er damals aus dem Auto ausstieg, zum Rand der Straße ging, um noch einen Blick über den Ort zu erhaschen. Er sah das mächtige Paleokastro, den riesigen Steinfelsen der ins Meer hinausragt, und auf dem die Reste einer Festung sowie einer Akropolis zu sehen sind. Und er sah das glitzernde Meer, das sich zu beiden Seiten des Paleokastros bis zum Horizont erstreckt, dort mit dem Himmel verschmilzt und gerade nachmittags, wenn die Sonne tief steht, surreale Bilder vor Augen entstehen lässt. Ja, das war sein Ort. Seine Insel. Sein zu Hause. Hier hatte er die Schönste Zeit seines Lebens verbracht. Aber damals musste er zurück, die Scheidung und alles, was damit zusammenhing, regeln, wieder Grund in sein Leben bringen.
„Jetzt müssten wir gleich Arkassa sehen", bemerkte Sarah.
Endlich, nach der nächsten Kurve, sah er es vor sich. Die Bilder in seinen Erinnerungen vorhin und die Realität wurden eins. Er war wieder hier! Tom bekam beim Anblick der Landschaft vor ihm eine Gänsehaut und es schossen ihm ein paar Freudentränen in die Augen. Genau an der Stelle von damals hielt er an.
„Tom?", sie sah ihn verwundert an. „Ist alles in Ordnung mit Dir?"

„Ja! Ich hatte bloß vergessen, wie schön es hier ist"
„... *ganz schön emotional dieser Typ. Er muss ja wirklich sehr an alledem hier hängen ...*", dachte Sarah.
Sie fuhren die Straße runter in den Ort, und Tom brachte Sarah zu ihrer Apartmentanlage. Tom kannte das Haus. Er hatte selbst mal hier gewohnt. Ruhig, sehr sauber und freundlich familiär geführt. Viele Stammgäste kamen Jahr für Jahr hier her, und irgendwie wohnte man wie in einer großen Familie. Die nicht allzu großen Gebäude lagen in einer liebevoll gepflegten Gartenanlage, riesige Palmen spendeten im Hochsommer angenehmen Schatten, und hin und wieder wurde man von der Pensionswirtin bekocht.
„Soll ich Dir beim Gepäck helfen?", fragte Tom höflich.
„Ein Gentleman fragt nicht, er handelt!", warf Sarah ihm einen kessen Blick zu und öffnete die Wagentür. Sie drehte sich zu ihm um, als sie merkte, dass er aussteigen wollte.
„Nein Tom, lass mal. Habe ja nicht viel dabei."
Sie gab ihm die Hand. Nun hielt Sarah sie etwas länger fest, als man das normalerweise macht.
„Danke, dass Du mich hergefahren hast. Hat mich gefreut, Dich kennenzulernen. Wenn auch unser Start am Flughafen, sagen wir mal, suboptimal verlief."
Beide mussten grinsen.
„Ganz meinerseits, Sarah."
Sarah stieg aus, öffnete die hintere Tür und holte ihr Gepäck heraus. Sie warf ihren Rucksack über die Schulter, nahm ihre Reisetasche und ging auf den Eingang zu.
„Mach was, Tom, sag irgendwas!!!"
Er ließ das Seitenfenster runter und rief ihr nach.
„Sarah!"
Sie drehte sich um.
„Wenn Du vielleicht doch Lust auf eine Kirchenbesichtigung hast, melde Dich mal."
„Vielleicht ...", entgegnete sie verschmitzt lächelnd.
Dann ging sie zum Eingang und war verschwunden.
Erst dann schoss es Tom durch den Kopf.

„Scheiße!!! Du Vollpfosten!!!" brüllte er das Lenkrad an.
„Das hast Du ja super gemacht. Keine Visitenkarte, keine Handy-Nummer, nichts. Gut, ihren Vornamen hast Du, das ist aber auch alles. Was, wenn ihr Apartment besetzt ist und sie zieht woanders hin. Oder zu ihrer Tante? Und sie hat nur „vielleicht" gesagt ... echt toll gemacht, Tom."
Er wartete noch einen Moment mit laufendem Motor und überlegte, ob er reingehen sollte. Aber was sollte er sagen? Nein, das war ihm zu blöd. Dann sah er Mike, den Hotelbesitzer rauskommen. Er hatte Sarahs Gepäck dabei und ging ums Haus herum zu den Apartments. Mike hatte ihn sicher nicht erkannt, sonst wäre er zum Auto gekommen. Sarah kam hinterher und folgte ihm, also hatte das mit ihrem Zimmer ja wohl geklappt. Tom würde sie wiederfinden können!
„Hey Mann, bilde Dir bloß nichts ein. So eine klasse Frau hat bestimmt zig Verehrer an der Hand und wartet bestimmt nicht auf einen arbeitslosen Reiseleiter. Du weißt ja auch gar nicht, ob sie allein ist."
Tom fuhr los. An der Kreuzung im Ort sah er den Wegweiser mit dem Schriftzug „Finiki" und erst dann kam es ihm wieder so wirklich in den Sinn. Sarah hatte ihn so verwirrt, dass ihm erst jetzt wieder bewusst wurde, warum er eigentlich hier war.
Ioannis! Er fuhr die Küstenstrasse entlang, verlies Arkassa, und je mehr er sich Finiki näherte, umso mehr stieg die Anspannung in ihm hoch.
Es war jetzt Mittag und Tom fand es ungewöhnlich heiß. Er hatte bereits gehört, dass in diesem Jahr die Temperaturen schon recht früh sommerliches Niveau erreichen sollten, was für einen langen trockenen Sommer sprach. Wenigstens hatte es im Winter viel geregnet. Wobei: Es gab auf Karpathos nie wirkliche Probleme mit dem Trinkwasser. Tom lenkte sich mit diesen Gedanken ab.
Er öffnete das Seitenfenster, um den herrlich warmen Wind hereinzulassen. Er atmete tief durch und bog von der höherliegenden Küstenstrasse nach links in die recht steile Zufahrt hinunter nach Finiki ab. Die schmale Straße endete quasi direkt in

dem kleinen Hafen und am Strand von Finiki direkt vor Christos Restaurant. Mittags war hier zumeist wenig los, und selbst während der Hauptsaison wirkte der Ort um diese Tageszeit recht verschlafen. Ganz im Gegensatz zu den Abenden, wenn sich Touristen wie Einheimische einen Tisch in einer der Tavernen suchten. Die Restaurants hier hatten einen guten Ruf, und vor allem Christos Taverne war bekannt für seinen frischen Fisch und hausgemachten Speisen.
Die traumhafte Lage hier am kleinen Hafen mit Blick auf die weite Bucht in Richtung Arkassa lud zum Träumen ein.
Wie oft hatte Tom hier mit seinen Freunden bis weit nach Mitternacht zusammengesessen und bei einem guten Glas Raki über die Dinge des Lebens philosophiert?
Nur dieses Mal nicht, heute war alles anders! Er würde nicht zuerst Ioannis, das Familienoberhaupt begrüßen. Nein, er würde die traurigen und verzweifelten Blicke seiner Freunde sehen. Und er würde sich hilflos fühlen. Er, der immer so einen coolen Eindruck bei allen hinterlassen hatte. Immer gut gelaunt, immer eine Antwort parat, in jeder Situation wusste, was zu tun war. Aber jetzt war ihm speiübel. Was sollte er ihnen sagen?
„Es tut mir leid!", oder: „Ihr dürft die Hoffnung nicht aufgeben!", Blödsinn! Alles Quatsch, bloße Floskeln, Frasen, austauschbar und nichtssagend.
Die Wirklichkeit war anders! Ioannis war seit vier Tagen verschwunden. Er würde nicht wieder auftauchen. Er war ... tot! Konfrontiert man seine Freunde mit der brutalen Wahrheit? Wie viel Ehrlichkeit verträgt eine Freundschaft? War es nicht besser, ihnen ein Fünkchen Hoffnung zu lassen? Diesen einen Strohhalm, an den sie sich klammern konnten, begründet mit der Tatsache, dass Ioannis Leiche ja nicht gefunden wurde?
Tom musste mit aller Kraft auf die Bremse treten und brachte den Wagen gerade noch zum Stehen. Beinahe hätte er eine kleine Katze überfahren. Das putzige Tierchen verschwand seelenruhig hinter einer brüchigen Mauer, welche die Straße vom schmalen Sandstrand trennte.

Toms Herz schlug nun noch höher als es ohnehin schon der Fall war. Er fuhr langsam weiter und parkte den Wagen kurz hinter Christos` Restaurant.
Tief durchatmend stieg er aus.
Wie oft hatte er hier nach einem stressigen Arbeitstag geparkt. Jedes Mal erneut mit der Aussicht, seine Freunde Christos und Elena zu sehen, um anschließend eines ihrer hausgemachten Gerichte zu verschlingen.
Mit schweren Beinen und einem dicken Kloß im Hals ging er auf die Treppe zur Außenterrasse zu. Er sah Elena an einem der Tische direkt am hölzernen Terrassengeländer sitzen. Christos stand neben ihr, Wild gestikulierend auf einen dicklichen Mann einredend der gegenüber von Elena saß. Dann sah Christos herüber.
„TOM!!!", schrie er auf.
„Elena, sieh, Tom ist da!!!"
Sofort sprang sie auf und beide kamen Tom entgegengelaufen. Christos und Tom umarmten sich kräftig, hielten sich dann an den Schultern gepackt und sahen sich an. Sie mussten nichts sagen. Alle Gedanken von vorhin waren für Tom verpufft.
„Tom, mein Freund. Danke, dass Du da bist!", sagte Christos nach einer Weile.
„Hallo Christos ... ich habe Deinen Schwager Michailis oben in Menetes gesehen. Er wollte mich wohl abholen, aber ich war schon mit einem Leihwagen unterwegs."
Elena stand noch etwas abseits.
Sie hatte Tränen in den Augen. Tom ging auf sie zu und nahm sie in die Arme.
So viele Male hatten sie sich herzlich und freundschaftlich begrüßt, aber jetzt spürte er an ihrem klammernden Griff, wie verzweifelt und hilflos sie sein musste.
„Ich kann ihr nichts sagen, sie tut mir so leid."
Tom fühlte sich elend.
Der dicke Mann vom Tisch kam auf die Drei zu, und als er hinter Elena stand, räusperte er sich. Tom sah ihn an. Ein gewaltiger

Bauch stellte die Knöpfe seines Hemdes auf eine harte Belastungsprobe. Der Rest des zerknitterten Hemdes war von einem grauen Tweed-Blazer verdeckt. Dazu trug er eine Jeans und schwarze Lederschuhe. In den Locken seiner schwarzen Haare verloren sich einige Schweißtropfen. Er wischte sich seine Stirn mit einem Taschentuch ab, dass er aus seiner Hosentasche hervorgekramt hatte.
„Gestatten, ich bin Kommissar Stavros."
Tom hatte die Umarmung mit Elena inzwischen gelöst.
„Färber, Tom Färber. Ich bin ein Freund der Familie!"
„Ein Freund ...", antwortete der Kommissar fragend.
„Aus Deutschland kommend, mit der Frühmaschine über Rhodos, nehme ich an?"
„Richtig! Ich habe von Ioannis Verschwinden gehört und bin gleich mit der nächsten Maschine rübergekommen."
„Tom", unterbrach Christos das Gespräch in rauem Ton. „Stell Dir vor, die wollen die Suche abbrechen!" Dabei warf er noch ein paar griechische Unmutsbekundungen hinterher, begleitet von einem strengen Blick in Richtung des Kommissars.
Stavros ließ das scheinbar völlig unberührt.
„Tom, Ihr Freund hier ist, sagen wir mal, ziemlich ungehalten. Wissen Sie, ich bin kein Unmensch und kann ihn in seiner Trauer verstehen!"
„Also hat Christos recht, Sie stellen die Suche ein!?"
„Wissen Sie, Herr ... Färber, richtig?"
Tom nickte.
„Ich mache diesen Job nicht erst ein paar Tage und Sie können mir glauben, wenn wir die geringste Chance für den Vater ihres Freundes sehen würden, wir hätten weitergemacht."
„Was denkt sich die Speckbacke eigentlich???"
„Er ist nicht nur einfach der Vater meines Freundes. Ioannis ist eine Zeitlang so was wie mein Ersatzvater geworden. In den Jahren als ich hier gelebt und gearbeitet habe war ich bei ihm wie zu Hause, gehörte quasi zur Familie!"
„Das glaube ich Ihnen ja gerne"!

Stavros wischte sich erneut die Schweißtropfen ab „aber das ändert nichts an den Tatsachen!"
„Ach ja, die da wären???" giftete Tom zurück.
„Tom komm` wieder runter ..."
„Nun ja, ein verlassenes Boot, weit draußen im Meer. Eine recht unruhige See, nicht so schwer wie in den Tagen davor, aber doch tückisch genug, auf jede Unachtsamkeit lauernd. Und da ist ein erfahrener alter Mann. Erfahren; ja! Aber, bei allem Respekt, eben ein alter Mann! Ich denke, Tom, Sie sind ein aufgeschlossener Kerl. Männer in Ioannis Alter sterben an unspektakuläreren Dingen als bei einem Sturm auf See. Sie sterben an Herzinfarkten, Schlaganfällen ... Es ist vieles möglich. Ich würde Ihnen gerne etwas anderes sagen, aber Fakt ist: Die Bezirksverwaltung auf Rhodos hat Order gegeben, die Suchboote und die Hubschrauber abzuziehen, es ist vorbei."
Tom sah ihn mit verkniffenen Augen an. Christos im Hintergrund verdrehte genervt die Augen, als habe er den Vortrag schon mal gehört.
„Helfen Sie Ihren Freunden, seien Sie für sie da. Mehr ist hier nicht mehr für Sie zu tun!", fügte Stavros hinzu.
Der Kommissar wand sich kurz Elena und Christos zu, sprach noch ein paar Worte zu ihnen und verabschiedete sich dann. Während er zu seinem silbernen Peugot ging, wischte er sich noch mal den Schweiß von der Stirn, dann fuhr er davon.
Toms Freunde sahen ihn erschöpft an. So wie er Christos kannte, hatte sich der Kommissar ziemlich was anhören dürfen.
„Komm", sagte Elena um die angespannte Stimmung etwas zu lösen, „Du hast sicher Durst. Lasst uns reingehen!"
Sie ging die Treppe hoch zur Terrasse und verschwand in der Küche, die sich direkt dahinter befand. Christos blickte immer noch wütend dem Wagen des Kommissars hinterher, der nun langsam den schmalen Weg hoch zur Küstenstraße kroch.
„Christos!", Tom packte ihn am Oberarm. „Komm` und erzähl mir jetzt erst mal alles in Ruhe!"
Sie gingen zur Terrasse und setzten sich an einen der Tische.

Nach kurzer Zeit kam Elena aus der Küche mit frischem griechischem Kaffee, Mineralwasser und drei Gläsern ihres Spezial-Raki. Alle drei sahen auch so aus, als könnten sie den jetzt wirklich gut gebrauchen.

Brian Singer hatte in einer Seitenstraße in sicherer Entfernung beobachtet, wie Tom von Sarahs Apartment weggefahren war. Erst jetzt startete er den V8er, welcher ein beachtliches Grummeln erzeugte und allein schon damit hier auf der Insel, unter den vielen kleinen Suzuki-Jimny-Jeeps der Autoverleiher, hervorstach.
Brian war einen Monat vor seinem Auftraggeber hier hergekommen und dieser war nicht gerade begeistert, als er den auffälligen schwarzen Landrover gesehen hatte, als Brian ihn damit vor ein paar Tagen hier am Airport abgeholt hatte. Deshalb würde Brian morgen den großen Jeep in Pigadia am Hafen gegen etwas weniger Auffälliges austauschen. Für Karpathos kurvenreiche Bergstraßen und enge Dörfer war ein handlicheres Auto ohnehin die bessere Wahl.
Brian war halt die Weite und Dimensionen der USA gewohnt. Drüben fuhren fast alle ein großes PS-starkes Auto. Woher sollte er auch wissen, dass hier auf diesem Geröllhaufen fast nur Kleinwagen herumfuhren. Schließlich hatte er bisher nur selten sein Land verlassen. In ärmlichen Verhältnissen aufgewachsen hatten seine Eltern nie genug Geld gehabt, um zu verreisen. Und erst recht nicht nach Übersee. Lediglich der Golfkrieg hatte ihm gezeigt, dass es Orte auf der Welt gab, in denen die Strassen nicht mehrspurig waren. Orte, in denen nicht an jeder Straßenecke ein Mc Donalds wartete. Und dass es Orte gab, wo die Menschen im Dreck und den Trümmern ihrer zerbombten Häuser leben mussten. Überhaupt wusste er nur wenig vom Rest der Welt, wozu auch? Die Menschen interessierten ihn nicht! Weder in den

USA noch im Irak oder sonst wo. Und auch nicht hier in Griechenland.
Ihn interessierten nur das Geld und die Aussicht auf ein Leben, das nur aus Partys, Frauen und schnellen Autos bestehen sollte.
Brian Singer war ein richtiges Arschloch!
Nicht, dass er als solches geboren wurde. Nein, das Leben hatte ihn dazu gemacht. Jedenfalls redete er sich das gerne ein, wenn er überhaupt einmal über sein skrupelloses Tun nachdachte. Seinen schlechten Ruf hatte er sich spätestens in der Army unter seinen Kameraden erworben und letztendlich wurde er dort wegen Körperverletzung, Diebstahl und Bestechung unehrenhaft aus der Armee entlassen. Nach unzähligen zweifelhaften „Jobs" hatte er schließlich seinen Auftraggeber kennengelernt.
Nun war er hier auf Karpathos. Er hatte einen Auftrag zu erfüllen und den würde er mit der gleichen Präzision und brutalen Rücksichtslosigkeit ausführen wie alle Dinge, die er vorher für Geld gemacht hatte.
Das mit dem Fischer war ihm unplanmäßig dazwischen gekommen. Was schnüffelte der alte Mann auch da rum …? Aber auch das hatte er gelöst. Auf seine Art.
Langsam rollte er an Sarahs Apartmentanlage vorbei. Hier wohnte sie also. Klein, ruhig, etwas abseits, abends bestimmt sehr einsam, - ideal für ihn!
Vielleicht passierte es ja auch hier …
Man würde es sehen, er hätte ja noch genug Zeit, alles neu vorzubereiten. Wobei: nein! Das würde sein Chef nicht dulden. Der war sehr genau und überaus professionell, eine Änderung im minutiös geplanten Ablauf würde der bestimmt nicht zulassen. Manchmal ging Brian diese Pingeligkeit gehörig auf den Sack. Also würde er alles so machen, wie der Chef es wollte. Schließlich bekam er eine Menge Geld für den Job und dafür sollte es so perfekt und sicher wie möglich ablaufen.
Er fuhr los und verlies Arkassa in Richtung Norden.

Sarah

Sarah öffnete die massiven Holzschlagläden der Terrassentür ihres Apartments und trat einen Schritt nach draußen auf die riesige Dachterrasse. Von hier aus hatte man einen wunderbaren Ausblick über die Bucht Agios Nikolaos und das Paleokastro. Mike hatte nach dem obligatorischen Begrüßungstalk bei einem Eiskaffee Sarahs Gepäck hoch getragen und nun war sie allein.
Sie zog ihre Bluse und die enge Jeans aus und stand nur noch im Slip bekleidet in der offenen Tür. Sie genoss die Aussicht auf die Bucht und atmete tief ein. Wie angenehm es roch. Man schmeckte das Salz in der Luft, spürte die Nähe des Meeres, die warme Luft auf der Haut. Sie fühlte sich total wohl. Aber zugleich auch etwas müde und verschwitzt von der Anreise.
„Duschen!" war ihr erster Gedanke. Genau, und dann auf der Terrasse sitzen, den leichten Wind genießen und raus aufs Meer schauen. Sie streifte ihren Slip hinunter und ging ins Bad. Grelles Sonnenlicht fiel durch das kleine Fenster hinein und erzeugte im terrakottafarbigen Bad eine warme Atmosphäre. Ihre Haut schimmerte im Licht rötlich und weich. Sarah betrachtete sich im großen Spiegel. Eigentlich gefiel sie sich. Mit ihrem Körper konnte sie jedenfalls allemal zufrieden sein.
„Superschön bist Du zwar gerade nicht, aber anscheinend noch hübsch genug!", bewertete sie ihr Spiegelbild und ertappte sich dabei, wie sie an Tom dachte.
„Er ist ja schon irgendwie süß. Wie der Dich wohl fand? Jedenfalls hätte er beinahe einen Unfall gebaut. Und nur, weil Du Dir die Haare geöffnet hast."
Sie musste bei dem Gedanken an die Situation vorhin im Auto schmunzeln. Sie trat einen Schritt zurück, um möglichst viel von ihrem Körper im Spiegel sehen zu können. Mittlerweile war es lange her, dass ein Mann sie so nackt sehen durfte. War die Zeit reif, es wieder zuzulassen, Gefühle an sich ranzulassen? Zu lange war sie allein. Sicher, sie wurde verletzt. Sehr sogar! Und sie hatte jegliches Vertrauen verloren. Angst, aufs Neue betrogen zu

werden. Aber sollte sie immer noch auf alles verzichten? Jeden Annäherungsversuch barsch zurückweisen? Wie kühl musste sie inzwischen nach außen wirken?
Sarah fuhr vorsichtig mit der Hand über ihren Busen, berührte dabei ihre kleinen, festen Brustwarzen. Ein kühler Windhauch strich durchs Apartment. Der Duschvorhang flatterte im Luftzug vor dem Badezimmerfenster und sorgte für ein wechselndes Lichtspiel auf ihrem schlanken Körper. Sie bekam eine wohlige Gänsehaut. Wieder musste sie an Tom denken. Und an das kleine Kompliment über ihre Haare. War lange war es her, dass ihr so etwas aufgefallen war. Sanft fuhr sie erneut mit der Hand über ihren Busen und drückte ihn ganz sanft. So, als wolle sie seine Größe abtasten. Sie spielte mit ihrer Brustwarze zwischen den Fingern und spürte gleich, wie sie das erregte.
Sie ging langsam zurück ins Schlafzimmer und lies sich seufzend aufs Bett fallen. Sarah sehnte sich nach einer Berührung, nach Nähe, nach Zärtlichkeit. Sie glitt mit der Hand erneut über ihren Busen, vorsichtig weiter nach unten, ganz langsam über ihren glatten Bauch, bis sie mit ihren Fingerspitzen die ersten ihrer nur wenigen Härchen ertastete. Sarah schloss die Augen. Sie war mit sich und ihrem Tagtraum allein. Ein schöner Tagtraum. Ein Traum, in dem ein Fremder sie langsam auszog und zu liebkosen begann. Sie führte ihre Hand langsam weiter, spreizte ganz leicht die Beine und drückte die Finger fest in ihre feucht gewordene Scham, stöhnte ganz leise auf …
Dann piepste ihr Handy und riss sie aus diesem intimen und schönen Moment. Sarah öffnete die Augen und musste sich erstmal sammeln.
Wer war das? Sicher ihr Vater. Na klar, Sarah hatte sich noch nicht zurückgemeldet. Sie hielt einen Moment inne und nahm ihr Handy vom Nachttisch.
„Oh nein!!!" schrie sie laut auf „typisch, das war ja mal wieder klar. So ein Mistkerl!" Sarah las den Text der SMS. So, als habe sie ihn beim ersten Mal nicht richtig verstanden.

„Hi Sarah, kann nicht kommen, was Wichtiges dazwischen gekommen, treffen uns spätestens in den Staaten, mache neuen Termin, sorry und Gruß, Steve".

Sie warf das Handy wütend aufs Bett zurück. Jetzt hatte sie so gehofft, endlich alles regeln zu können, endlich von ihm loszukommen, endgültig und dazu auch offiziell.

„Und was macht dieser Mistkerl? Versetzt Dich schon wieder. Er sollte doch nur die Scheidungspapiere unterschreiben."

Per Post wollte sie das nicht machen, oder genauer gesagt hatte das wenig Sinn. Steve war ständig in der Welt unterwegs, hatte keine wirklich feste Adresse und war daher schwer zu erreichen. Da kam es ihr entgegen, dass er vorgeschlagen hatte, sie könne ja mal wieder ihre Tante besuchen. Da er gerade geschäftlich auf dem Balkan und in Griechenland zu tun hätte, könne man sich ja auf Karpathos treffen. Und jetzt? Jetzt war sie hier aber er mal wieder nicht. Geschäftlich in Griechenland zu tun. Was das wohl für Geschäfte waren? Vermutlich hatte Steve mal wieder jemanden übers Ohr gehauen und musste schnell verschwinden.

Egal, Sarah wollte einfach nichts mehr wissen von seinen illegalen Machenschaften. Er hatte ihr gegenüber von Anfang an nicht mit offenen Karten gespielt, ihr nie erklärt, um welche „Finanzierungen" es sich bei seinen tollen Geschäften handelte. So tolle Geschäfte, dass Sarah mit Engelszungen auf ihren Vater eingeredet hatte, damit der ihm 50.000 Dollar gab, um zu verhindern, dass Steve in den Knast gemusst hätte. Dafür war Sarahs Familie dann gut genug, wo Steve sie sonst als spießig und geizig beschimpfte. Vater hatte das Geld nur gegeben, weil er den Ruf der Familie wahren wollte. Aber auch vor allem weil er seine Tochter, sein einziges Kind, über alles liebte.

Nein, mit alle dem war jetzt Schluss. Nur noch die Scheidung und Steve war Vergangenheit. Dafür brauchte sie aber ein paar Unterschriften von ihm, und dazu wiederum musste sie ihn erst einmal erwischen. Jetzt konnte sie wieder ein paar Wochen warten! Sie nahm ihr Handy vom Bett und wählte seine Nummer.

„Nicht erreichbar war ja klar ..."

Ihr Gesichtsausdruck deutete an, dass ihr jetzt besser keiner in die Quere kommen sollte. Sarah versuchte es erneut, wieder nichts! Schließlich schickte sie ihm eine SMS, gleichwohl wissend, dass er darauf eh nicht antworten würde. Laut fluchend verschwand sie im Bad und ging duschen. Ihre schöne Stimmung von vorhin war nun endgültig verschwunden.

Tom sah vom kleinen Balkon hinunter in das ausgetrocknete Bachbett von Arkassa. Nur wenige Besucher kannten die Insel auch aus der kühlen Jahreszeit und konnten sich bestimmt nicht vorstellen, wie es war, wenn im Winter nach heftigen Regengüssen das Wasser wildbachgleich durch den schmalen Canyon hinunterraste und sich ins offene Meer ergoss.
Vom November bis März war Karpathos wie verlassen. Fast alle Hotels und Restaurants hatten geschlossen, und viele ihrer Pächter und Besitzer wohnten auf dem Festland oder auf einer der größeren Inseln. So auch Elena und Christos.
Darum hatten sie hier auch nur eine kleine Stadtwohnung, da sie während der Saison die ganze Woche von früh bis spät im Restaurant arbeiteten. Lediglich zum Schlafen kamen sie hier in diese zwar kleine, aber wie Tom fand, sehr geschmackvoll eingerichtete Wohnung. Elena hatte ein Faible für Kunstgegenstände und Wohnaccessoires. Das spiegelte sich anhand vieler stilvoller Details in der Wohnung wieder. Ihr Sohn studierte auf Kreta, deshalb hatten sie natürlich darauf bestanden, dass Tom das nun freie Zimmer nahm und bei ihnen wohnte.
Tom lehnte sich über die Balkonbrüstung. Unter ihm fuhr ein alter Grieche auf seinem laut knatterndem, alten Mofa vorbei, auf dem Gepäckträger einen Drahtkorb mit Hühnern.
In Deutschland wäre das qualmende und stinkende Zweirad wahrscheinlich bei dem Lärm, das es machte, längst stillgelegt worden. Hier störte das niemanden so wirklich.

Nachdem er sich nachmittags etwas hingelegt hatte, verspürte Tom einen ziemlichen Hunger und wollte erst mal was essen gehen. Er roch prüfend an seinem Hemd „*... geht noch*", zog es über und knöpfte es zu, während er die letzten Reste des Sonnenuntergangs über dem Meer genoss.

Unten vorm Haus blieb er kurz stehen. Von links kam ein alter Toyota-Pickup, dessen rostigen Ladebordwände den Eindruck erweckten, als fielen sie gleich ab. Direkt dahinter folgte eine flammneue 125er-Enduro, dessen junger Fahrer, natürlich ohne Helm, die Dorfstraße entlang jagte.

Tom sah hinüber zum Paleokastro. Unterhalb brachen sich die Wellen an seinen schroffen Flanken, welche weit ins Wasser ragten und die Gischt spritzte mannshoch über die zerklüfteten Felsen. Direkt gegenüber von Tom, auf der anderen Seite der Dorfstraße, stand noch immer das halb zerfallene Haus. Tom kannte es seit seinem ersten Aufenthalt vor einigen Jahren. Die Eingangstür, eigentlich mehr ein paar zusammengenagelte Bretter, hing halb in den Scharnieren, und von innen wuchsen hohe Unkrautpflanzen heraus. Das Dach war zur Hälfte eingestürzt aber nach wie vor schien das niemanden zu interessieren. Direkt neben dieser Bruchbude hatten anscheinend wohlhabende Leute ein imposantes Haus gebaut. Eine säulenumrandete Veranda und eine hibiskusberankte Pergola, die in einen mit Marmor gefliesten Säulengang mündete, unterstrichen den klassischen Chic dieser Stadtvilla.

Tom liebte diese Gegensätze, auch das war Arkassa. Altes, Zerfallenes und Neues, Luxuriöses, alles passte zusammen.

Er genoss noch einen Moment diese Atmosphäre und fuhr dann los nach Finiki.

Auf der Fahrt dachte er darüber nach, dass Außenstehende sich sicher wunderten, weil Christos die Taverne angesichts des Trauerfalls noch nicht geschlossen hatte. Tom wusste warum! Der einzige Grund war der, dass Christos den Tod von Ioannis nicht einfach so akzeptierte. Immer hatte er alles unter Kontrolle, so wie auch sein Vater, und solange noch ein Fünkchen Hoffnung

bestand, würde er nicht trauern, und so lange würde auch das Restaurant geöffnet bleiben! Zu stolz war er.
Angst? Ein Fremdwort!
Schwäche? Kannte er nicht!
Aufgeben? Niemals, oder zumindest erst, wenn es wirklich nicht mehr weiterging und auch er keine Alternativen mehr sah!
Deshalb wäre allein die Erkenntnis, Ioannis würde nie mehr zurückkommen ein immens schwerer Schritt für Christos.
Tom parkte den Wagen direkt vor der Taverne und ging zur Außenterrasse. Es war zwar erst Vorsaison, aber trotzdem war gut die Hälfte der Tische besetzt. Das Restaurant war eigentlich immer gut besucht, egal zu welcher Jahreszeit.
Er setzte sich, ohne sich weiter umzusehen, an einen der Tische am Rand der Terrasse. Von hier aus hatte man den besten Blick über den kleinen Hafen und das Kommen und Gehen.
Christos und Elena winkten ihm freundlich zu. Sie würden sicher später, wenn es etwas ruhiger war, zu ihm kommen. Das taten sie oft und meistens wurde es dann spät in der Nacht, da man sich immer viel zu erzählen hatte. Vor allem jetzt, wo Tom so lange weg gewesen war!
„Kali Spera", kam ein freundlicher Gruß und Tom staunte nicht schlecht, wen er da sah. Irini, Elenas kleine Nichte stand da. „Klein" traf es nur halb, denn abgesehen von ihrer Körpergröße war aus dem kleinen Mädchen, was Tom zuletzt gesehen hatte, eine junge Frau geworden.
„Wie geht es Dir, Tom?", kam als Nächstes von ihr in überraschend gutem Deutsch.
„Danke, Irini, mir geht es ganz gut. Du lernst Deutsch?"
„Yes, for the German Tourists", antwortete sie und errötete leicht. Wahrscheinlich war sie doch noch nicht so ganz fremdsprachensicher.

Tom bestellte zunächst ein griechisches Bier und blickte belustigt der Kleinen hinterher, die auf ihren Flip-Flops in Richtung Küche verschwand. Tom schmunzelte, denn er sah am Ende der langen

Terrasse Christos und Elena stehen. Er fand, Sie waren ein hübsches Paar. Elena, stets gut gekleidet, selbst wenn der Laden rappelvoll war, bildete so manches Mal den Blickfang der männlichen Gäste im Restaurant. Und Christos, den Tom niemals in einem ungebügelten oder gar schmutzigen Hemd gesehen hatte, wachte wie ein Adler über alles. Er verlor nie die Übersicht. Christos liebte seine Frau und er liebte seine Familie. Sie hatten mit viel Liebe, Arbeit und Schweiß das Restaurant aufgebaut und konnten stolz und zufrieden sein.

Es ging ihnen gut … bis vor ein paar Tagen.

Ioannis Verschwinden belastete sie sehr und Tom fühlte sich wie gelähmt, konnte ihnen nicht helfen.

„Verdammt, wofür bist Du hier? Um Dich wie immer hier hinzusetzen und bedienen zu lassen? Du musst was tun!"

Tom war wütend. Über sich und über seine Machtlosigkeit.

Er musste doch irgendwas geben, das er machen konnte. Oder reichte es aus, einfach nur da zu sein???

„Tom? Das gibt es ja nicht!", jemand am Tisch vor ihm drehte sich um. Die Frau riss ihn aus seinen trüben Gedanken. Sie stürzte auf und sprang Tom, der jetzt ebenfalls aufgestanden war, regelrecht in die Arme. Die Flasche Bier, welche Irini inzwischen hingestellt hatte, kippte um und der Inhalt ergoss sich über die Tischdecke.

„Tommi, was machst Du denn hier???" Ich meine … ich dachte … Mensch, Tom!"

Sie drückte ihm einen fetten Schmatzer auf die Wange.

„Anna", strahlte Tom sie an. „… genauso stürmisch wie früher."

Er sah sie von oben bis unten an.

„Anna Svendson. Dass ich ausgerechnet Dich hier an meinem ersten Abend auf der Insel wiedersehen würde … irre!"

Die beiden herzten sich, als hätten sich zwei liebende Jahre lang nicht gesehen. Tom hielt sie fest an sich gedrückt und öffnete die Augen. Annas Haare versperrten ihm die Sicht. Er strich sie zur Seite … und sah zwei Tische weiter Sarah sitzen!

„Scheiße!", fuhr es ihm gleich durch den Kopf …

Im selben Augenblick küsste Anna ihn erneut freundschaftlich auf die Wange.
„Ich bin so glücklich, Dich zu sehen. Warum bist Du wieder hier? Ach ja ... blöde Frage ... Ioannis! ... Brauchst nichts zu sagen!"
Tom blickte zu Sarah. Als sie das bemerkte, sah sie weg und tat so, als sei sie an der Szene überhaupt nicht interessiert.
„Ich darf mich ja zu Dir setzen?", fragte Anna.
„Na klar, was dachtest Du denn."
Während Anna ihre Handtasche und ein Glas Wein von ihrem Tisch schräg gegenüber holte, suchte Tom erneut Blickkontakt zu Sarah. Keine Reaktion! Sie sah zur Seite und starrte anscheinend aufs Meer.
„Ich schau nicht rüber ... ist mir doch egal, was der Typ macht."
Sie zwang sich krampfhaft, nicht ihren Kopf zu drehen, bloß nicht aufzufallen. Obwohl sie tierisch neugierig war!
„Mensch Tommilein, gut siehst Du aus. Hast Dich ganz schön verändert. Stehen Dir, die kurzen Haare."
Anna wuschelte ihm über den Kopf.
„Tommilein ... nein wie süß", Sarah musste aufpassen, nicht laut loszulachen.
„Hast Du endlich alles geregelt in Deutschland?" Anna sah ihn prüfend an.
„Ja, ich bin geschieden, alles ist in Ordnung. Ich bin ... frei ... könnte man sagen." Immer noch war er total verunsichert, weil Sarah ein paar Meter weiter saß.
„So, also frei bist Du", wiederholte Anna kess. "Hast Du denn Deine neugewonnene Freiheit schon genießen können?"
„Natürlich, Du Blondchen ... und mit Dir macht er gleich fröhlich weiter!" steigerte sich Sarah weiter in die Situation hinein.
Warum eigentlich? Sie wunderte sich selbst darüber. Dabei konnte sie natürlich nicht wissen, dass Tom die skandinavische Reiseleiterin aus seinen Agenturzeiten kannte. Und Sarah konnte auch nicht wissen, dass Anna ein guter Kumpel für Tom geworden war. Neben Christos und Jani sein bester „Freund" auf der Insel. Zwischen den beiden war nie etwas gelaufen, über den

Punkt waren sie hinweg. Obwohl alle Kerle der Insel Tom bescheinigten, dass er früher oder später mit der attraktiven Blondine im Bett landen würde. Eine Frau wie Anna und nur befreundet sein: eine unvorstellbare Vorstellung, besonders für einen Griechen. Und Gelegenheiten hatten die beiden genug. So wie eines Nachts allein am Strand. Eine gute Flasche Wein, die passende Stimmung: nein! Geredet hatten sie, über Gott und die Welt, bis in die frühen Morgenstunden. Anna war ein Kumpel, eine Freundin, mehr nicht.

Die beiden sprachen über die aktuellen Ereignisse und dann stand Anna plötzlich auf.

„Tom, ich muss los." Sie sah kurz zu Sarah hinüber.

Natürlich waren Anna die Blicke nicht entgangen.

„Du hast noch was vor?", wunderte sich Tom.

„Schade, was?" eiferte sich Sarah im Stillen.

„Ich denke, Du hast vielleicht heute auch noch was vor!", zwinkerte Anna Tom zu, der mit einem fragenden Gesichtsausdruck reagierte.

„Tom, ich habe noch einen Termin in Pigadia. Rufst Du mich mal an? Du hast doch noch meine Nummer?"

„Sicher hat er die ... so wie die von 25 anderen."

Sie verabschiedeten sich und im Gehen drehte Anna sich noch mal um. „Wenn Du mich brauchst, ich bin für Dich da!"

„Da wette ich drauf ..." Sarah trank hastig einen Schluck von ihrem Rotwein. Was war mit ihr los??? Sie kannte den Typen doch überhaupt nicht. Gut, da war die nette Fahrt vom Flughafen hier rüber. Aber mehr halt nicht. Und doch kochte sie innerlich! So kannte sie sich jedenfalls nicht!

Tom saß nun wieder alleine da und blätterte in der Speisekarte. Von irgendwoher hörte er ein leises Miauen.

Er sah unter den Tisch und entdeckte ein kleines Kätzchen. In dem Augenblick, als Tom seine Hand vorsichtig entgegenstreckte, schlug das süße Tierchen mit ausgefahrenen Krallen zu. Tom zuckte erschrocken auf und sah sofort rüber zu Sarah. Der war die Sache nicht entgangen und sie musste lachen.

„*Ist doch Quatsch: Sie sitzt alleine da ... ich hier.*"
Er stand auf und ging zu ihrem Tisch.
„Hallo Sarah. So schnell sieht man sich wieder."
Sarah nickte nur.
„Ich dachte, wir könnten zusammen essen?" fragte er.
„So, dachtest Du", kam überaus reserviert zurück.
„Ja, dachte ich ... äh, ich meine ... wir sitzen beide alleine hier ... aber ... wenn Du lieber alleine sein möchtest ... kein Problem. Ich wollte damit sagen ... äh ... ist nicht schlimm ..."
„*Mein Gott, was faselst Du da???*", dachte er nun vollends verunsichert.
„Für mich wäre das ja Okay, aber was sagt Deine kleine Freundin von gerade dazu? Die ist bestimmt nicht begeistert." Kaum ausgesprochen bereute sie auch schon ihren verbalen Schnellschuss.
„*Jetzt denkt er bestimmt, ich sei eifersüchtig. Warum kannst Du auch nicht Deine Klappe halten?*"
Tom beugte sich zu ihr hinunter und stütze sich mit den Händen auf dem Tisch auf.
„Meine „Freundin" ist wirklich nur eine Freundin, ein guter Kumpel, verstehst Du? Und zwar nur das und nichts anderes. Ich dachte, die Flughafennummer hätten wir hinter uns gebracht?"
Sarah sah ihn an, als würde sie einen Geist sehen. Sie musste schlucken, wäre am liebsten vor Scham im Erdboden versunken. Ihr Verhalten von gerade wurde ihr nun zunehmend peinlicher.
„Nachdem wir das nun geklärt haben ... hast Du jetzt vielleicht doch noch Lust mit mir zu essen? Ehrlich, ich würde mich freuen." Tom lächelte sie an.
„*Los, bitte, sag ja ...*" dachte er, während er da stand und den völlig coolen und lässigen Typen spielte.
„Warum eigentlich nicht?"
Sarah stand auf und warf ihm einen frechen Blick zu.
„Gibst ja sonst wohl keine Ruhe."
Sie setzte sich an Toms Tisch, an dem Irini gerade die für griechische Tavernen übliche Papiertischdecke wechselte und sie an den Seiten mit Metallklammern fest spannte.

Sarah vermied es immer noch, Tom anzusehen.
„Hast Dich wie ein Teenie benommen!", verfluchte sie sich.
Tom versuchte, die angespannte Situation zu lockern.
„Und? Gefällt Dir Dein Apartment?"
„Oh, ja, ist wirklich schön. Und die Vermieter sind supernett!"
Sarah strich die Falten der Tischdecke glatt. Sie betrachtete das Motiv der Papierdecke, welches die groben Umrisse der Insel darstellte. Die größeren Orte waren in griechischer Schrift und mit einem Punkt gekennzeichnet.
Sie fuhr mit dem Zeigefinger von Arkassa aus über die Mitte der Insel hinüber auf die andere Seite nach Aperi.
„Diese Strecke sind wir früher oft gefahren, wenn wir meine Tante besuchten. Ich habe mich damals aber meistens bloß auf die Fahrt gefreut, weil ich dann oben in Piles an dem kleinen Kiosk was Süßes bekommen habe."
„Den Kiosk gibt es immer noch. Und das Kafenion nebenan. Manchmal fahre ich zwischendurch da hoch, setzte mich bei einem Frappé vor ein Café und beobachte das Treiben auf der Straße. In der Hochsaison brettern mittlerweile ziemlich viele Fahrzeuge durch den kleinen Ort … Mein Gott, ich höre mich so an, als wäre ich da vor ein paar Tagen gewesen, dabei ist es eine Ewigkeit her."
„Brettern?" fragte Sarah nach. Sie sprach zwar sehr gut deutsch, aber den Ausdruck kannte sie offenbar nicht.
„Brettern sagt man bei uns im Ruhrgebiet, wenn jemand schnell fährt, rast. Sag mal, woher kannst Du eigentlich so gut deutsch? Ich wollte Dich heute auf der Fahrt schon fragen."
Sarah spielte weiter an der Tischdecke rum.
„Mein Vater ist Deutscher, ist aber in den USA aufgewachsen, da seine Familie irgendwann ausgewandert ist. Seine Heimatsprache haben wir aber zu Hause immer gepflegt. Ich hatte ein deutsches Hausmädchen und eigentlich wurde bei uns mehr deutsch als englisch gesprochen."
„Und Deine Mutter war von hier?" hakte Tom nach. "War sicher praktisch, dann auch noch griechisch zu lernen?"

„Nein, griechisch haben wir nie gesprochen. Meine Mutter hat sich da dem Wunsch meines Vaters gebeugt. Er ist ziemlich konservativ, weißt Du. Aber trotzdem ein ganz Lieber ... aber lass uns das Thema wechseln, wir reden ja die ganze Zeit nur von mir!"
„Was möchtest Du hören?" antwortete Tom.
„Sie kann ja richtig nett sein", wunderte er sich.
„Erzähl mir was von Deinem Ruhrgebiet. Ich war zweimal in Deutschland, aber nie dort. Habe lediglich Berlin und München besucht. War sehr schön dort!"
„Siehst Du, Berlin und München habe ich nie gesehen. Aber wenn ich Dir sage, dass mein Ruhrgebiet genau so schön ist, glaubst Du mir das?"
„Vielleicht? Aber sagt das nicht jeder von dem Ort, wo er wohnt und lebt?"
„Nicht unbedingt! Karpathos finde ich mindestens ebenso schön, nur halt völlig anders."
„Wie anders? Erklär es mir!" Sarah zwinkerte ihm zu.
„Das kann aber dauern, wenn ich einmal anfange."
„Ich habe Zeit und heute Abend nichts mehr vor." Sarah schien wirklich gespannt darauf zu sein, was Tom so über seine Heimat zu erzählen hatte. Und sie fühlte sich wohl in seiner Nähe. Auch wenn sie sich das nur ungern eingestand.
„Sollten wir uns nicht zuerst was zu essen bestellen?" erinnerte Tom sie daran, dass sie noch an einem leeren Tisch saßen.
„Na klar, ich bin auch schon fast am verhungern."
Sie blätterten in den Speisekarten.
„Kannst Du mir etwas empfehlen?"
„Hmm ..." Tom überlegte kurz „Was würdest Du davon halten, wenn wir uns einen Berg verschiedener Vorspeisen bestellen. So kommt jeder in den Genuss, alles Mögliche zu probieren."
„Hört sich gut an. Du bestellst ... und ich probiere", lachte sie.
„Ich vertraue Dir da voll und ganz!"
Wieder wunderte sie sich. Das Wörtchen „Vertrauen" hatte sie lange Zeit aus ihrem Wortschatz verbannt.

Tom winkte Irini heran und bestellte die Speisekarte rauf und runter: Dolmadakia, also gefüllte Weinblätter, gegrillte Auberginen, frittierte Sardinen, mit Reis gefüllte Zucchiniblüten, in Knoblauchöl geschwenkte Shrimps, Kalamar und Bergsalat mit Käse. Dazu eine Karaffe leichten, roten Landweins. Er machte das mit so einer Freude und Begeisterung, Tom zelebrierte die Bestellung schon beinahe. Sarah hörte ihm fasziniert dabei zu.

Als Irini sich auf dem Weg in die Küche machte, fing Tom an zu erzählen. Und er hatte viel zu erzählen.

Vom Ruhrgebiet, von dem speziellen Menschenschlag und somit natürlich von Frau Paschupke. Er erzählte von seiner Heimatstadt Dortmund und seinem Leben dort. Von den kulturellen Highlights und den vielen Möglichkeiten, die man dort hatte. Während Irini einen Teller nach dem anderen servierte, schwärmte er auch von Schmidts herzhaften Frikadellen. Er zählte alle Dinge auf, die er an dem Leben in Deutschland so schätzte.

Im Gegenzug verglich er das mit Karpathos, mit dem Leben hier und seinen Freunden auf der Insel. Von der Unbeschwertheit und dem teilweise einfachen Leben, aber auch den Schwierigkeiten, die man bekommen kann, zum Beispiel bei der ärztlichen Versorgung. Und er erzählte auch von Ioannis und warum er zurückgekommen war.

Sarah probierte sich derweil durch die Köstlichkeiten, die duftend den kompletten Tisch bedeckten. Eigentlich kaute sie die ganze Zeit, nur ab und an von einem „Hmmh, lecker" oder „Schmeckt super" unterbrochen.

„Also steht es unentschieden!", stellte Sarah irgendwann fest.

„Wieso?"

„Na, weil Du von Dortmund genau so schwärmst wie von Karpathos."

„Das täuscht."

Tom nahm einen Schluck Rotwein, um den letzten Bissen hinunter zu spülen.

„Sicher, ich mag beides, aber wenn ich es mir aussuchen könnte, ich würde hier leben!"
„Bist Du Dir da sicher? Ich meine, hier ist es das Leben in bestimmten Dingen schwerer als in Deutschland!"
„Ja, da bin ich mir sogar ganz sicher!" Und das sagte er aus voller Überzeugung. Er wurde ernst und blickte Sarah schweigend an.
„Meine Liebe zur Insel hat mich ... ja, das könnte man so sagen ... meine Ehe gekostet."
„Du warst verheiratet?"
„Ja, und wir haben eine kurze Zeit lang hier zusammengearbeitet. Aber sie, ich meine Katrin, wollte nicht dauerhaft hier bleiben!"
„Und deshalb habt ihr Euch getrennt?" Sarah stützte sich mit den Ellenbogen auf dem Tisch auf, hielt ihr Rotweinglas in der Hand und beugte sich zu Tom. Er hatte sie neugierig gemacht!
„Ich denke, das war nur der Auslöser. Wir haben uns auseinander gelebt. Irgendwie war es auf einmal nicht mehr so wie früher. Und bevor ich überhaupt eine Chance hatte zu reagieren, hatte sie schließlich einen anderen. Tat schon weh, weißt Du?"
„Du würdest mir nicht glauben, wie sehr!", ging ihr sofort Steve durch den Kopf.
Tom erzählte weiter.
„Heute glaube ich, es war besser so. Denn wenn ich ehrlich bin, habe ich sie auch nicht mehr so geliebt, wie sie es vielleicht auf ihre Weise verdient gehabt hätte."
Er schob sich ein Stück Brot mit Zaziki in den Mund und spülte das Ganze mit einem Schluck Wein hinunter.
„So, jetzt bis Du dran!" Tom deutet mit dem Glas auf Sarah.
„Womit?"
„Erzähl was von Dir!"
„Was möchtest Du denn gerne hören?"
„Zum Beispiel, warum Du wirklich hier hergekommen bist!"
„Wirklich hergekommen ... wie meinst Du das?"
Sie tat ahnungslos, weil er sie mit seiner Frage ziemlich überrascht hatte.

„Heute am Flughafen hast Du auf mich irgendwie einen bedrückten Eindruck gemacht. Du wirktest auf mich sogar etwas traurig."
„Das hat er also gemerkt! ... Soll ich es ihm erzählen? Warum eigentlich nicht, er ist ja auch ziemlich offen!"
„Wirklich hier bin ich, weil ich mich scheiden lassen will."
„So, jetzt weiß er es, ist ja nichts dabei!"
„Also ist sie so gut wie solo", dachte er.
„Hier auf Karpathos scheiden lassen?"
„Nicht ganz. Ich wollte mich hier mit meinem zukünftigen EX treffen, damit er die Scheidungspapiere unterschreibt. Bei uns in den Staaten reicht das, man muss nicht gemeinsam vor Gericht erscheinen."
Ohne dass Tom hätte weiter nachfragen müssen, erzählte Sarah noch mehr. Von Steve und seinen illegalen Geschäften. Davon, wie er sie betrogen hatte und dann immer wieder beteuert hatte, sich zu ändern. Bis sie ihn eines Tages live erwischt hatte. Dieses Grinsen würde sie nie vergessen. Ein Grinsen, was ihr sagen sollte: „Hey, ich bumse mit wem ich will und so oft ich will, und Du machst rein gar nichts dagegen!"
Je später der Abend wurde und je mehr Wein und Ouzo dazukam, umso redseliger wurde sie, und zum ersten Mal seit Jahren öffnete sie sich einem Fremden gegenüber.
Und schließlich, solange sie noch einigermaßen verständlich reden konnte, erzählte sie Tom von dem Tag als Steve sie geschlagen hatte. Geschlagen, als er erfuhr, dass bei ihr nichts zu holen war. Sie war schwerreich, klar. Aber sie war auch sehr gut abgesichert, dafür hatte ihr Vater schon gesorgt. Er liebte seine Tochter, aber er liebte auch das Familienvermögen. Steve kam an keinerlei Geld ran. Lediglich seine teure Uhr und die schwarze Corvette hatte er behalten dürfen, als Sarah ihm sagte, sie wolle sich von ihm trennen.
„Dann eines Tages stand er vor meiner Tür. Wir stritten uns und er beschimpfte mich wüst, drohte mir, wollte Geld. Viel Geld. Dann schlug er zu. Bäng!"

Tom war ganz still geworden.
„Das Ganze hat mich an eine Szene aus Pretty Woman erinnert!" sie hielt sich das Kinn als sei es vor ein paar Minuten gewesen.
„Pretty Woman?" fragte Tom erstaunt nach.
„Ja, an die Szene, in der Julia Roberts, nachdem sie von so einem schmierigen Typen einen Faustschlag ins Gesicht bekommen hat, Richard Gere fragt, ob Jungs so was in der Schule lernen."
Tom gab keine Antwort.
„Und? Lernen Jungs so etwas in der Schule?" fragte sie.
Tom sah sie mit einem unverständlichen Kopfschütteln an. Wie konnte man so eine hübsche Frau schlagen? Er verstand sowieso nicht, wie man sich überhaupt an einer Frau vergreifen konnte.
„Ich hab´ jedenfalls keinen Prinzen gehabt, der danach mit einer Stretchlimousine unter meinem Fenster aufgetaucht ist, um mich zu retten." Sarah zwinkerte Tom zu, wohl um ihm damit zu signalisieren, dass der Vergleich mit Julia Roberts mehr scherzhaft gemeint war.
„Du hast eben gesagt, Du wolltest Dich mit Deinem Mann treffen. Ist was schief gelaufen, gab es Probleme?", fragte Tom nach.
„Das kann man so sagen. Steve alleine ist schon Problem genug. Er hat mich mal wieder versetzt! Hat mir heute mal eben so per SMS mitgeteilt, dass unser Treffen platzt. Dieser Scheißkerl!"
Sie nahm ihr halb volles Glas und spülte den Rotwein hastig in einem Zug hinunter.
Die beiden saßen noch lange da und unterhielten sich. Wobei man Sarah manchmal nur noch schwer verstand. Irgendwann waren ihre Sätze meist von einem quietschenden Gekicher begleitet.
Tom hatte weniger getrunken oder vertrug anscheinend auch einfach mehr.
Er genoss jeden Augenblick des Abends. Lange hatte er sich nicht mehr so gut mit einer Frau unterhalten, noch dazu mit einer solch attraktiven.

Sarah blinzelte und öffnete vorsichtig die Augen.
Die Sonne schien durch die geöffnete Terrassentür in ihr Gesicht und blendete sie. Auf ihrer Zunge lag ein pelziger Geschmack.
Wieso hatte sie die Vorhänge nicht zugezogen und wieso lag sie in ihrem Kleid von gestern Abend im Bett?
Langsam kam die Erinnerung zurück.
„Oh nein!, Tom! Er muss mich hier hergebracht haben! Na, wenigstens hat er mich nicht ausgezogen."
Sie richtete sich auf. Ihr Kopf dröhnte dumpf.
Ihr Blick fiel auf ihre Handtasche, die mitten im Raum auf dem Boden lag. Ein Schuh stand neben der Eingangstür, der andere auf dem Tisch. Neben ihrem Bett stand ein Eimer. Ihre Vermutung, darin die Reste vom Abendessen zu finden, bestätigte sich zum Glück nicht.
„Da hast Du Dich ja schön danebenbenommen!"
So sehr sie es auch versuchte, einige Teile des gestrigen Abends wollten ihr einfach nicht mehr in den Sinn kommen.
Sie stand vorsichtig auf und zog das verschwitzte Kleid aus.
„Was soll Tom jetzt von Dir denken? Wie peinlich ist das denn?"
Um den fürchterlichen Kater wenigstens ein Stück weit zu verjagen, wollte sie sich erstmal unter die kalte Dusche stellen. Ändern konnte sie jetzt sowieso nichts mehr. Tom würde sie für heute ganz sicher aus dem Weg gehen … und eine Kopfschmerztablette nehmen!

Steve zog einen kräftigen, tiefen Zug am Rest seiner Zigarette und drückte sie dann im Aschenbecher aus.
In dem Straßencafe am Hafen von Pigadia war morgens um diese Uhrzeit noch nicht viel los. Touristen waren nur wenige da und so bestimmten die Einheimischen das Straßenbild. Aber dafür interessierte Steve sich jetzt nicht. Er sah auf seine 2000-Dollar-Armbanduhr. Viertel nach zehn. Schon über fünf Minuten Verspätung. Er würde ihm mal wieder kräftig den Kopf waschen

müssen und ein für alle Mal eintrichtern, dass er Pünktlichkeit nicht nur pflegte, sondern erwartete.
Er steckte sich gerade die nächste Zigarette an, als Brian endlich kam. Der silber-graue Jeep hielt nur unweit des Cafes auf der anderen Seite der Hafenpromenade.
„Hallo Steve!", kam Brian Singer nichts ahnend auf ihn zu.
Steve erwiderte den Gruß nur kühl und packte Brian dann schroff am Oberarm. „Ich habe Dir tausend Mal gesagt, Du sollst pünktlich sein. Wir müssen aufpassen, Du weißt, was auf dem Spiel steht! Hast Du mich nun endlich verstanden?"
Brian riss sich los und zog den Stoff seines Ärmels wieder glatt.
„Hey Mann, Chef, mach Dich locker. Ich weiß gar nicht, was Du willst. Läuft doch alles nach Plan!"
Steve sah zum Jeep.
„Wie ich sehe, hast Du nun einen etwas weniger auffälligen Wagen besorgt."
„Aber auch einen auffällig langsameren", konterte Brian.
„Wir wollen hier keine Off-Road-Rennen veranstalten. Für unsere Zwecke reicht die Karre!" Steve sah Brian streng an.
„Wir haben schon genug Fehler gemacht, der Rest sollte reibungslos laufen!" Brian kam näher heran und verteidigte sich:
„Okay, ich hab es kapiert. Das mit dem Fischer ist scheiße gelaufen! Aber was schnüffelt der alte Mann auch da rum?"
„Und Du musstest ihm natürlich gleich eins verpassen?" ergänzte Steve „Vielleicht hätte er nichts gesehen und wäre wieder verschwunden. Und was hat das Ganze gebracht? Die Polizei ist erst gestern Abend da oben abgezogen!"
Steve klang immer noch verärgert.
„Aber, er hat mich gesehen, verstehst du? Der war halt zu neugierig ... selbst schuld!" Brian lachte hässlich auf.
„Meinst Du, die Luft ist wieder rein?" fragte er.
„Ich denke schon. Nur noch ein paar Tage, und wir sind um 20 Millionen Dollar reicher!" antwortete Steve inzwischen wieder etwas beruhigter und selbstsicher.

Beide lachten. „So, es wird Zeit". Steve sah auf die Uhr „Sie kommt gleich an, wir müssen sie abholen!"

Sarah stieg aus der Dusche, schwang sich das weiße Duschtuch um den schlanken Körper und wickelte ein kleineres Handtuch wie einen Turban um ihre nassen Haare. Der Reisewecker zeigte elf Uhr an. Eigentlich wäre sie jetzt zum Treffen mit Steve gefahren. Ach ja, Steve! „Arschloch", war alles, was ihr noch zu ihm einfiel. „Die Scheidung kann ich jetzt erstmal vergessen."
Sie setzte sich auf die Bettkante, streckte ihre Beine aus und betrachtete ihre Füße.
„Was mache ich denn jetzt?" Sarah fühlte sich leer und ausgenutzt, wie so oft, wenn sie an Steve dachte.
Sie sah zum Fenster. Der kräftige Wind wehte den hauchdünnen Vorhang in den Raum. Draußen raschelte das mannshohe Bambusgras, welches hier überall wuchs.
Ja, was machte sie jetzt?
Lange konnte sie nicht überlegen, denn es klopfte an ihrer Apartmenttür.
„Ja bitte?"
„Sarah, ich bin`s, Tom!"
„Mist. Was will DER denn jetzt hier??"
„Sie hat bestimmt noch geschlafen. Idiot! Hast sie sicher geweckt!" wartete Tom auf eine Antwort.
„Ähm … ja, … hallo Tom!", sprang sie panisch auf.
„Einen kleinen Moment, ich komme gerade aus der Dusche!"
Tom stütze sich am Türrahmen ab.
„Whow! Oh Mann! Muss das ein Anblick sein!"
Sarah rannte ins Bad und warf auf dem Weg dorthin das Handtuch, was sie um ihre Haare gewickelt hatte, aufs Bett.
Vorm Badezimmerspiegel wuselte sie sich noch schnell durch die feuchten Locken und versuchte irgendwas damit zu machen, was wenigstens halbwegs nach einer Frisur aussah.

„*Warum machst Du das? Benimmst Dich wie `ne 14 Jährige*",
fragte sie sich, während sie ihre noch etwas übernächtigten Augen betrachtete.
Dann ging sie zum Eingang und öffnete die Tür.
Tom stand da und war erst einmal ein paar Sekunden sprachlos.
„*Diese Frau sieht wahrscheinlich auch direkt nach einem Marathonlauf noch perfekt aus. Unglaublich!*"
Sarah starrte an sich herunter und zog das Handtuch etwas fester, da sie sonst mehr von ihrem Busen sehen lassen würde, als ihr lieb war.
„Guten Morgen Sarah. Ich war in der Nähe und wollte kurz nach Dir sehen."
„*Kurz nach mir sehen ... aha ...*"
„Dir ging es nicht ganz so gut, als Nikos und ich Dich ... äh ... ins Bett gebracht haben. Ist soweit alles Okay mit Dir?"
„*Er macht sich Sorgen! Wie süß!*"
„Ja, danke, alles bestens!! Habe gut geschlafen und die Dusche hat auch geholfen. Nein, ehrlich, es geht mir gut!"
„*Ist ganz schön durch den Wind, die Gute.*"
„Möchtest Du reinkommen? Auf einen Kaffee?"
„*Wieso lässt Du ihn rein? Wolltest ihn doch erstmal nicht sehen? Außerdem hast Du nichts an und siehst zum Heulen aus.*"
„Danke, gerne!", und schon stand Tom in ihrem geräumigen und hübsch eingerichteten Apartment.
Sarah ging zur Kochnische und füllte Wasser in die Kaffeemaschine.
„Tom, wie spät war es eigentlich gestern?"
„Heute!"
„Wie bitte, was hast Du gesagt?"
„Ich sagte heute. Es war kurz nach drei."
Tom ging weiter in den großen Schlafraum, der zur Terrasse führte. Auf dem zerwühlten Bett lag ein Handtuch und: ein kleiner schwarzer Slip.

„*Tom, Du Spanner!*", grinste er, ohne weiter hinzuschauen und trat hinaus auf die Terrasse. Kurz danach kam Sarah und hatte zwei Tassen duftenden Kaffees dabei.
Sie setzten sich auf die weißen Plastik-Balkonstühle und schwiegen sich zunächst an. Dann fingen beide gleichzeitig an.
„Sarah, Du …",
„War ich …" fing Sarah an. Beide unterbrachen.
„Du zuerst!", lies Tom ihr den Vortritt.
Sarah zögerte kurz und fuhr dann fort.
„War ich sehr peinlich?"
„Peinlich? Nein!", grinste Tom. „Besoffen würde ich sagen!", lachte Tom, merkte aber, dass seine Reaktion bei ihr nicht so toll ankam.
„Ich habe bestimmt viel Quatsch erzählt, nicht wahr!?"
„Ach, kennst Du nicht das Sprichwort: Besoffene und kleine Kinder sagen die Wahrheit, oder so?", versuchte Tom sie zu beruhigen. Anscheinend war ihr die Situation echt peinlich.
„Komm schon, was habe ich gesagt?" wollte sie nun wissen.
„Nun ja, dass Du Dich lange nicht mehr so wohlgefühlt hast, zum Beispiel."
„Und? Was noch?" bohrte sie nach.
„Alles kann ich nun wirklich nicht wiedergeben!"
„*Er weicht mir aus! Dann habe ich ihm doch was Intimes erzählt. Gott ist das peinlich!*"
Sarah warf ihre nassen Haare elegant über die Schulter und schlug die Beine übereinander. Das zu kurze Duschtuch legte dabei ihre makellosen Beine frei. Tom starrte auf ihre kleinen Füße. Die waren wie gemalt. Er stand auf so etwas. Wenn sie gepflegt waren! Und diese waren so gepflegt, man hätte damit einen Werbespot für Fußpflegecremes drehen können, dachte er.
„Nimmst Du eigentlich etwas in Deinen Kaffee?", fragte sie.
„Pflegecreme …", stammelte Tom.
„Was?"
Er wachte auf und sah, dass sie deutlich bemerkt hatte, wie er ihre Füße fixierte.

„Ich ... meine ... Creme ... eben Milch!", versuchte er die Situation noch irgendwie zu retten.
„Aha, und meine Füße mag er auch!"
„Hast Du heute schon was vor?" ging er in die Offensive.
„Soll das ein Date werden?" Sarah pustete in ihren heißen Kaffee.
„Wenn Du es als solches sehen willst?"
„Natürlich sieht sie es so, sonst hätte sie ja nicht gefragt!"
Sarah stellte ihre Tasse ab und beugte sich leicht vor. Sie strengte sich dabei nicht mehr sonderlich an, dass ihr Handtuch möglichst den ganzen Körper bedecken sollte. Jedenfalls konnte Tom nicht anders als, einen kurzen Blick auf ihren halb freigelegten Busen zu riskieren. Ihm gefiel, was er sah!
„Ich fasse es nicht, die Frau macht mich wahnsinnig!"
Tom nahm sich vor, jetzt nicht mehr so notgeil ihre Körperteile abzuscannen.
„Ich möchte Dir gerne einen Ort zeigen!", fand er wieder zu einem normalen Gespräch zurück.
„Einen Ort?"
„Ja, einen besonderen Ort. Und zwei besondere Menschen, die dort Leben."
„Und, wo ist dieser *besondere* Ort?"
„Ist das ein Ja?", nahm Tom die Vorlage sofort auf.
„Ja! Ist ja schon gut, ich komme ja mit! Also, wo ist es?", gab Sarah ungeduldig nach.
„Das ist hier ganz in der Nähe. Es ist das Iliotropio."
„Das was?" Sie sah ihn fragend an.
„Iliotropio heißt soviel wie „im Licht stehend" oder „der Sonne entgegen", jedenfalls dem alt-griechischem nach. Genau übersetzt heißt Iliotropio auch „Sonnenblume". Es ist ein sehr schöner Ort, Du wirst es sehen ... und fühlen!"
„Fühlen?"
„Ich kann das schlecht beschreiben, komm einfach mit und mache Dir Dein eigenes Bild. Du wirst mich verstehen."
„Jetzt machst Du mich aber echt neugierig!"
Tom stand auf.

„Ich hole Dich um 14 Uhr ab, passt Dir das?"
„Ja, das ist gut. Bis dahin sehe ich auch wieder wie ein normaler Mensch aus."
„Ich finde, Du siehst auch so gut aus!", flirtete er sie an, stellte die Tasse ab und ging zur Tür.
Sarah begleitete ihn, und als er schon auf der Außentreppe war, rief sie ihm nach:
„Tom? Ehrlich? Habe ich gestern Abend wirklich nichts Peinliches gesagt?"
„Nein, ehrlich!", er ging zwei Stufen hinunter, drehte sich dann aber um. „Wobei, peinlich zwar nicht, aber Dein „Gute Nacht, mein Süßer" und der Kuss kamen dann schon überraschend. Tschüß, bis nachher!"
Mit einem breiten Grinsen ging Tom zum Auto.
„Habe ich das wirklich zu ihm gesagt?" Sarah ging wieder hinein und lehnte sich von innen gegen die Tür.
„Ach, egal! Nett ist er ja wirklich. Und echt süß!!!"
Sie rannte ins Schlafzimmer und mit einem lauten Kichern schmiss sie sich aufs Bett. Es ging ihr richtig gut!

Iliotropio

Sarah schloss die hochglanzlackierte und mit schönen Ornamenten verzierte schwere Holzeingangstür ihres Apartments. Sie wohnte weiter hinten in der Anlage, die aus pastellfarbenen Einzelgebäuden bestand. Auf dem Weg durch das hellblau gestrichene, offene Treppenhaus, welches hier und da mit großen Amphoren dekoriert war, sah sie auf ihre Armbanduhr. Sie war früh dran. Zehn vor zwei. *"Na ja, besser zu früh, als wenn er warten muss und womöglich denkt: typisch Frau."*
Sie hielt kurz an.
"Oder soll ich ihn besser warten lassen?"
Sie entschied sich, weiterzugehen. Als sie auf die Auffahrt der Apartmentanlage zuging, sah sie einen silbernen Jeep auffällig langsam vorbeirollen. Der Fahrer, hinter einer großen breiten Pilotensonnenbrille verborgen, schaute in ihre Richtung. Er hielt zunächst fast an, um dann Gas zu geben und zügig davon zu fahren.
"Was glotzt der denn so neugierig? Sicher jemand, der sich für die Anlage interessiert", maß sie der Situation keine große Wichtigkeit bei. Als sie fast an der Straße angekommen war, kam der Jeep zurück. Nur diesmal etwas schneller. Der Fahrer blickte stur geradeaus, so als wolle er zeigen, dass er kein Interesse für sie hegte. Dann verschwand er auch schon hinter der nächsten Kurve.
Kaum eine Minute später kam Tom und hielt quer in der Einfahrt. Er sprang aus dem Wagen, ging zur Beifahrerseite und öffnete mit einer einladenden Geste die Tür.
"Darf ich bitten, gnädige Frau?"
"Danke, gern", Sarah stieg ein und warf Tom dabei einen kessen Blick zu.
Sie fuhren los zum Iliotropio. Schon von Weitem war das schneeweiß getünchte Gebäude zu sehen. Die Straße führte durch

eine langgezogene Senke, an deren Ende stand nach ein paar Hundert Metern auf der rechten Straßenseite das auffällige Haus. Architektonisch passte es mit seinem runden Eckturm auf den ersten Blick nicht hierher und sah irgendwie aus wie eine kleine Burg. Dann wiederum, bei genauerem Betrachten, schmiegte es sich optimal in die umliegende Landschaft ein.
„Sieht interessant aus!", bemerkte Sarah, während Tom den Wagen auf einen kleinen Parkplatz lenkte, der zum Haus gehörte.
„Warte ab, wenn Du es erst mal von innen gesehen hast. Hier von der Straße aus ist nur ein kleiner Teil des Gebäudes zu sehen. Jani wartet bestimmt schon auf uns!"
„Jani?"
„Er ist ein guter Freund von mir. Er lebt hier die überwiegende Zeit des Jahres mit seiner Lebensgefährtin Barbara."
Sie stiegen aus und standen auf dem von blühenden Sträuchern gesäumten Weg zum Gebäude.
„Dieser Jani muss einen grünen Daumen haben. Was er hier aus dem trockenen Boden zaubert!", wunderte sich Sarah angesichts der Pflanzenpracht auf dem Grundstück.
Ein Holztor mit einem Schild, auf dem „Eingang Atelier" stand, versperrte den Weg.
„Atelier? Ist Jani Künstler?"
„Er ist Bildhauer, Maler und Kunsttherapeut", antwortete Tom.
„Und Barbara ist übrigens Musiktherapeutin. Ich hoffe, Du bekommst Gelegenheit, einmal ihr Klavierspiel zu genießen."
Tom öffnete das Holztor und sie gingen weiter zum Haus.
„Die beiden haben sich hier einen Traum erfüllt!", fuhr Tom fort.
„Sie haben sich einen Ort geschaffen an dem Sie nicht nur ihre Fachkompetenz, sondern auch all ihre Kreativität, Begabung und ihre Liebe zu den Menschen weitergeben können. Du wirst sehen, sie werden Dir gefallen."
„Du magst die beiden sehr, so wie Du über sie sprichst!?" sagte Sarah und blieb kurz stehen, um eine der mannshohen Steinskulpturen zu bewundern, welche den Weg säumten und überall auf dem Grundstück verteilt standen.

„Weißt Du, ich habe Jani viel zu verdanken. Er hat mir vor einiger Zeit die Augen geöffnet und mich wieder Dinge sehen lassen, die ich bei mir verloren geglaubt hatte. So etwas verbindet!"
Dann kam von vorne ein lautes und freundliches „Yassas!"
Die Tür, mehr ein mit durchsichtigem Stoff bespannter Holzrahmen, der wohl als Windschutz diente, stand weit auf. Im Eingang stand Jani. Seine langen blond-grauen Haare waren notdürftig zu einem Pferdeschwanz zusammengebunden. Einzelne Strähnen umwehten ein markantes, freundliches Gesicht. Er trug ein schlabberiges, mit Farbspritzern verziertes Hemd und weite Shorts sowie ausgelatschte, staubige, ebenfalls mit Farbflecken dekorierte Schlappen. War anscheinend sein Arbeitsdress, dachte Sarah.
Um seine Füße herum tobten und spielten drei kleine Kätzchen.
Tom stürmte auf Jani zu.
Die beiden Männer umarmten sich sehr herzlich.
„Tom, was für eine Überraschung!" Jani schien sich wirklich sehr zu freuen, Tom wiederzusehen.
Dann sah Jani zu Sarah.
„Und wer ist diese junge hübsche Dame hier, die Du mitgebracht hast?"
„Darf ich vorstellen: Sarah Kröner."
Sarah tat einen Schritt vor und Jani reichte ihr seine Hand. Eine große, kräftige Hand sowie die Muskeln an seinen Armen zeigten ihr, dass er es gewohnt war, körperlich hart zu arbeiten. Das musste ein Bildhauer ja wohl auch! Also hatte er die Skulpturen auf dem Grundstück wohl mit seinen bloßen Händen geschaffen. *„Echt imposant!"* dachte sie.
„Und sie müssen Jani sein!" strahlte Sarah ihn an.
„Wir können ruhig *Du* sagen, wenn es recht ist."
„Gerne, Jani", kam Sarah seinem Vorschlag nach.
„Willkommen im Iliotropio, Sarah!"
„Ich bin schon total gespannt! Tom hat nicht viel erzählt. Er fand, ich solle es selber erleben."

„Ich bitte sogar darum", antwortete er. „Kommt herein!"
Sie betraten eine riesige Außenterrasse, gut und gerne 60 Quadratmeter groß. Sarah sah sich um. Die gesamte Terrasse war mit einer Holzpergola versehen und überdacht. Alles noch genügend lichtdurchlässig aber windgeschützt, was hier, so nah an der Küste, sehr wichtig war. Es wehte nur ein leichter Windhauch. Sarah dachte sich, dass man es hier wohl selbst im Hochsommer gut aushalten können würde. Im Hintergrund lief leise Jazz-Musik.
Eine große Staffelei zierte eine Ecke der Terrasse. Große, stabile Holztische standen verstreut herum. Die vielen Farbanhaftungen an ihnen zeugten von unzähligen Arbeiten, die sicher auf ihnen verrichtet wurden. Auf einem der Tische, in der Sonne stehend, lagen verschiedene Arbeiten zum Trocknen aus. Zum Teil waren sie noch weiß, einige Stellen aber waren mit bunten Farben bemalt. Sarah ging zu dem Tisch und berührte vorsichtig eine der unlackierten, weißen Stellen.
„Ist das aus Stein?", fragte sie interessiert.
„Nein, das ist Pappmache. In mehreren Lagen aufgetragen und getrocknet."
Sarah betrachtete die ungewöhnlichen Formen der ca. 20 mal 30 Zentimeter großen Gebilde.
„Ich habe so etwas noch nie gesehen!"
Jani lächelte und nahm eines in die Hand.
„Das glaube ich gerne, Du konntest die auch noch gar nicht kennen. Es sind Phantasiegebilde und Muster, entstanden aus den Gefühlen und Vorstellungen, halt aus der Phantasie derer, die sie geschaffen haben."
Er drückte Sarah das Objekt in die Hand. Sie drehte und betrachtete es von allen Seiten aus verschiedenen Richtungen.
„Komm mit, ich zeig´ Dir meine Arbeiten. Du darfst Dich aber auch gerne allein überall umschauen. Natürlich nur, wenn`s Dich interessiert!" Er ging zum Eingang des Ateliers.
„Sehr gerne." Sarah folgte ihm.

„Tom, Du hast doch nichts dagegen, wenn ich Deine Freundin kurz entführe? Ihr habt`s doch Zeit mitgebracht?" fragte Jani mit seinem nicht zu überhörendem österreichischem Akzent.
„Freundin?" Tom schmunzelte.
„Freundin?" Sarah wurde leicht rot.
Dann verschwand sie mit Jani im Atelier.
„Tom, Du kennst Dich ja aus. Fühl` Dich wie zu Hause. Du musst mir aber gleich noch alles erzählen. Wie es Dir geht und was Christos gesagt hat. Du warst doch bei Christos?", sagte Jani, während Sarah bereits an der ersten Wand stehen blieb und Janis Arbeiten bewunderte.
Tom ging zum Rand der Terrasse und sah durch den Klarsicht-Windschutz hinunter auf die Bucht. Das Iliotropio hatte eine traumhafte Lage hier auf der Anhöhe oberhalb der felsigen Steinküste. Tom atmete tief durch, so als wolle er die Atmosphäre in sich aufsaugen. Hier hatte er früher oft gestanden und die unglaubliche Ruhe genossen. Ihn verbanden angenehme Erinnerungen mit dem Iliotropio und irgendwie spürte er, dass auch Sarah dieser Ort gut tun würde.
Sarah ging mit großen Augen durch die lichtdurchfluteten Räume. Überall verteilt hingen oder standen die verschiedensten Werke von Jani. Sarah spürte die erdverbundene Wärme, die von einigen der Kunstobjekte ausging. Die oftmals in leuchtendem Blau oder Gelb gehaltenen abstrakten Motive oder auch Formen gaben auch das Mediterrane wieder. Immer wieder waren Steine, Holz oder Kies von der Insel mit eingearbeitet.
Jani erklärte auf Sarahs Fragen hin einiges zu den Techniken und Tom beobachtete von draußen, wie sehr sie offensichtlich fasziniert war.
Am längsten hockte Sarah dann aber vor der Schatztruhe. Ein buntes, großes Objekt, welches Jani gerne beim Arbeiten mit Kindern einsetzte. Er zauberte Dinge heraus: Bunte Masken, lustige Brillen und Handpuppen und manchmal durften sich die Kinder darin verstecken, um eine Zeitreise in ihre eigene Phantasiewelt anzutreten.

Jani erzählte davon und Sarah sah aus, als würde sie selbst in die Truhe steigen wollen, um dieser Welt einen Moment lang zu entfliehen.
Schwer beeindruckt kam Sarah dann wieder hinaus auf die Terrasse, wo Tom auf sie wartete. Ihre Augen leuchteten.
„Hast mir nicht zu viel versprochen! Ist wirklich ein toller Ort. Und Jani ist eine ganz liebenswerte Person!"
„... woher wusstest Du, dass mir das so gut gefallen würde??? Bin ich so schnell durchschaubar? Hätte ja sein können, dass ich mit Kunst nichts anfangen konnte. Du erstaunst mich immer mehr!"
Sarah stand neben Tom und genoss die herrliche Aussicht auf das tief-dunkelblaue Meer.
Jani kam inzwischen zurück und brachte eine Flasche Wasser sowie Gläser mit.
„So, Tom, jetzt erzähl erst einmal. Wie geht es dir? Hast lange nichts von Dir hören lassen. Am Telefon war ständig nur der AB, Dein Handy ausgeschaltet, meine beiden Mails hast Du auch nicht beantwortet ... Ich habe mir Sorgen gemacht, Du depperter Kerl, Du!" Jani meinte das sicher wirklich ernst, obwohl er dabei lächelte. Die beiden hatten sich über die Jahre hinweg eng angefreundet und Jani hatte Tom oft in schwierigen Situationen mit einem Rat zu Seite gestanden. So auch, als Tom vor der Trennung gestanden hatte. Er war zu der Zeit völlig am Ende gewesen, hatte jeglichen Antrieb verloren. Aber Jani war da! Wusste, wie er Tom mit Worten wieder aufbauen konnte. Ein Freund halt. So definierte Tom jedenfalls Freundschaft. Da sein, wenn es einem richtig schlecht ging. Zuhören können, wenn kein anderer mehr zuhören wollte. Nur zum Feiern oder saufen, dafür brauchte man keine Freunde, fand Tom. Wenn man in ein tiefes Loch stürzte, jeglichen Halt und die Orientierung verlor, dann sollte ein Freund einen auffangen können und helfen, wieder auf den richtigen Weg zu kommen. Und genau so war Jani.

Er war da, hörte zu. Und er brachte Tom wieder auf den richtigen Weg, erinnerte ihn an seine Stärken. Dafür würde er Jani immer dankbar sein!
„Jani, ich weiß. Es tut mir auch echt leid! Ich hätte mich mal melden sollen. Aber ich hab` mich `ne Zeitlang selbst nicht mehr leiden können. Habe mich total von allem abgekapselt, wollte einen Schnitt machen, meine Mitte wiederfinden, von allem Ballast befreien. So, wie wir es damals besprochen haben."
„Und? Hast du Deine Mitte, hast Du zu Dir selbst gefunden?" fragte Jani nach.
„Ich glaube ja. Ich habe endgültig alles geregelt zu Hause. Das mit Katrin, das ist alles Geschichte, verstehst Du? Vorbei! Ich habe endlich Zeit und Platz für die neuen Dinge im Leben. Für die schönen Dinge." Er sah dabei zu Sarah, die auf dem Boden in der Sonne hockte und mit den kleinen, nur wenige Wochen alten Katzen spielte. Ihre roten Haare leuchteten und Jani bemerkte, dass Tom sie anhimmelte.
„Die neuen Dinge im Leben ... ich wollte, ich könnte das auch von mir sagen!", dachte sie.
„Was ist mit Christos?", wechselte Jani das Thema.
„Es geht ihm nicht gut. Er akzeptiert nicht, was mit Ioannis passiert ist."
„Akzeptierst Du es, Tom?" bohrte Jani nach.
„So wie es aussieht, müssen wir das wohl. Oder glaubst Du etwa, er ist noch am Leben?" Tom nahm einen Schluck von dem Wasser. Jani machte ein nachdenkliches Gesicht.
„Ich denke, alles ist möglich. Das Schicksal lässt sich nur selten in die Karten schauen ...Wenn man die Fakten abwägt, ist er wahrscheinlich tot. Aber andererseits gibt es immer einen Rest Hoffnung. Und das spürt Christos, wir sollten ihm das auch lassen!"
„Aber hilft ihm das? Ist es manchmal nicht besser, den Tatsachen ins Auge zu schauen?" brachte Sarah sich mit ein.
„Wenn das seine Art ist, das Geschehene zu verarbeiten und es ihm nicht schadet, dann ist es gut!" stellte Jani fest.

„Ich will nachher noch zu ihm. Vielleicht gibt es doch etwas, das ich für ihn tun kann." Tom würde so gerne etwas tun, ein Stückchen zurückgeben von dem, was Ioannis Familie ihm gegeben hatte.

„Du hast doch sicher noch gute Kontakte zu den Agenturen!", stellte Jani fest. „Vielleicht haben die ja eine Idee. Von offizieller Seite her ist die ganze Sache ja wohl abgehakt!"

„Die Büros sind über Mittag geschlossen. Ich fahre heute am frühen Nachmittag mal rüber nach Pigadia und höre mich dort mal um."

Die Drei standen noch eine ganze Weile da und unterhielten sich. Tom erfuhr, dass Barbara leider für ein paar Tage zurück nach Wien geflogen war.

„Schade, dass sie nicht da ist. Ich hätte sie gerne am Klavier gehört. Ich habe auch mal Klavierspielen gelernt!", sagte Sarah.

„Sie kommt schon in 14 Tagen zurück", bemerkte Jani.

„Ich bin aber nur noch eine Woche hier …", sie unterbrach.

Sarahs und Toms Blicke trafen sich.

„Nur eine Woche!" erinnerte sich Tom enttäuscht.

„Jani würde es sich lohnen, bei Dir was zu machen? Ich bin zwar nicht sonderlich begabt, aber ich glaube, es würde mir Spaß machen!", fragte Sarah spontan.

„Künstlerisch begabt oder sonst was braucht man nicht zu sein. Kreativität und Phantasie, die kommt schon von ganz allein!"

„Auch bei mir?"

„Ja freilich, auch bei Dir. Da bin ich mir ganz sicher!"

„Ich mir auch!", dachte Tom.

„Wenn Du etwas bei mir machst, dann sollte es nicht zu aufwändig sein, da reicht sonst die Zeit nicht aus. Aber eine kleinere Arbeit ginge schon."

„Ja dann, was kann ich denn am besten Mal machen?" Sarah stand unternehmenslustig auf.

„Magst gleich anfangen?", wunderte Jani sich.

„Würde ich schon gerne", antwortete sie und sah zu Tom, als wolle sie ihn um Erlaubnis fragen. Schließlich waren sie ja gemeinsam hier.
„Und ich fahre zu Christos nach Finiki!" Damit gab er ihr ein indirektes Einverständnis.
„Und wenn ich wiederkomme, schaue ich Dir noch ein wenig beim Werkeln zu ... das heißt, wenn ich darf?"
„Natürlich darfst Du. Hast mich ja schließlich an diesen phantastischen Ort gebracht!"
Tom gefielen natürlich Sarahs Worte. Es lief gut! Wenn man überhaupt davon sprechen konnte, dass da etwas lief ...
Ein paar Minuten später war Sarah mit Jani allein. Sie hatte sich für eine kleine Arbeit entschieden und Jani suchte gerade ihre Materialien zusammen, die sie dafür benötigte.
Sarahs Blick streifte über das riesige Grundstück. In der Ferne war das Paleokastro zu erkennen, dahinter war Arkassa zu erahnen. In der anderen Richtung standen alle Paar hundert Meter einige Häuser. Unterhalb der Terrasse fiel ihr ein größeres, anscheinend noch nicht vollendetes Objekt auf.
„Darf ich mal zu der großen Skulptur, da unten?"
„Ja, natürlich, gern! Das ist übrigens der Philosophenstein. Er ist noch nicht ganz fertig. Du kannst aber schon auf ihm sitzen und von dort die Aussicht und die Ruhe genießen. Lass Dir ruhig Zeit. Und Du musst die Steine berühren! Fühle sie. Schließe die Augen, streichle sie, ertaste jeden Winkel."
Jani verschwand im Atelier.
Neugierig geworden ging Sarah hinaus, ein Stück den mit Bruchsteinplatten ausgelegten Weg zum Eingangstor zurück und dann seitlich aufs Grundstück, wo die erste große, weiße Skulptur stand. Sie strich mit der flachen Hand sanft über den von der Sonne erwärmten, glatten Stein.
Als sie hochsah, bemerkte sie oben auf der Straße ein Auto, was ziemlich langsam am Iliotropio vorbeifuhr.
Sie hätte da gar nicht großartig drauf geachtet, wenn es nicht wieder dieser silberne Jeep von vorhin gewesen wäre. Der Fahrer

mit der übergroßen Sonnenbrille sah anscheinend in ihre Richtung, gab Gas und fuhr wieder zurück in Richtung Arkassa.
„Hmmh ist bestimmt ein Zufall ... der sieht sich wohl hier alles an!"
Sarah ging weiter zu dem mehr als mannshohen Philosophenstein, kletterte die behauenen Stufen des halb fertigen, imposanten Objektes hoch und setzte sich auf einen aus dem Stein herausgearbeiteten Sitz. Mit dem Kopf an den von der Sonne erwärmten Steinen gelehnt, war sie nun mit sich und der schroffen Schönheit dieses Küstenstreifens allein. Der Wind umwehte sie, weit draußen auf dem Meer, von hier kaum auszumachen, zog ein Frachter am Horizont entlang. Sie wäre wohl noch Stunden lang hier sitzen geblieben, wenn Jani sie nicht gerufen hätte. Schweren Herzens trennte sie sich von diesem wunderbaren Platz und ging zurück ins Atelier. Ihre Arbeit konnte anscheinend losgehen. Ein wenig aufgeregt war sie jetzt schon, und den Jeep, den hatte sie schon wieder vergessen!

Brian würde Steve nichts davon erzählen, dass er Sarah gefolgt war. Der würde sich nur wieder künstlich aufregen und irgendwas von leichtsinnig und so ` n Quatsch faseln. Nein: Steve musste davon nichts wissen. Er, Brian, der Profi, würde schon nicht auffallen. Auf Nummer sicher gehen, nichts dem Zufall überlassen, das wollte er. Die Drecksarbeit musste sowieso er tun, das war von vornherein klar gewesen. Steve war gut im Kommandieren, er war gut im Ausführen.
Zuschlagen und weg! Ohne Umwege, ohne Schnörkel. Und alle Hindernisse dabei eliminieren. Wie damals im Irak.
Wer zögert, verliert. Der Typ da bei ihr, der nervte. Hielt sich zu oft in ihrer Nähe auf. Die sollte doch eigentlich allein hier auf der Insel sein. Der Typ war ein Hindernis, ganz klar. Und wenn er im

entscheidenden Moment im Weg war, dann würde Brian das wie im Golfkrieg erledigen. Eliminieren ...!

Toms Besuch bei Christos brachte nichts wirklich Neues. Der Kommissar war doch noch mal wiedergekommen und hatte der Familie berichtet, dass man die Suche nun von offizieller Seite als „vorerst abgeschlossen" eingestellt habe. Man wartete angeblich nur noch auf die Ergebnisse der Spurensicherung von Ioannis Boot. Solange musste das Schiff weiterhin beschlagnahmt bleiben.
„Vorerst abgeschlossen ... was für eine gequirlte Scheiße!"
Entweder dachte Tom, man stellt die Suche ein, was gleichbedeutend damit wäre Ioannis für tot zu erklären. Oder man sucht weiter und räumt die Möglichkeit ein, dass er noch leben könnte. Aber „vorerst"??? „Vorerst tot, aber er könnte ja wiederkommen", sah Tom eine Zeitungsschlagzeile vor Augen.
„Behördenschwachsinn!!!" Er konnte sich herrlich über so etwas aufregen. Inzwischen war er wieder am Atelier angekommen. Jani hatte ihn kommen sehen und öffnete die Holztür. Sarah stand an einem der Tische und werkelte an einem Gebilde aus dunkelbraunem Ton herum.
„Schau ..." deutete Jani auf Sarah. „Hier ist inzwischen einiges passiert."
Tom war beinahe drei Stunden weg gewesen. Elenas Mama hatte ihm noch ein Paar ihrer äußerst köstlichen Loukoumades zum Probieren gegeben. Die in heißem Öl gebackenen, kleinen Hefeteigkügelchen waren ein Gedicht, und Tom konnte da nie widerstehen. Er hatte dann noch mit Christos und Elena geredet und außerdem wusste er Sarah bei Jani in guten Händen.
Tom ging näher an Sarahs Tisch heran. Sie hatte diesen Nachmittag Glück gehabt: Niemand sonst war da und so hatte sie nicht bloß das Atelier für sich alleine, sondern auch Janis volle Aufmerksamkeit.

Sarah bemerkte Tom anscheinend gar nicht, so sehr war sie in ihre Arbeit vertieft. Sarah musste gerade das Tongebilde komplett mit Vaseline überziehen, damit sich das Pappmachè später leichter vom Ton ablösen konnte. Jani ließ die beiden alleine.
Tom trat noch näher heran. Es war total still im Atelier. Nur das Rauschen des leichten Windes und die schwache Brandung unten an den Felsen war zu hören.
Sarah blickte erst auf, als Tom direkt neben ihr stand und sie fast berührte. „Hi", hauchte sie leise, lächelte Tom an und arbeitete weiter. Tom sagte nichts, er sah ihr nur zu.
Sarah griff mit zwei Fingern in den Vaselinebecher und nahm eine größere Menge heraus. Sie glitt mit ihren schlanken Fingern behutsam über das Gebilde, berührte vorsichtig jede Ecke, jeden Winkel, jede Vertiefung. So, als wolle sie nicht nur sichergehen, dass die komplette Oberfläche mit Vaseline eingefettet war, sondern als ob sie ihr Werk noch mal ertasten und so intensiv wie es ging mit allen Sinnen spüren wollte. Tom sah fasziniert zu.
Sarah blickte erneut zu Tom auf und streichelte dabei, ohne hinzusehen, weiterhin über die fettige und glitschige Oberfläche.
„Gefällt es Dir?", fragte sie. „Ich meine ... irgendwie?"
„Erklärst Du mir, was es ist?"
„Erst wenn es fertig ist. Jani meint, ich könnte heute so lange machen, wie ich möchte! Ist doch okay für Dich, oder?"
„Sie fragt mich, ob das Okay ist? Hallo! Klar ist es das, ich zicke doch jetzt nicht rum und sag `Ich wollte aber lieber zum Strand` oder so ...ist doch toll, dass es ihr hier gefällt!"
„Klar!", mehr brachte er mal wieder nicht heraus. Bei Sarah verschlug es ihm manchmal wirklich die Sprache. Diese Frau übte etwas auf ihn aus, das er so nicht oder nicht mehr kannte.
Jani stellte sich dazu.
„Sarah, fertigbekommst Du es heuer nicht mehr. Aber ich denke, noch einen Tag, dann kannst Du es anmalen."
„Dann mache ich noch ein Stündchen und würde gerne morgen wiederkommen", beschloss sie.
Jani nickte zustimmend.

„Heute Abend wollte ich meine Tante besuchen, hab` sie lange nicht gesehen!" Davon war Tom nun nicht mehr so begeistert. Er hatte sie den ganzen Nachmittag nicht gesehen, aber gehofft, sie würden am Abend was zusammen unternehmen.
„Soll ich Dich hinfahren?", suchte er nach einem Grund, noch etwas Zeit mit ihr verbringen zu können.
„Danke, ist nicht nötig. Mike, mein Vermieter, hat mir versprochen, für mich ein Auto zu organisieren. Und so wie ich den einschätze, steht der Wagen gleich vor der Tür."
Tom dachte nach.
„Kennst Du denn den Weg? Ich meine, Du warst schließlich lange nicht hier ... und das auch nur als Kind!"
„Hey, ich bin nicht blöd. Und ich kann Auto fahren, Aperi werde ich wohl so gerade eben noch finden."
Tom merkte, dass ihr seine Bevormundung nicht passte.
„Jetzt war ich wohl etwas zu hart mit ihm", tat es Sarah schon wieder leid, sie sagte aber nichts weiter.
Den Rest der Zeit schwiegen sie sich an. Sarah war in ihre Arbeit vertieft. Tom sprach hier und da mit Jani, konnte seine Enttäuschung aber nur schwer verbergen. In ein paar Tagen würde sie wieder nach Hause in die Staaten fliegen und er hätte sie gerne noch näher kennengelernt. Sie war eine interessante Frau und so ein wenig ... ein klein wenig hatte er sich in sie verliebt.

Gegen 19 Uhr verließen sie das Iliotropio. Auf der Rückfahrt zu Sarahs Apartment überlegte Tom, wie es weitergehen sollte.
„Deine Tante wohnt also in Aperi?", fing Tom einfach so ein Gespräch an. Es waren nur ein paar Minuten, die ihm noch blieben, und er war verunsichert.
„Ja, warum?"
„Scheiße Tom, denk nach ...!"
Ihm wollte nichts einfallen. Dann hatte er genug von dem Spielchen, fuhr rechts ran und machte den Motor aus.

„Was ist? Stimmt was mit dem Wagen nicht?"
„Der Wagen ist in Ordnung, aber ich nicht!"
„Ich würde Dich gerne wiedersehen."
„Hab ich ihm denn irgendwann gesagt, dass ich ihn nicht wiedersehen will??", ließ sie den Satz unbeantwortet.
„Was denkst Du?", fragte Tom.
„Ich denke, dass ich gleich zu meiner Tante nach Aperi fahre."
Tom startete den Wagen. Er hatte wohl zuviel erwartet.
„Sarah, ich hatte halt geglaubt Du ...", er legte den Gang ein und wollte gerade losfahren, als sie ihn stoppte.
„Ich war noch nicht ganz fertig!"
Sarah legte ihre Hand auf Toms Oberschenkel. Er sah zuerst auf die Hand, dann wieder in ihr Gesicht, welches noch mit getrockneten Tonflecken verziert war. Selbst das stand ihr.
„Nur weil ich zu meiner Tante fahre, heißt das nicht, dass wir uns nicht wiedersehen werden. Ich habe die Zeit mit Dir sehr genossen." Sie sah ihm dabei tief in die Augen. Dieses Mal hielt er dem Blick ihrer faszinierenden Augen stand.
„Ich bin morgen wieder bei Jani. Wenn Du magst, kannst du mich ja später dort abholen und mein fertiges Kunstwerk bewundern.
Aber bitte keine negative Kritik", zwinkerte sie ihm zu. „Und wenn Du Dich dabei gut führst ... mal sehen ... gehört der restliche Abend vielleicht Dir!"
Tom musste da nicht lange überlegen. Also doch noch ein Date! Er war erleichtert und ärgerte sich, da er mal wieder zu voreilig die Flinte ins Korn geworfen hatte.
Am Apartment angekommen, verabschiedete Sarah sich mit einem Küsschen auf Toms Wange. Als sie ausstieg und die Auffahrt zum Hotel hochging, sah er ihr nach, bis sie im Eingang verschwunden war. Hatte er doch eine Chance bei ihr? Jedenfalls würde er sie wiedersehen. Dass sie in ein paar Tagen zurück in die USA fliegen würde, war ihm in diesem Moment egal. Das hier und jetzt zählte, mehr nicht. Er fühlte sich gut, richtig gut.

Das Boot

Am nächsten Morgen stand Tom früh auf. Er wollte sich in Pigadia mit Anna Svendson treffen. Sein Besuch bei der Agentur am vorigen Abend hatte zwar nicht wirklich was gebracht, aber Annas Freundin Sophia war mit einem Polizisten verlobt. Anna kannte ihn und wollte versuchen, etwas rauszubekommen.
Vielleicht gab es ja irgendeine Information, die Kommissar Stavros zurückgehalten hatte. Die griechischen Behörden konnten zuweilen ziemlich gehemmt im Umgang mit Ausländern sein. Außerdem wollte Anna sich bzw. Tom Zugang zu Ioannis Boot verschaffen, welches von der Polizei sichergestellt im Hafen vertäut war. Tom wollte jeden Winkel des Bootes untersuchen in der Hoffnung, die Polizei könnte schlampig gearbeitet und irgendwas übersehen haben.
Tom fuhr nicht direkt über Menetes und damit den weitaus kürzeren Weg nach Pigadia. Er wählte die längere Route über die Bergdörfer, um auf die andere Seite der Insel zu gelangen. Er hatte genügend Zeit und wollte die imposanten Aussichten genießen, die es von dort oben gab. Und die Fahrt über die Berge war allemal besser, als hier in der Wohnung zu warten.
Die Fahrt führte vom Inselwesten unzählige Kehren die Bergflanke hinauf zum Örtchen Piles. Tom überquerte die Insel über die Dörfer Othos und Volada wieder hinunter zum auf der Ostseite liegenden Aperi. Von dort oben hatte man teilweise einen grandiosen Ausblick über die Inselhauptstadt. Die Dorfdurchfahrten waren dabei an vielen Stellen mehr als unübersichtlich und manches Mal wirklich haarsträubend. Nur an wenigen Stellen waren Spiegel angebracht, um überhaupt sehen zu können, ob eventuell ein Auto oder Rollerfahrer die meist einspurigen Straßen und Kurven entgegenkam. Manchmal musste eines der Fahrzeuge wieder rückwärtsfahren, um dem anderen an einer Einfahrt oder zumindest breiteren Stelle vorbeizulassen. Die Griechen waren dabei absolut schmerzfrei und nicht gerade zimperlich. An einer Seite eine Mauer oder Hauswand passte an

der anderen Seite häufig keine Handbreit zwischen die Außenspiegel.
Tom liebte diese Strecke. Die Dörfer boten abseits der schmalen Durchgangsstraße so viel. Früher hatte er den frisch Angekommenen immer wieder empfohlen, das Fahrzeug abzustellen und in die Gassen der Dörfer zu gehen. Neben einigen halb zerfallenen Häusern fanden sich unzählige Schmuckstückchen, liebevoll restauriert und bunt bepflanzt. Riesige Balkone und Terrassen mit antik anmutenden Steinbrüstungen, schmiedeeiserne, verzierte Geländer und Tore sowie kunstvoll geschnitzte Türen und Fenster gaben das klassische Griechenland wieder. Und überall standen kleine Kirchen und Kapellen mit hellblau oder rot gestrichenen Kuppeldächern. Oft nur so groß, dass gerade Mal eine Handvoll Menschen hineinpassten.
Die kurvigen Straßen zwischen den Dörfern waren gesäumt von kleinen Olivenbaumplantagen und die karge, wilde Landschaft war geprägt von Pinien und Aleppokiefern, der Boden überzogen von niedrigen Dornengestrüppen. Die Gräserflächen zwischendurch erzeugten mit Steinen und Geröll ein imposantes Farbenspiel. Im Sommer, wenn alles vertrocknet war, bot sich ein anderes, nicht weniger interessantes Bild. Aber jetzt im Frühjahr erblühte die Insel. Tom hatte sich schon früher gewundert, was die Bauern dem kargen, verdörrten Boden abgewinnen konnten.
Neben Olivenbäumen fand man hier oben Orangen und Granatapfelbäume in großer Zahl, aber auch Weintrauben, Mandeln und Walnüsse. Wäre Tom mit Katrin auf die Insel gezogen, hätte er sich vielleicht ein Häuschen hier oben in Piles gesucht. Fernab jeglichen Touristentrubels hätten sie hier Ruhe und Entspannung gefunden. Wobei er auch gerne in Arkassa gewohnt hätte, denn das liebte er noch mehr. Wenn, ja wenn ... es war halt anders gekommen! Jetzt wohnte er alleine in einer kleinen Dachgeschosswohnung im Dortmunder Süden, sah den blinkenden Fernsehturm in der Dunstglocke der Stadt und musste mit den spießigen Vorgärten der Siedlung vorlieb nehmen.

Tom passierte gerade das Haus eines über Karpathos` Grenzen hinaus bekannten alten Malers. Er fuhr langsam vorbei und erinnerte sich, dass Katrin nie verstanden hatte, was er an der naiven Ölmalerei mit den inseltypischen Szenen mochte. Sie stand eher auf moderne und abstraktere Sachen.
„Schade, scheint nicht da zu sein. Hätte gerne mal reingeschaut!"
Tom fuhr weiter. Es war nur wenig los auf der Straße und schnell erreichte er Aperi. Viele meinten, es sei eines oder vielleicht sogar *DAS* reichste Dorf ganz Griechenlands. Reich, da hier viele Karpathos stämmige Amerikaner ihre schmucken Sommervillen gebaut hatten, in denen sie die Ferien verbrachten. Einige der Häuser hier sahen deswegen auch imposanter als die in den anderen Dörfern aus. Tom lenkte den Wagen die Serpentinen zum eng an den steilen Hang gebauten Ort hinunter.
„Aperi", dachte er *„Christina aus dem Flieger ... man, war das ein heißes Gerät! Wo die wohl ihr Haus hat?"*
Er sah auf die Uhr. Halb elf. Wurde Zeit, dass er jetzt nach Pigadia kam. In einer knappen halben Stunde hatte er sich mit Anna am Hafen verabredet. Nur wenige Minuten später war er schon unten an der Küste, fuhr die lange Vronthi-Beach entlang und erreichte den Stadtrand von Pigadia.
Morgens um diese Zeit herrschte geschäftiges Treiben in der Inselhauptstadt. Lieferanten, mit Ware für die zahlreichen Geschäfte, Hotels und Restaurants. Frauen, die einkauften und Touristen, die scheinbar ziellos durch das Innenstadtgewühl krochen, suggerierten echtes Großstadtleben. Obwohl Pigadia gerade mal ein paar Tausend Einwohner hat und neben der Fußgängerzone eigentlich nur von einer wirklichen Hauptstraße durchquert wird.
Tom bog nach links in die Straße zum Hafen ab und suchte sich einen Parkplatz direkt hinten am Kai. Kaum hatte er im kleinen, als Treffpunkt abgesprochenen Kafenion Platz genommen, da tauchte Anna auch bereits auf.
„Yassu Tom", begrüßte sie ihn mit einem Küsschen.

„Yassu Anna, gut gelaunt wie eh und je!" Tom schob ihr einen Stuhl hin, winkte dem in der Nähe stehendem Kellner und bestellte einen Frappé.
„Ach, Du weißt es noch?", huldigte Anna Toms Bestellung.
„Den hast Du schon früher jeden Tag mindestens drei Mal getrunken. Manche Dinge ändern sich nie!" antwortete er galant.
„Hey, Tom. Wer war denn die hübsche Rothaarige gestern Abend?", fing Anna sogleich offensiv an.
„Wieso?"
„Na wieso wohl? Männer …! Weil ich neugierig bin und weil ich ihre eifersüchtigen Blicke bemerkt habe. Sie hat uns ziemlich genau beobachtet."
„Da hast Du Dir was eingebildet. Ich kenne sie kaum. Nee, echt! Tzzz … eifersüchtig", versuchte er die Sache runterzuspielen.
„Du kapierst das nicht, wie die meisten Männer übrigens. Wir sehen so was sofort. Weibliche Intuition! Freu` Dich einfach, die Kleine war doch echt süß!" Anna lachte.
„Eifersüchtig … schön wär `s. Oder vielleicht doch?"
„Und? Wie heißt sie nun?"
Anna ließ nicht locker.
„Ist ja schon gut, ich gebe auf. Sie heißt Sarah und ist Amerikanerin. Sie ist zu Besuch hier. Ich habe sie am Flughafen kennengelernt und ihr eine Mitfahrgelegenheit geboten. Wir sind dann halt so ins Gespräch gekommen."
„Ins Gespräch gekommen … Mein Gott Tom, lass Dir doch nicht jede Einzelheit aus der Nase ziehen. Ich muss alles wissen!"
„Da gibt es noch nicht viel zu erzählen. Wir waren nur essen … und bei Jani!"
„Soso, zu Jani hast Du sie auch schon mitgenommen …"
Annas Grinsen war nun nicht mehr zu übersehen. Ihr Blick war der, den Frauen auflegen, wenn sie eine Situation schon in ihre passende Schublade gepackt haben.
„Hallloooo! Ich war mit ihr essen, sonst nichts."
„Und bei Jani", wiederholte Anna und schlürfte genüsslich an ihrem Getränk.

„Ja, und auch bei Jani! Ist das Verhör jetzt vorbei?"
„Ach Tommilein, Du warst zwar lange weg, aber ich kenn` Dich noch gut genug. Gib`s zu, sie gefällt Dir die Kleine, Du bist verliebt!"
Tom spielte mit dem in Folie eingeschweißten Gebäckteilchen, welches auf der Untertasse lag.
„Kriegen Frauen auch mal irgendwas nicht gleich mit?"
„Ja, in Ordnung, ich finde sie, sagen wir mal, ganz nett. Reicht Dir das?"
„Na also, geht doch …" Anna hatte sichtlich ihren Spaß und Tom fühlte sich ertappt wie ein kleiner Junge, der Obst aus Nachbars Garten geklaut hatte und dabei erwischt wurde.
„Du, jetzt mal Spaß beiseite", wurde Anna nun ernst. „Ich habe mit Sophia und ihrem Verlobten gesprochen. Da der Fall so gut wie abgeschlossen ist, sieht er kein Problem, Dich aufs Boot zu lassen. Wahrscheinlich wird es sowieso in den nächsten Tagen an Ioannis Familie überstellt."
„Super. Wann kann ich das Boot denn sehen?"
„Um halb zwölf."
„Mein Gott!!!" Tom sprang auf.
„Das ist in 5 Minuten! Das sagst Du mir so seelenruhig, während wir hier plaudern?"
„Tommi bleib locker. Ich habe gesagt, es könne etwas später werden, da Du von Arkassa hier rüberkommen musst. Und schließlich konntest Du ja nicht wissen, dass es so schnell geht, mit dem Boot!"
„Da hast Du nun auch wieder recht." Er setzte sich kurz wieder hin und trank seinen Kaffee aus.
„Und, Du süßer Tom, so habe ich Dich noch ein bisschen für mich, bevor die rothaarige Furie Dich zerfleischt!", zwinkerte sie ihm kess zu.
„Immer noch dieselbe Anna, wie vor zwei Jahren!"
Tom zahlte und die beiden gingen hinüber zum Hafenamt. Dahinter am Anleger konnte Tom schon Ioannis Boot erkennen.

Augenblicklich hatte er einen Kloß im Hals und irgendwie, so sehr er sich auch alles zum Guten wünschte, hoffte er nichts zu finden.
Anna verabschiedete sich von Tom.
„Ich muss weg. Wenn Du was findest, versprich mir bitte, dass Du es der Polizei meldest, okay?"
„Mache ich, ganz bestimmt! Tschüß Anna, ich melde mich bei Dir, ja? Und danke noch!"
Anna ging, nicht ohne sich noch mal umzudrehen.
„Und erzähl mir, was aus Dir und der hübschen Roten geworden ist", lachte sie.
„Die Rote heißt Sarah!"
„Ciao Casanova!", rief Anna. Sie konnte es wohl einfach nicht lassen, ihn zu veralbern. Dann war sie auch schon verschwunden.

Tom drehte sich um und ging zu dem kleinen Fischerboot.
Ein paar Mal war er darauf mit Ioannis und Christos raus gefahren. Und jetzt sollte er dort nach einem Hinweis suchen, irgendeine Spur, die darauf hindeutete, was an diesem Tag mit Ioannis geschehen war? Die Polizei hatte bestimmt das ganze Boot auf den Kopf gestellt. Was sollte er, der kleine arbeitslose Reisefuzzi, da schon finden? Er betrat das Boot. Es schaukelte ein wenig auf den kleinen Wellen, die gegen die Kaimauer klatschten. Ziellos blickte er umher. Wo sollte er anfangen? Wonach suchte er überhaupt? Er ging zum Ruder und strich vorsichtig mit seiner Hand darüber. Er erinnerte sich, dass niemand es wagte, das Steuer in die Hand zu nehmen, wenn Ioannis an Bord war. Tom fühlte sich, als mache er etwas Verbotenes. Er öffnete wahllos einige Staufächer, ging dann zu einer der Kühlkisten und öffnete sie, nur um dann festzustellen, dass sie leer war. Dann ging er unter Deck in die kleine Kajüte. Von beiden Seiten fiel durch die Bullaugen Licht hinein. Von draußen hörte er die Wellen gegen das Boot schwappen.
Dann sah er es. Mehr durch Zufall, aber sein Blick fiel halt drauf. Weil Tom wusste, dass es da nicht hingehörte.

Nicht jetzt. Nicht dort. Ioannis Messer mit der ledernen Tasche! Wieso lag es da. Hatten die Polizisten es nicht gesehen? Wohl kaum, es hatte eine beachtliche Größe. Wahrscheinlich hatten sie es als nicht wichtig angesehen, dass da ein Messer lag. Unbenutzt in der Scheide steckend.
Tom nahm es in die Hand, öffnete den Druckknopf der Verriegelungsschnalle und zog das ca. 25cm lange Messer raus.
Es war, als sei es gestern gewesen, dass Ioannis damit Muscheln öffnete, als Tom einmal zusammen mit Katrin an Bord war. Tom wendete das schwere Messer in seiner Hand hin und her, so als suche er nach Spuren auf ihm. Blitzblank schimmerte es im hereinfallenden Sonnenlicht.
„*Du dürftest gar nicht hier sein ... warum zum Teufel hast Du es abgelegt, Ioannis? Hast es doch nie aus der Hand gelegt!*"
Wieder erinnerte er sich. Ioannis hatte das schöne und hochwertige Messer vor Jahren von seinem Sohn Christos geschenkt bekommen. Er trug es ständig und stolz bei sich an seinem Gürtel und in Finiki scherzten die Freunde, er würde es selbst dann nicht ablegen, wenn er zu Bett ging. Also warum lag das Messer dann hier unten und Ioannis war nach oben gegangen, ohne es mitzunehmen? Er hätte es niemals vom Gürtel abgemacht, dafür gab es keinen Grund. Und wenn überhaupt, dann durfte nur das Messer hier liegen, ohne Tasche, denn die wäre normalerweise an Ioannis Gürtel. Die Polizei hatte das sicher nicht gewusst. Tom spürte, dass etwas nicht stimmte. Er sah sich weiter in der kleinen Kajüte um, aber da war nichts. Jedenfalls nichts Ungewöhnliches. Ein paar Kleidungsstücke lagen herum, die Pritsche mit der alten Wolldecke sah unbenutzt aus. Auf einem Klapptisch an der Wand stand ein kleiner Gaskocher mit einem Alutopf. Eine Tasse mit einem Rest Kaffee stand davor. Sonst nur Kram, mit dem er nichts anfangen konnte..
„*Verdammt Tom, hier gibt es nichts. Und das mit dem Messer hat bestimmt auch seinen Grund. Hat er es halt abgelegt.*"
Tom versuchte, seine angespannten Gedanken wieder ein wenig zu beruhigen.

Er legte das Messer wieder an seinen Platz zurück, ging nach oben und sah sich noch ein wenig auf Deck um. Nach einer geschlagenen halben Stunde verließ er das Schiff.
Er überlegte, ob er der Polizei das mit dem Messer sagen sollte.
„Was soll ich denen denn erzählen? Gut, da liegt ein Messer.
Ist wohl normal, wenn auf einem Fischerboot ein Messer liegt. Außerdem hatten sie es sicher selber gesehen und warteten bestimmt nur auf einen Klugscheißer aus Deutschland, der sich als Sherlock Holmes betätigte."
Auf dem Weg zum Auto beschloss er, es erst mal für sich zu behalten. Wahrscheinlich machte er sich sonst nur lächerlich.

Platia

Am Nachmittag fuhr Tom raus zum Iliotropio. Er freute sich wahnsinnig auf Sarah. Jani war vorm Haus mit Reparaturarbeiten am Zaun beschäftigt. Tom berichtete von den Erlebnissen in Pigadia und seiner Einschätzung zu dem Messer. Merkwürdig fand er es schon, dass es da lag, wo es doch nie von Ioannis aus der Hand gegeben wurde.
„Hast Du etwas gespürt, als Du das Messer in den Händen gehalten hast?" wollte Jani wissen.
„Was meinst Du damit?"
„Na, irgendeine Emotion. Ein Gefühl. Manchmal ist das so, dass Orte oder Dinge etwas ausstrahlen. Dir was sagen wollen."
Tom dachte nach.
Sicher, er hatte ein bedrückendes Gefühl verspürt, aber wohl nur aufgrund der Tatsache, dass er an Bord von Ioannis Schiff war.
„Nein, da war nichts."
Sie gingen zur Terrasse.
„Ich denke, lass das erst einmal auf Dich wirken. Und dass Du der Polizei zunächst nichts gesagt hast, ist sicher auch vertretbar. Was sollen die mit der Information auch mehr anfangen als wir? Gut, das Messer liegt da unten. Aber das kann sicher viele Gründe haben. Warum er es abgelegt hat, weis allein nur Ioannis. Die Suche nehmen die deswegen bestimmt nicht wieder auf."
Tom stimmte Jani zu und sie gingen hinein.
Sarah stand an dem größten von den mit weißem Papier bespannten Arbeitstischen. Sie bemerkte Tom mal wieder nicht, so sehr war sie in ihre Arbeit vertieft.
Tom sah, dass sie das Pappmachègebilde bereits mit bunten Farben und kleinen Steinen dekoriert hatte. Ihr weißes T-Shirt, das zwei Nummern zu groß wirkte und die hellen Shorts waren komplett mit Farbe eingesaut. So wie einige Strähnen ihrer Haare, die sie heute mal nicht zusammengebunden hatte und wild umherwehen ließ. Tom musste lachen, sie sah echt lustig aus so bunt verschmiert.

„Kalispera Sarah!" Er ging zu ihr.
Sie drückte zur Begrüßung ihre Wange an seine, um sich dann sofort wieder dem Kunstwerk zu widmen.
„Und sag: Gefällt es Dir?"
Tom schaute sich das Phantasiegebilde einen Moment lang an.
„Es ist ... sehr interessant. Wie seine Künstlerin!"
„War ich jetzt wohl zu schleimig?"
Sarah quittierte sein Kompliment mit einem Lächeln.
„Nein Tom, jetzt mal ehrlich. Wie findest Du es?"
„Hmmh ... bunt, etwas schrill vielleicht. Und irgendwie fröhlich"
Er trat einen Schritt näher an sie heran, stand seitlich neben ihr und konnte so über ihre Schultern schauen. Er roch ihr Parfum, welches sie dezent aufgetragen hatte. Es duftete gut. Sie duftete gut! Tom spürte ihre Körperwärme. Sarahs Haare berührten seine Arme, sein Gesicht. Auch sie dufteten, fruchtig, frisch. Sarah sah zur Seite direkt in sein Gesicht, welches jetzt über ihre Schulter blickte. Ihre Lippen waren nur noch einen Hauch voneinander entfernt. Aber sie küssten sich nicht. Etwas hemmte sie, hielt sie zurück. Ihre Augen erforschten seine, suchten in Toms Blick nach einer Frage und Antwort zugleich. Nach einer gefühlten Ewigkeit wand sie sich wieder ihrer Arbeit zu. Sarah führte den breiten Borstenpinsel, den sie in der rechten Hand hielt weiter über das Objekt und zog einen blauen Strich zu Ende.
„Ich habe versucht, so viel wie möglich aus meinen Kindheitserinnerungen an Karpathos zu verarbeiten. Es waren fröhliche, unbeschwerte Gedanken. Jani hat sie aus mir herausbekommen."
„Das hast Du zum großen Teil alleine geschafft", berichtigte Jani sie. Er hatte die Situation beobachtet und kniff Tom bestätigend ein Auge zu. „Ich habe lediglich den Anstoß dazugegeben, ein wenig geholfen ... der Rest kam aus Deinem Innern. Es hatte nur darauf gewartet, geweckt zu werden." Jani ging rein und die beiden waren wieder alleine.
Sarah nahm das Gebilde und legte es auf einen anderen Tisch in die Sonne, damit es noch Zeit zum Trocknen hatte.

„Das hat mich heute total glücklich gemacht", strahlte sie. "Ich habe einmal nicht an den ganzen Mist mit Steve und so gedacht."
„Dann hat es sich ja gelohnt, dass ich Dir Jani und das Iliotropio vorgestellt habe!"
„Das hat es. Danke noch mal dafür!"
Sarah strich Tom sachte über die Wange. Tom genoss diesen Hauch einer Berührung mit jeder Faser. Sollte er sie …? Er brauchte nicht lange darüber nachzudenken. Sarah beugte sich vor und gab ihm einen zärtlichen Kuss. Zuerst berührten sie sich nur ganz kurz, dann intensiver.
Sarah hatte wundervolle weiche Lippen. Ihre Zungenspitze schnellte zwischen ihnen hervor und suchte ihren Weg zu seiner. Ganz kurz spürte er ihren warmen feuchten Speichel, vernahm das vibrierende Zucken ihrer Zunge.
Er wollte sie augenblicklich an sich ziehen, in die Arme schließen und nicht mehr loslassen, in ihren Haaren wühlen, über sie herfallen … Aber noch ehe er sich versah, hörte sie auf und drehte sich um.
„Jani … meint, ich … ich könne das morgen lackieren und dann wäre es fertig. Ich … ehm … darf es mit … in die Staaten nehmen", stotterte sie. Während Sarah das sagte, spürte sie, dass Tom gerade jetzt nichts von ihrer bevorstehenden Abreise hören wollte. Sarah war verwirrt. Auch sie hatte den Kuss sehr genossen. Tom war echt süß. Er sah gut aus, hatte gute Umgangsformen, war höflich, witzig, intelligent … alles das sah sie, aber tief in ihrem Innern hatte sie Angst. Die alte Angst, die sie seit Langem lähmte. Steve hatte viel bei ihr kaputtgemacht.
Sie versuchte, die Situation irgendwie zu retten.
„Jetzt hast Du mich ganz für Dich, wie versprochen. Wo gehen wir heute hin?"
Tom sah sie an. *„Ganz für mich … schön wär`s!"*
Er schaute auf ihre kunterbunt verschmierten Sachen.
„Ähm … So???"
Sarah sah an sich herunter.

„Was ist? Schämst Du Dich etwa mit mir so in der Öffentlichkeit?"
„Natürlich nicht. Ich dachte nur …"
„… dass ich mich ein wenig frisch machen sollte!", vollendete sie den Satz. „Hast ja recht, sieht nicht gerade gesellschaftsfähig aus. Gib` mir eine Stunde und ich sehe wieder wie eine Frau aus."
Sie verabschiedeten sich von Jani.
„Ich komme dann Morgen so um die gleiche Zeit wieder und mache es fertig!"
„Ja, sicher. Freue mich schon Dein fertig lackiertes Kunstwerk zu bewundern! Tschüß Ihr zwei."
Auf dem Weg zum Parkplatz machte Tom ihr einen Vorschlag.
„Ich würde heute gerne ins Dorf gehen und an der Platia was essen. Was hältst Du davon?"
Sarah stimmte begeistert zu und Tom sah ihr zufriedenes Gesicht. Sie wirkte glücklich.
Sarah fuhr als Erstes weg und Tom sah ihr sehnsüchtig nach. Warum konnte sie nicht einfach auf der Insel bleiben? Er war irgendwie traurig und happy zugleich, denn er hatte noch den süßen Geschmack ihres Kusses auf den Lippen.

Ein paar Stunden später saß Tom dann auf der Platia an einem der wackeligen, quadratischen Holztische und betrachtete das Treiben auf dem kleinen Dorfplatz. Ein paar Touristen und Einheimische bestimmten das Bild auf dem romantisch beleuchteten Platz, zusammen mit spielenden Kindern und einigen Katzen, die sich darauf vorbereiteten den ein – oder anderen Bissen abzubekommen. Tom hielt Ausschau nach Sarah. Die Taverne, die er für heute Abend ausgewählt hatte, war einfach aber gut. Schon früher hatte er gerne hier gesessen und beobachtete, wie der Dorfpope zuweilen von Tisch zu Tisch ging, die Neuigkeiten aus der Gemeinde verbreitete und sich dabei elegant durchfutterte. Das hier, das war für Tom genau das Leben, was er mochte.

Einfach und ohne großen Luxus. Keine Frauen in Abendkleidchen, keine Männer, die ihre Rolex protzig am Handgelenk trugen. Keine hektischen All-Inclusive-Fressgelage. Hier saß man in Shorts und T-Shirt mit Freunden zusammen und genoss das Leben. Tom hielt Ausschau nach Sarah. Er nippte gerade an seinem griechischen Bier, als aus einem kleinen Laden auf der anderen Seite des Platzes ein Mann trat, erstaunt rüberblickte und zielstrebig auf ihn zukam.

„Yassu Tom, my friend!", stürmte er auf Tom zu. Der drahtige, sportlich gebaute junge Mann hatte eine Glatze und trug einen gestutzten kleinen Kinnbart. Aus einem hübschen, markanten, braunen Gesicht strahlten Tom freundliche Augen an. Die beiden umarmten sich herzlich.

„Hallo Vassili. Schön dich zu treffen! Wie geht es Dir? Komm, setz Dich zu mir!"

Tom und Vassili kannten sich auch schon mehrere Jahre. Er führte mit seinem Bruder Vangeli ein kleines Hotel und eine urgemütliche Bar hier im Ort.

„Du bist wegen Ioannis hier?", schlussfolgerte Vassili.

"Wann bist Du angekommen? Hey, alter Freund, warum hast Du Dich nicht gemeldet? Ich sollte böse auf Dich sein!"

„Du bist nicht der Erste, der mir das sagt", und Tom wusste, dass ihre Vorwürfe berechtigt waren. Sie wären für ihn dagewesen, wenn er jemanden gebraucht hätte. Sei es nur, um ein offenes Ohr zu finden!

Vasili fasste Tom an den Arm. „Ioannis Familie ist stark, sie werden das durchstehen. Es ist schön, dass Du für sie gekommen bist!" Tom trank einen Schluck von seinem Bier. Im Hintergrund nahm die Kellnerin bei einem Mann am Nebentisch die Bestellung auf.

„Vassili, Du glaubst also auch das Ioannis tot ist?"

Der junge Grieche überlegte kurz.

„Wie lange kennen wir uns? Glaube mir, ich wünschte auch, er würde noch Leben. Du weist, wo sie sein Boot gefunden haben?"

„Ja!"

„Dann wirst Du auch wissen, dass es da oben vor Tristomo gefährlich ist um diese Jahreszeit."
„Aber er ist ein erfahrener Fischer, kannte sich gut aus."
„Tom, auch ein alter Esel vertritt sich mal auf einem losen Stein. Ioannis war zu leichtsinnig an diesem Tag. Ich bin kein Fischer, aber ich kenne meine Heimat sehr gut. Alle sagen, er hätte da nach dem Sturm nicht alleine hochfahren dürfen. Er hat das Meer herausgefordert, sagen die Alten."
Wahrscheinlich hatte er recht!
Vassili lächelte freundlich und legte seine Hand auf Toms Arm.
„Erzähl, was machst Du so in Deutschland. Wie geht es Dir?"
„Ich schlage mich so durch. Habe alles auf die Reihe gebracht zu Hause ... na ja, und jetzt bin ich hier. Ich weiß noch nicht, wie es weitergeht!"
Und das wusste er in diesem Moment wirklich nicht.
„Und ich habe gleich ein Date!" grinste er.
„Hey, gerade ein paar Tage hier und hat ein Date. Wer ist es, wie heißt sie. Oder ... ist es Anna? Nein, ihr seid doch noch im Bett gelandet!"
„Es ist nicht Anna. Ihr werdet das wohl nie verstehen, was?"
„Ist ja auch Verschwendung. Jeder hier auf der Insel würde sich einen Finger abhacken um mit Anna ... Na, Du weißt schon! Aber sag, wer ist es?"
„Sie ist Amerikanerin und zu Besuch hier. Ihr Name ist Sarah ... da vorne kommt sie übrigens." Tom deutete in Richtung der kleinen Fußgängerzone, die zur Platia führte.
Sarah sah umwerfend aus. Einige Kerle in den angrenzenden Bars und Cafès drehten ihre Köpfe in die Richtung, aus der sie in ihrer engen Jeans auf den Platz zuschritt.
„Kali Spera, Sarah", begrüßte Vassili sie charmant lächelnd.
„Hab ich ein Schild mit meinem Namen auf der Stirn?"
„Ich bin Vassili, ein alter Freund von Tom", stellte er sich vor.
Sarah gab ihm die Hand und begrüßte Tom mit einem Kuss auf die Wange.
„Nette Begrüßung", dachte Tom.

Vassili blieb gleich stehen.
„Ich muss weiter, die Bar öffnen!", entschuldigte er sich.
„Bar?"
Ja, dort drüben auf der anderen Seite des Bachbettes. Ist eine Institution hier abends in Arkassa", ergänzte Tom.
„Du übertreibst." Vassili wurde verlegen. „Sarah, wenn Du Lust hast, schau einfach mal auf einen Drink vorbei. Ich mache die Besten Pina Colada der Insel! Und den da, den kannst Du gerne mitbringen", deutete er auf Tom.
Sie verabschiedeten sich und Vassili verschwand im Dunkeln.
Sarah setzte sich zu Tom. Sie hatten einen schönen Platz, von hier aus konnten sie das ganze Treiben auf der Platia beobachten.
Sie bestellten etwas zu essen und unterhielten sich über Jani und den Nachmittag im Iliotropio. Tom konnte nicht anders, als ständig auf ihren breiten wohlgeformten Mund zu schauen. Wie gerne würde er diese Lippen noch mal küssen ...
Während Sarah ihrer Begeisterung über Jani Luft machte und vom Iliotropio erzählte, sah sie auffällig oft zur Seite.
Zuerst dachte sie, es sei ein Zufall, dass der Mann zwei Tische weiter ständig zu ihr rüberglotzte. Schließlich war sie recht aufreizend gekleidet mit ihrer Bluse und dem tiefen Ausschnitt.
Doch dann spürte sie, dass in seinem Blick etwas anderes war, etwas Unheimliches. Sie zog die Bluse am Ausschnitt zusammen, als wolle sie jegliche gierige Blicke aussperren.
„Ist Dir kalt?", bemerkte Tom ihre Reaktion.
„Nein nein, ... ist schon gut!"
Sie zwang sich, so lange wie möglich in eine andere Richtung zu schauen. *„Ach quatsch ... ich schaue Tom einfach in die Augen. Der Kerl wird dann schon merken, was los ist."*
Lange hielt sie das nicht aus!
Als sie wieder rüberschaute, wusste sie es endgültig genau: Der Typ beobachtete sie. Und sah noch nicht einmal weg, als sie provokativ in seine Richtung starrte. Er winkte der Kellnerin.
„Was ist, Sarah? Stimmt etwas nicht? Du bist so ..."
„Der Typ da drüben beobachtet mich!", unterbrach sie ihn leise.

„Ist das ein Wunder. Hast Du mal in einen Spiegel geschaut? Alle Männer beobachten Dich!", flachste Tom.
„Tom, jetzt hör` doch mal auf", fuhr sie ihn barsch an.
Tom erkannte nicht den Ernst der Situation. Und Sarah meinte es wirklich ernst!
„Der beobachtet mich ... ich meine ... anders!"
Tom sah nun ebenfalls rüber. Der Typ schaute in eine völlig andere Richtung.
„Glaubst Du wirklich?" hakte Tom immer noch unsicher nach.
„Bei Jani hat mich so ` n Typ aus einem Jeep beobachtet. Als er sah, dass ich es gemerkt hatte, ist er schnell weggefahren."
Sarah versuchte sich zu erinnern, ob das der gleiche Kerl war.
„Was soll das heißen, aus so einem Jeep?" hakte Tom besorgt nach.
„Der fuhr halt langsam vorbei ... und vorher am Hotel habe ich den auch schon gesehen!"
Jetzt änderte sich Toms Stimmung rapide.
Egal wer der Kerl war, er würde rüber gehen und ihn zur Rede stellen!
„Na dann wollen wir mal sehen, was der so Tolles an Dir findet!"
Tom machte sich breit und stand entschlossen auf.
„Warte!" hielt Sarah ihn zurück.
Tom sah wie sie, dass der Mann aufstand, einen 20 Euro-Schein unter den Aschenbecher klemmte und verschwand.
„Siehst Du, hat sich erledigt, er geht! Vielleicht wollte er ein Autogramm von Dir", fing Tom wieder an, die Sache von der harmlosen Seite aus zu betrachten. „Du findest das ja anscheinend sehr komisch, was? Mensch, der hat mich regelrecht angestarrt. Und zwar nicht so, wie man eine Frau anschaut, die man attraktiv findet, verstehst Du?"
Einen Moment lang sagten beide nichts. Tom hatte wohl etwas überzogen.
„Glaubst Du wirklich, der wollte was von Dir?"
„TOM!!!" *„Unmöglich ... glaubt der, ich spinne???"*

„Ist ja gut, ich glaube Dir ja. Aber ist schon komisch. Außer Deiner Tante und mir kennt Dich keiner Näher hier."
„Ach was weiß ich … ist vielleicht auch nur so ` n Spinner."
Hätte sie gewusst, mit wem sie es da zu tun hatte …
Sarah legte ihre Hand auf Toms Knie.
„Sorry, dass ich Dich eben so angefahren habe. Und danke, dass Du ihn gleich verprügeln wolltest!"
„Wollte ich?"
„Nichts weniger hätte ich erwartet."
Es wurde noch ein schöner Abend. Sie sprachen nicht weiter über das merkwürdige Erlebnis, aßen und tranken, lachten und redeten und die Stunden vergingen wie im Flug.
Sarah hatte sich eine Strickjacke über die Schultern gehängt, da es abends um diese Jahreszeit manchmal noch empfindlich kühl werden konnte. Erst gegen Mitternacht bezahlten sie. Inzwischen hatte sich die Platia fast geleert, nur ein paar Griechen saßen noch um einen der Tische und Mike, der Tavernenwirt trank einen Retsina mit ihnen.
Die alten Laternen, die um den Platz verteilt waren, erzeugten ein schwaches fades Licht und allmählich gingen in den umliegenden Häusern und Geschäften die Beleuchtungen aus.
„Begleitest Du mich noch zu meinem Auto? Ich stehe vorne auf dem großen Parkplatz!"
„Natürlich! Glaubst Du, ich lasse Dich um diese Zeit alleine herumlaufen? Nicht, wo der Typ heute …", er sprach, nicht weiter, denn er wollte ihr bestimmt keine Angst machen. Sie hakte sich ein und dann schlenderten sie die menschenleere Straße hinunter. Am Auto angekommen schloss Sarah die Tür auf und drehte sich zu Tom.
„Das war ein wirklich schöner Abend, Tom."
Sie sah ihn mit funkelnden Augen an.
„Und so langsam fange ich an zu begreifen, warum Du das alles hier so liebst!"
„Nur das alles hier? … Dich liebe ich!"

Tom war mal wieder zu feige, die Initiative zu ergreifen. Damit hatte er sich in seinem Leben schon so manche gute Gelegenheit versaut. Sie hielten sich an den Händen, standen nur da und bewegten sich nicht. Die knisternde Atmosphäre zwischen ihnen war beinahe zu sehen, wie kleine Blitze die zwischen ihnen zuckten und sich nicht entscheiden konnten, bei wem sie denn nun einschlagen sollten ...
„Tom, ich möchte ehrlich sein!"
„Was kommt jetzt?" Die Blitze schienen nicht mehr zu zucken.
„Ich ... genieße die Zeit mit Dir ... Du bist ja auch echt süß ... und normal sollte ich jetzt fragen, ob Du mit zu mir kommst."
„Aber ... na sag`s schon endlich!"
„Aber ..." zögerte sie.
„Ich weiß, bin halt nur süß", erwartete Tom jetzt von ihr zu hören, und ließ ihre Hände los.
„Aber ich bin noch nicht so weit. Tom, ich würde Dich gerne näher kennenlernen. Wir kennen uns erst ein paar Tage ... gib mir bitte Zeit!" Sie hatte dicke Tränen in den Augen.
„Zeit ... Zeit ... wir haben keine Zeit. Du fliegst in drei Tagen!"
Sarah wollte gerade weiterreden, aber Tom legte einen Finger auf ihre Lippen. „Pssssssscht!", beruhigte er sie. „Sag nichts mehr!"
Er zog sie an sich und nahm sie in den Arm, streichelte mit den Händen über ihren Rücken.
Sarah schmiegte sich fest an ihn und legte ihr Gesicht an seine Brust. Sie fühlte sich geborgen, wollte diesen Moment einfach nur genießen.
„Idiot ... mach etwas ... kann doch nicht so schwer sein."
Eine halbe Ewigkeit später nahm er sanft ihren Kopf zwischen die Hände, küsste ihre Stirn und sah ihr tief in die Augen.
„Sarah, natürlich hast Du alle Zeit der Welt. Vielleicht habe ich zuviel erwartet. Bitte verzeih`, ich will Dich nicht bedrängen!"
Sarah zwang sich ein kleines Lächeln heraus. Immer noch kullerten dicke Tränen über ihre Wangen. Tom wischte sie mit den Fingern weg. 1000 Dinge hätte er ihr jetzt sagen wollen. Wie

schön er sie fand. Ihre Augen, ihren Mund, die wilden Haare, einfach alles ... Er ließ es bleiben und sie standen einfach nur da. Dann gab Sarah ihm einen sanften Kuss und sagte leise „Danke!" Ihr Blick dabei ließ ihn beinahe doch noch schwach werden. Dann stieg sie ins Auto, schloss die Tür und startete den Motor. Sie ließ die Fensterscheibe runter.
„Sehen wir uns morgen?"
Tom lächelte sie an.
„Sehr gerne! Bei Jani?"
„Bei Jani!"
Sarah fuhr los, hielt aber nach zwei, drei Metern an.
„Tom?" rief sie.
Er ging zum Wagen, stützte sich mit beiden Händen am Dachholm ab und sah sie an. Dann zog sie ihn am Kragen herunter und gab ihm einen Abschiedskuss.
„Ich freue mich auf Morgen! Und vielleicht bleibe ich ja doch noch länger." Mit diesem Lichtblick ließ sie ihn allein und fuhr davon.
Tom sah ihr nach, bis sie hinter der Kurve verschwunden war, und ging dann zurück Richtung Platia. Er wollte noch durchs Dorf spazieren und über alles nachdenken. Hier war er mit seinen Gedanken allein. Hatte er wirklich eine kleine Chance bei Sarah?

Den Mann im Hauseingang seitlich vom Parkplatz hatte Tom nicht bemerkt. Wie auch? Brian wollte nicht gesehen werden. Er wollte nur eines: Diesen Typen loswerden, denn allmählich wurde der lästig!

Verschwunden

Sarah trank ihren Kaffee aus und stellte die Tasse in die Spüle. Sie wollte eigentlich, bevor sie zu Jani fuhr, noch ins Dorf und ein paar Besorgungen machen.
Eigentlich ... denn als sie ihre Apartmenttür öffnete stieß sie mit dem ersten Schritt gegen ein kleines Päckchen, welches auf dem Boden vor der Tür lag. Verwundert musterte sie den sorgfältig verklebten Karton.
„Ob das von Tom ist? Sicher, von wem sonst?"
Wieso kam sie jetzt gerade auf Tom? Vielleicht wünschte sie sich ja eine Aufmerksamkeit von ihm? Ein kleines Geschenk, was ihr zeigte, dass er ihren Rückzieher von gestern Abend verschmerzt hatte. Ein Zeichen, dass er es ernst meinte mit ihr. Konnte sie das nach den paar Tagen erwarten?
Sie nahm das Päckchen, ging wieder rein und legte es auf den Küchentisch. Sarah holte ein Messer aus der Schublade und öffnete den flachen Karton. Sofort stieß sie auf einen Brief.
Er war maschinell geschrieben und an sie adressiert. Neugierig, was das nun zu bedeuten hatte, öffnete sie ihn und las ihn vor:
„Liebste Sarah."
„Was soll das?" Sie ahnte bereits etwas ...
„Du wirst Dich sicher wundern, was das alles hier soll. Ich komme deshalb gleich zum Wesentlichen. Wir wollen beide etwas: du die Scheidung, und ich ... einen kleinen Gefallen!"
„Steve! Arschloch!!!"
Sie las weiter.
„Das Flugticket ist, wie Du ja sicher schon gesehen hast, auf Deinen Namen ausgestellt!"
„Ticket???" Sarah legte den Brief zur Seite und sah in das Päckchen. Dort lag ein Ticket der Olympic Airways.
Sie wand sich wieder dem Brief zu.
„Ich stecke in großen Schwierigkeiten."
„Ist ja mal ganz was Neues."

„Welche Schwierigkeiten hat Dich nicht zu interessieren!"
„Will ich auch gar nicht wissen!"
„Nur soviel: Es geht um mein Leben! Ich will, dass Du sofort packst und heute Nachmittag nach Kreta fliegst. Ich kontaktiere Dich dann dort am Flughafen. Vorher wirst Du Deinen Vater auffordern, Dir sofort online 100.000 Dollar zu überweisen. Und zwar an die Nationalbank Griechenlands. Die Kontodaten stehen unten.
Und keine Tricks! Ach ja, eines noch: Wenn Du das nicht machst oder Dein Alter sich weigert, siehst Du mich nicht wieder. Also gibt es auch erst mal keine Scheidung, wenn Du verstehst ...!
Dir wird schon was Passendes für Deinen alten Herrn einfallen, bist doch sein Prinzesschen! 100.000 dafür, dass ihr mich endlich los seid, sind für ihn doch nur Peanuts. Und außerdem willst Du doch bestimmt nicht, dass mir was passiert und meine Leiche Euer feines Familienimage ramponiert, oder?
Also, wir sehen uns heute Abend auf Kreta. Und noch was: kein Wort zu irgendwem. In dem Fall siehst Du mich ebenfalls nie wieder! Dein Steve

„ARSCHLOCH!!!" Sarah sprang wütend auf, zerknüllte den Brief und warf ihn an die Wand.
„Elendes Dreckschwein!" In Steves Fall fluchte sie gerne ...
Sie rannte von der Küche ins Schlafzimmer und zurück, konnte sich kaum beruhigen.
„Was bildet der sich ein?"
Ihre Hände zitterten vor Aufregung, dann nahm sie das Päckchen wieder in die Hand. Was sollte sie tun?
Den Brief, das Ticket, alles in den Müll werfen?
Ja genau, sollte er doch auf Kreta warten, bis er schwarz würde. Geschah ihm recht so.
Aber dann würde sie ihre Scheidungspapiere niemals unterschrieben bekommen, und das wollte sie. Deshalb war sie hier.
Keine Minute länger als nötig mit ihm verheiratet sein.
Sie dachte nach. Eigentlich war alles doch recht einfach.

Sie würde packen und für ein – zwei Tage nach Kreta fliegen. Nur ein kurzer Flug, ein bisschen Smalltalk, die Unterschrift, zack, fertig! Vorbei. Geschieden.
Sarah ging zum Schlafzimmerschrank, holte die Reisetasche raus und warf sie aufs Bett.
„DAD!" rief sie laut auf, sich selbst an die Hürde erinnernd, die sie nun vor sich hatte.
„Was erzähle ich Vater?"
Sie glitt rücklings aufs Bett und überlegte.
Einfach so anrufen und sagen: Hey Dad, ich brauche sofort 100.000 Dollar für Steve, er ist zwar ein Arschloch und Du kannst ihn nicht ausstehen, aber egal … das konnte sie nicht. Niemals würde ihr Vater so viel Geld überweisen, wenn er wüsste, dass es für Steve sei. Also musste eine Lüge her. Aber welche?
Sarahs Gedanken fielen auf ihre Tante. Ja, genau, sie brauchte das Geld für ihr Haus. Nein, noch besser: Sarah könnte ein Ferienhaus mit einem Traumgrundstück erhalten. Alles müsse schnell gehen, da noch andere Interessenten da wären. Vater liebte Immobilien und würde ihr die Story sicher abkaufen. Und er vertraute ihr. Ein wenig schlecht fühlte sie sich jetzt schon. Aber egal, der Zweck heiligt die Mittel.
Ein 20-minütiges Telefonat später packte Sarah ihre Sachen. Mit der Gewissheit, dass ihr stolzer Vater seine Bank anwies, seiner Tochter 100.000 US-Dollar auf ein Auslandskonto zu überweisen. Er hatte ihr die Story glatt abgekauft.
Sarah schloss den Reißverschluss ihrer Tasche und stutzte. Warum sollte sie packen? Sie konnte doch für eine Nacht nach Kreta fliegen und direkt wiederkommen? Na ja, viel hatte sie ja eh nicht mitgenommen und wer wusste schon, ob sie direkt einen Rückflug bekommen würde?
Sie trat ans Fenster und blickte hinaus aufs Meer.
War Steve wirklich in so großen Schwierigkeiten, dass sein Leben in Gefahr war? Warum sollte er ihr so eine Story auftischen?

Mit den Scheidungspapieren hatte er auch so ausreichend Druckmittel, um sie nach Kreta kommen zu lassen. Nein. Da musste wirklich etwas dran sein. Steve war ein Lügner, klar. Aber sich mit so einer Horrorgeschichte wichtig machen, das war nicht seine Art. Irgendetwas stimmte da nicht. Aber was?
Sarah hasste ihn ohne Zweifel. Aber ihn in Lebensgefahr bringen wollte, ja konnte sie nun auch wieder nicht. Ihm mit aller Kraft die sie aufbringen konnte eine Rechte verpassen, als Dankeschön für den Schlag damals, ja, das hätte sie gerne mal getan. Aber ihn umbringen ... dafür hatte sie ein viel zu großes Herz.
Sie wollte tun, was er verlangte. Und dann würde er endgültig aus ihrem Leben verschwinden.
Sie packte fertig und lies nichts zurück. Bei ihrem Pensionswirt Mike klärte sie die Situation, in dem sie etwas von beruflichen Gründen etc. erzählte, und zahlte ihr Zimmer. Wieder fühlte sie sich schlecht, denn Mikes Gastfreundschaft mit einer Lügengeschichte zu belohnen, war ganz sicher nicht ihre Art.
Nach einer herzlichen Verabschiedung packte sie ihr Gepäck in den Leihwagen und fuhr los. Sie hatte abgemacht, dass sie den Wagen einfach am Flughafen abstellen und den Schlüssel unter die Fußmatte legen konnte. Hier war das so üblich.
Bei der Straßenkreuzung, an der es Richtung Iliotropio ging, hielt sie an. *„Oh nein! ... Tom ... Jani ... was mache ich denn jetzt? Ich kann doch nicht einfach so abhauen!"*
Sie verzweifelte.
„Erst der Rückzieher gestern Abend und dann eine Abreise die mehr, wie eine Flucht aussieht. Das war es dann wohl ..."
Sie nahm ihr Handy aus dem Rucksack.
„Schön Sarah, und wen bitteschön, willst Du jetzt anrufen? Du hast keine Nummer."
Da waren sie sich so nahe gekommen in den letzten Tagen, aber ihre Handynummern hatten sie nicht ausgetauscht.
„Dann fahre ich doch noch zu Jani. Ist ja nicht weit. Er kann dann Tom informieren. Oder ... klar, der hat doch bestimmt Toms Nummer!"

Die Radiodurchsage mit der Uhrzeit zu Beginn der Nachrichten holte sie auf den Boden der Tatsachen zurück.
„Nein, nein, nein!" fluchte sie schrill. Hatte sich denn heute alles gegen sie verschworen? Sie hätte nicht gedacht, dass sie beim Packen und bei Mike soviel Zeit vertrödelt hatte. Sie musste sofort zum Flughafen, sonst würde sie ihren Flug womöglich noch verpassen ... und Steve wäre definitiv weg! Der würde nicht warten, so arrogant, wie er war. Ein Auto fuhr hupend vorbei, und bevor sie realisierte, dass es Mike war, war der schon weg.
Schön, ihn konnte sie auch nicht bitten Tom zu informieren, hätte aber wahrscheinlich auch zu viel Zeit gekostet.
Also entschloss sie sich, schweren Herzens direkt zum Airport zu fahren. In spätestens zwei Tagen, vielleicht sogar schon morgen war sie zurück und würde alles aufklären. Oder? Quatsch! Wenn sie gleich noch etwas Zeit haben würde, konnte sie auch hier noch eine Nachricht hinterlassen oder sonst was tun.
Wie auch immer, sie würde sich bei Tom entschuldigen und auch bei Jani. Eines war ihr aber auf jeden Fall klar:
Sie wollte Tom wiedersehen!
So dermaßen in chaotische Gedanken verstrickt, jagte sie los.
Sie verließ Arkassa und nahm die neue Strecke zum Flughafen.
Die kurvige und verlassene Straße bot seit Kurzem eine gute Abkürzung. Die alte Strecke führte über Menetes und war von hier aus gesehen ein Umweg und um einiges länger.
Zudem war auf der neuen Straße, und dazu noch um diese Jahreszeit, nur wenig los.
Ein ganzes Stück hinter Sarah fuhr ein weißer Lieferwagen, sie bemerkte ihn nur beiläufig im Rückspiegel. Im Wagen war es warm, sie lies das Fenster ein Stück runter, lehnte ihren Ellenbogen an und stütze den Kopf auf ihre Hand.
„*Tom* ...", sie dachte an ihn, an den schönen Abend gestern, an den Kuss ... Nach einer lang gezogenen Linkskurve sah sie, wie aus einer staubigen Seitenpiste ein Jeep auf die Hauptstrasse auffahren wollte. Ein silberner Jeep!

„*Der wird doch nicht ...*", fuhr sie erschrocken hoch. Doch er tat es! Mit durchdrehenden Reifen, die Schotter und Staub aufwirbelten, zog er einfach raus auf die Strasse. Zwar noch ein Stückchen vor ihr aber jedoch knapp genug, dass sie voll in die Bremse steigen musste. Mit quietschenden Reifen rutschte sie auf den Jeep zu. In Erwartung des drohenden Aufpralls, stützte sie sich panisch vom Lenkrad ab, kam aber gerade noch zum Stehen. Hinter ihr hielt ebenfalls mit einem lauten Quietschen der Lieferwagen an.
Dann ging alles rasend schnell.
Noch ehe sie sich wundern konnte, warum der Lieferwagen so schnell da war und überhaupt realisierte, was hier passierte, sprang ein Mann aus dem Jeep. Er riss Sarahs Wagentür auf, beugte sich über sie und öffnete den Sicherheitsgurt.
„Was ..." die Frage blieb ihr sprichwörtlich im Halse stecken, als der Kerl sie mit einem so brutalen Ruck aus dem Wagen zerrte, dass sie dachte, ihr würde der Arm ausgerissen.
Sie kam überhaupt nicht mehr dazu noch irgendetwas gegen diese brachiale Gewalt auszurichten, geschweige denn zu schreien. Von hinten umschloss eine Hand mit einem Tuch, das nach etwas Beißendem roch ihren Mund. Und im selben Augenblick als ihr Verstand, eine Erinnerung ihr sagen wollte, dass dieser aufdringliche Gestank von Chloroform herrührte, schwanden ihre Sinne.

Tom lies den feinen Sand durch seine Finger gleiten. Einer Sanduhr gleich türmten sich die hellen Körnchen zu einem kleinen Berg auf, um an dessen Flanken herunter zu rollen.
Manchmal saß er gerne so da. Besonders hier an der Agios Nikolaos Beach von Arkassa. Während seiner Zeit als Reiseleiter hatte er dafür nur selten Zeit. Jetzt in der Vorsaison war der Strand fast menschenleer. Tom liebte das. Die Strandliegen und Sonnenschirme standen frisch geputzt da, als warteten sie auf die Invasion der sonnenhungrigen Touristen. Er saß im Sand, die nackten Füße hatten sich eine kleine Mulde gegraben, und be-

staunte die Brandung. Er dachte an Sarah. Vielleicht hätte er gestern Abend doch mehr Initiative ergreifen sollen. Hätte man ihm das verdenken können? Sie sah nun mal unglaublich gut aus! Tom grüßte ein Pärchen, welches händchenhaltend vorbeiging. Wie gerne würde er jetzt so mit Sarah hier am Strand spazieren gehen?
„Du bist verknallt, Tom, und zwar ziemlich heftig!"
Und es fühlte sich verdammt gut an! Heute Nachmittag würde er sie bei Jani abholen und dann ... nein, er wollte ihr auf jeden Fall Zeit geben. Am Horizont war die Nachbarinsel Kassos im Dunst zu erkennen. So wie die Insel im Dunst lag, so sah er Sarah vor sich. Aber noch war nichts verloren, denn sie mochte ihn auch, das spürte er.

An diesem Nachmittag herrschte am Airport in Karpathos gähnende Leere. Lediglich eine Maschine, eine zweimotorige Turboprop der Olympic Airways stand auf dem kleinen überschaubaren Flugfeld. Über dem Gepäckschalter, übrigens dem einzigen hier, leuchtete in roten digitalen Leuchtbuchstaben „Heraklion - Kreta" auf.
Die langhaarige Frau stellte ihr recht spärliches Gepäck auf die Waage und legte dem müde wirkenden Beamten ihr Flugticket hin. Gelangweilt riss der Mann den entsprechenden Coupon ab und gab der Frau ihre Bordkarte.
„Einen schönen Tag und einen guten Flug, Frau Kröner!", tat er freundlich und gaffte die attraktive Frau an.
„Vielen Dank!", antwortete die Rothaarige und verschwand mit einem kessen Lächeln in Richtung Passkontrolle. Der Uniformierte dort nahm ihren Reisepass entgegen, betrachtete das Bild darauf und sah die Frau streng an.
„Sarah Kröhner! ... amerikanische Staatsbürgerin", murmelte er wichtig vor sich hin. Dann entspannten sich seine Gesichtszüge und er deutete an, sie könne passieren.
„Einen schönen Flug!", rief er noch hinterher.

Die Rothaarige warf lässig ihren Rucksack über die Schulter, dem Zöllner ein „Danke, werde ich sicher haben!" zu und ging durch den Sicherheitscheck. Als sie sich umdrehte, sah sie, dass der Zollbeamte ihr oder besser dem aufreizend engen Hinterteil in ihrer Bluejeans nachguckte.
Nachdem ihr Rucksack wieder von dem Röntgengerät ausgespuckt worden war, setzte sie sich nach draußen in den Warteraum.
Sie war aufgefallen, keine Frage.
Jedenfalls hatten gleich beide Kerle ihr nachgeglotzt. Gut so!

„Yassu Tom."
„Jani ..." Tom betrat die Terrasse des Iliotropio und blickte sich verwundert um.
„Wo ist denn Sarah? Ist sie drinnen?"
„Das wollte ich Dich eigentlich auch fragen. Sie ist nicht gekommen, ich dachte Du könntest mir sagen, wo sie ist oder ob sie noch kommt." Jani stand an einem der Tische und arbeitete gerade an einer Skulptur. „Weißt Du, ich habe mir extra den ganzen Nachmittag freigehalten, damit wir in Ruhe arbeiten können und damit ihr Kunstwerk noch fertig wird."
Tom sah Jani verwirrt an.
„Und sie hat sich nicht gemeldet?" meinte er verwundert.
„Sag ich doch." Jani legte den Gipsspachtel in seiner Hand zur Seite. „Ist schon seltsam! Schau`, ihre Arbeit ist fast fertig und es hat ihr bestimmt großen Spaß gemacht hier. So was sehe ich sofort. Das verstehe einer ..."
„Ich ... ich kann mir denken, was los ist", sagte Tom.
Jani sah ihn fragend an.
„Ich glaube sie hat kalte Füße bekommen. Ich war zu aufdringlich Sie hat halt keinen Bock auf Beziehungskram und so."
„Hast Du ihr denn gesagt, dass Du eine Beziehung willst?"

„Nein, jedenfalls nicht direkt, aber gestern Abend war sie schon ein wenig auf Abstand. Sie bräuchte Zeit und so was, meinte sie. Ich glaube einfach, es ging ihr zu schnell. Wir kennen uns ja erst zwei Tage."
„Tom, ich hatte aber schon den Eindruck, dass sie sich in Deiner Nähe wohlgefühlt hat."
Jani lächelte und fuhr fort.
„Hey, alter Freund, dass sie nicht hier ist, hat sicher einen anderen Grund. Wirst sehen, sie meldet sich schon bald."
Tom ging zu dem Tisch, auf dem Sarahs halb fertige Arbeit lag.
„Was, wenn sie sich nicht meldet? Wenn sie abgereist ist? Dann sehe ich sie nie wieder!" Toms Enttäuschung war in seiner Stimme zu hören. Melancholisch strich er über Sarahs Objekt.
„Jani ging zu Tom und legte ihm eine Hand auf die Schulter.
„Dich hat`s ganz schön erwischt, nicht wahr?"
Es lohnte nicht, das abzustreiten. Jani war sehr gut in solchen Dingen und hatte natürlich analysiert und gespürt, was los war.
„Ich kenn` mich ja selber nicht mehr wieder. Aber diese Frau hat mir total den Kopf verdreht! Ich kann Dir gar nicht beschreiben, was für ein Gefühlsfeuerwerk auf mich einprasselt, wenn ich in ihrer Nähe bin."
„Freut mich für Dich, Tom, ehrlich. Und es tut Dir gut!"
Tom ging zur Tür und drehte sich noch mal kurz um.
„Und genau deshalb fahre ich jetzt zu ihrem Apartment. Ich muss wissen, was los ist. Vielleicht geht es ihr ja nicht gut oder ... ach was weiß ich."
Jani begleitete Tom noch zum Auto.
„Sag` mir Bescheid, wenn Du etwas erfährst. Und sollte Sarah doch noch hier auftauchen, während Du weg bist, rufe ich eben bei Dir durch!"
Tom stieg ins Auto und fuhr mit einem mulmigen Gefühl im Bauch los. Es war schon komisch, dass sie sich bei keinem gemeldet hatte. Das passte irgendwie nicht zu ihr. Jedenfalls nicht so, wie sie sich in den letzten Tagen gegeben hatte.

Angst

Sarah öffnete die Augen. Es war noch dunkel. Oder lag sie einfach nur in einem dunklen Raum? Hatte sie wieder getrunken?
Auf jeden Fall war das dumpfe Gefühl in ihrem Schädel das gleiche wie vor zwei Tagen, als sie nach dem feucht fröhlichen Abend mit Tom am nächsten Morgen in ihrem Apartment aufgewacht war. Dieses Mal war alles anders. Sie war nicht in ihrem Bett. Und sie war auch nicht in ihrem Apartment. Ihr Gesicht lag auf einem kalten steinigen Boden. Wo war sie?
Sich vorsichtig aufrichtend sah sie, woher das schwache Licht kam, welches den Raum, in dem sie sich befand, spärlich erhellte. Über ihr war eine Holzdecke. Durch die brüchigen Spalten und Ritzen der dicken Bretter fiel etwas Licht ein.
Sarah stützte sich auf und blieb zunächst auf ihren Knien hocken. Ein unangenehmer Geruch von Moder und Fäkalien lag in der Luft. Sie war verwirrt, versuchte ihre Gedanken zu sammeln.
Der dröhnende Kopf half ihr nicht gerade, ihre Erinnerungen wieder zu holen. Was war passiert? Schwach und schemenhaft kamen einzelne Bilder und Fragmente zusammen. Es war, als würde sie aus einer Narkose aufwachen, aus einem langen tiefen Dornröschenschlaf, nur dass hier kein Prinz über sie gebeugt war, weil er sie wach geküsst hatte. „*Tom ... Flughafen.*" Ja genau, sie wollte zum Flughafen. Dann war da dieser Jeep. Bremsen, sie musste bremsen!
Sarah erschrak!
Aus einer dunklen Ecke hinter ihr hörte sie ein Geräusch.
Oder hatte sie sich das eingebildet?
Nein, da war es wieder. Ganz deutlich.
Und es kam aus der Ecke links hinter ihr.
Sie war nicht allein!

Tom hatte den Wagen direkt in der Hoteleinfahrt geparkt und ging zur kleinen Rezeption. Mike saß dort an einem runden Glastisch und trank einen griechischen Kaffee.
Als er Tom auf sich zukommen sah, begrüßte er ihn freundlich.
„Tom, hallo, sie sind wieder hier?"
„Hallo Mike, ist ein paar Tage her, dass wir uns gesehen haben!"
„Ja, aber an die guten Menschen erinnert man sich gerne! Ich denke, es ist bestimmt zwei Jahre her, nicht wahr?"
„Das könnte hinkommen ..."
„Was führt sie her? Arbeiten sie wieder für die Reisegesellschaft?"
„Nein, ich bin wegen etwas anderem gekommen."
Mike bot ihm was zu trinken an, aber Tom verneinte. Er war zu gespannt, was mit Sarah war, und vor allem: wo sie war!
„Mike, ich brauche Ihre Hilfe!"
„Sicher, gerne. Was kann ich für Sie tun?"
Tom hatte sich inzwischen an den Tisch gesetzt.
„Bei Ihnen wohnt eine junge Dame, Sarah Kröner. Haben Sie sie heute schon gesehen?"
Mike nippte an seinem noch heißen Kaffee.
Er grinste zunächst noch, wurde aber dann ernst und fuhr sich über die grauen Haare.
„Tom, Sie wissen, dass ich nicht über meine Gäste rede. Diskretion ist eine wichtige Tugend in meinem Geschäft!"
„Ja, ich weiß, aber in diesem besonderen Fall ..."
„Besonderer Fall?"
„Ja, was soll ich sagen ... wir, ich meine Sarah ... äh ... Frau Kröner und ich ... na ja, wir sind uns in den letzten Tagen ein wenig näher gekommen."
„Und was hat das mit mir zu tun?"
„Das alte Schlitzohr weiß genau, was ich meine ... komm` schon, Mike, Du kennst mich doch noch!"
„Sie hat eine Verabredung platzen lassen!"
„Tom, wie ich schon erwähnte, Diskretion ..."
Tom wurde ungeduldig.

„Mike, bitte!!! Es ist mir sehr wichtig. Ich liebe diese Frau."
„Was rede ich da?"
„Wir waren heute draußen bei Jani verabredet und sie ist einfach nicht gekommen."
„Jani? Der Österreicher mit seinem Atelier?"
„Ja, genau der. Und sie ist nicht gekommen, hat nicht abgesagt, keine Nachricht, einfach nichts!"
Mike dachte nach.
„Ist doch komisch, nicht? Ich habe Angst, dass ihr was passiert sein könnte!" Tom drückte weiter.
„Und Sie sagen, sie wollte heute zu Jani?"
Tom nickte.
„Das ist in der Tat merkwürdig. Also gut, Tom, weil Sie es sind … sie ist heute abgereist!"
„Abgereist?" Tom schnellte hoch.
„Ja, sie sagte, sie habe wichtige berufliche Termine. Hat sich entschuldigt, alles bar bezahlt und ist dann zum Flughafen gefahren. Und Sie sagen, Sie beide lieben sich?"
„Ich sagte, ICH liebe sie …" Tom war platt, er wollte nicht glauben, dass sie so einfach abgehauen war.
„Wann ist sie gefahren, Mike? Ungefähr!"
„Heute Mittag, ich denke sie ist bereits in der Luft. Tut mir leid!"
„Trotzdem danke, Sie haben mir wirklich sehr geholfen."
Seine Enttäuschung war groß und das merkte man ihm auch an. Er verabschiedete sich von Mike und war schon ein paar Schritte gegangen, als der ihm nachrief.
„Warten Sie, Tom."
Er ging zurück.
„Bei Frau Kröners Ankunft haben wir uns beim Kaffee unterhalten. So das Übliche, über die Insel, woher sie kommt und so."
„Ja und?"
„Nun ja, auf meine Frage, warum sie hier sei, antwortete sie mir, sie habe eine Tante in Aperi."
„Mike, das weiß ich schon längst. Ich kenne aber keinen Namen, einfach nichts!" er ließ den Kopf hängen.

„Aber ich!"
Tom blickte erstaunt auf.
„Tom, Sie haben Glück, dass ich sie gut leiden kann. Mein Cousin in Aperi wohnt nur ein paar Häuser weiter. Ihre Tante heißt Christina ... ach was, warten sie. Ich schreibe ihnen Name und Adresse auf. Vielleicht hat die Tante ja mehr Informationen?" Mike ging ins Haus.
„Christina ..." Tom dachte sogleich an die aufregende Frau aus dem Flieger. Er hatte sie am Flughafen gar nicht mehr gesehen.
„Ist bestimmt nur ein Zufall, Christina heißen viele in Griechenland. Und so eine erwachsene Nichte, nein!", redete er sich ein.
Dann kam Mike mit einem Notizzettel wieder.
Sie verabschiedeten sich noch einmal und Tom ging zum Auto.
Tom startete den Motor. Was hatte Mike gesagt? Heute Mittag war sie gefahren? Das war jetzt keine drei Stunden her. Vielleicht war sie ja doch noch am Flughafen? Brauchte ja bloß ihren Flieger verpasst zu haben. Vielleicht würde sie ja dort sitzen und bereits ihre überstürzte Abreise bereuen?
Tom jagte sofort los. Er würde zum Flughafen fahren, eventuell erwischte er sie ja noch. Zu ihrer Tante konnte er dann schließlich immer noch fahren.
Jedenfalls passte das alles nicht zusammen. Ihre toughe Art und dann so eine Flucht? Wenn er sie noch erwischte, dann würde sie sich ein paar Fragen gefallen lassen müssen.

Sarah wagte es nicht, sich zu bewegen. Sie hockte immer noch da auf ihren Knien und lauschte in den Raum. Ihre Benommenheit war einer Art Angst gewichen, die sie so nicht kannte.
Ihre Augen hatten sich inzwischen an das schummrige Licht gewöhnt. Es war total still in dem Raum. Ihre Finger tasteten nach irgendetwas Greifbarem, etwas mit dem sie sich verteidigen könnte. Aber verteidigen gegen was? Panik stieg in ihr hoch. Ihre Fingernägel krallten sich in den zwar steinigen, aber nicht überall

festen Boden. Die Fingerspitzen fühlten einen größeren Stein. Sie bildete sich ein, man würde es nicht merken als sie versuchte ihn loszubekommen. Sie schaffte es nicht, er rührte sich keinen Millimeter, wie ein Kiesbrocken in einem zementierten Weg. Sie schwitzte, der Atem wurde unruhig. Sollte sie aufspringen, um Hilfe schreien? Wo war sie überhaupt, würde sie jemand hören können?
Sie glaubte, wieder ein Geräusch zu hören, jedoch war sie so in Panik, dass sie in ihrer Wahrnehmung nicht mehr zwischen Wirklichkeit und Einbildung unterscheiden konnte. Angstschweiß lief an ihren Schläfen herunter. Ihr wurde schwindelig.
Jetzt war es wieder ruhig. Unheimlich ruhig. Nur ein leises Pfeifen des Windes, der sich in den Ritzen verfing, unterbrach die gespenstische Stille.
Ein Gedankenfeuerwerk zuckte vor ihren Augen. Warum war sie überhaupt nach Karpathos geflogen? Vater ... warum war Vater nicht hier? Warum war sie hier? Wer hielt sie hier gefangen?
Eine tiefe Stimme unterbrach ihre wirren Gedanken.
„Hallo junge Frau", kam aus der Ecke hinter ihr.
Sarah wirbelte herum, stieß sich instinktiv mit den Absätzen am Boden ab und rutsche sitzend mit ein, zwei Bewegungen wie ein verängstigtes Tier nach hinten an die gegenüberliegende Wand.
„Wer ... wer sind Sie?", fragte sie zögerlich und mit den Nerven völlig am Ende.
„Das sollte ich Sie besser fragen!", antwortete der Mann in recht gutem Englisch. Jetzt konnte Sarah den Mann deutlicher erkennen. Sein bärtiges und zerfurchtes Gesicht sagte ihr, dass er schon etwas älter sein musste. Er trug einen grauen Pullover und eine Baseballkappe.
„Entschuldigen Sie, wenn ich Sie verschreckt haben sollte", sagte er mit einer ruhigen und sanften Stimme. „Ich bin Ioannis."
„DER Ioannis? Aus Finiki? Christos Vater?" Ihre Stimme überschlug sich.
„Offensichtlich ..." stutzte er. „Woher kennen Sie mich?"

„Oh, natürlich ... woher sollen sie auch wissen ... Mein Name ist Sarah Kröner. Ich kenne ihren Namen von Tom!"
„Tom? Aus Deutschland?"
„Ja. Tom Färber. Er ist hier auf Karpathos. Wir ... wir haben uns erst vor Kurzem kennengelernt. Er hat mir von Ihnen erzählt. Tom ist hier, um Ihrer Familie ... beizustehen."
Sarah hatte noch nicht ganz ausgesprochen, als sie merkte, wie blödsinnig es ja irgendwie war, was sie eben gesagt hatte.
Ioannis war hier. Er lebte!
„Beistehen!", wiederholte Ioannis.
„Die meisten glauben, Sie seien Tod."
„Meine Familie auch?" Er stand auf und ging hinüber zu Sarah. Er hatte so etwas wie einen Kartoffelsack in der Hand.
„Hier. Nehmen Sie das und setzen Sie sich darauf. Ist nicht ganz so kalt am Hintern."
„Danke!" Sarah setzte sich auf den Jutesack und lehnte sich an die Wand. Ioannis setzte sich daneben.
„Tom ist also wegen mir aus Deutschland zurückgekommen".
Sarah nickte. Allmählich löste sich der Nebel in ihrem Kopf auf.
„Und man glaubt ich sei tot ..."
„Ja, man hat da draußen vor Saria ihr Boot verlassen aufgefunden und von ihnen keine Spur. Die Polizei geht davon aus, Sie seien über Bord gegangen."
„Die Polizei sucht mich?", fragte Ioannis aufgeregt.
Sarah zögerte mit der Antwort.
„Nein, ich glaube nicht mehr. Man hat die Suche eingestellt."
„Verdammt!", fluchte er. „Dann sind wir auf uns allein gestellt."
„Haben Sie eine Ahnung, wo wir sind? Und warum sind wir hier? Ich meine, wer ...", sie überschlug sich fast aber Ioannis unterbrach sie.
„Hören Sie, Sarah, ich weiß auch nicht, was das hier zu bedeuten hat. Ich denke, wir sind in der Nähe von Tristomo. Jedenfalls habe ich da diesen Kerl gesehen, oder besser, seinen Schatten!"

Ioannis erzählte Sarah alles von den Geschehnissen bis zu dem Punkt, als er niedergeschlagen wurde. Und auch Sarah erzählte, was passiert war.
"Ich habe eine ziemliche Beule hier oben. Aber zum Glück ist mein Schädel härter als dieser Mistkerl dachte."
Er deutete auf die Stelle mit blutverkrusteten Haaren.
Sarah sah sich um.
"Ist das ein Keller?"
"Ich glaube, es ist ein geheimes Schmugglerversteck aus alten Zeiten. Vielleicht sogar unter dem alten Schäferhaus. Ich habe oft davon gehört, dass es die verstreut auf der Insel geben soll. Jedenfalls sind wir tief unter der Erde."
Beide schwiegen für eine Weile.
"Da drüben steht Wasser. Der Mistkerl hat mir einen Sechserträger dagelassen. Etwas Brot und Obst ist auch da. Ich solle mir das gut einteilen, hat er gesagt. Anscheinend haben die noch irgendetwas mit uns vor."
"Wie meinen Sie das? Warum halten die uns hier gefangen? Verstehen Sie das? Was wollen die von uns?"
Sarahs Angst schlug in Panik und Wut um.
Ioannis packte sie am Handgelenk.
"Angesichts unseres gemeinsamen Schicksals denke ich, können wir uns ruhig duzen", versuchte er abzulenken.
Sarah sah auf seine Hand. Große kräftige Finger, die sich wie ein Schraubstock um ihren zarten Arm gelegt hatten. Sie zitterte und hatte überhaupt keine Lust sich zu beruhigen.
"Ich will hier raus!" schrie sie, wollte sich losreißen und aufspringen. Ioannis hielt sie fest und zog sie zurück.
"Hilfe ... Hallo ...", schrei sie noch lauter. "Hört mich irgendjemand? ... Hilfe!!!"
Jetzt packte er auch ihren anderen Arm.
"SARAH!" fuhr er sie an.
"WAS?", kreischte sie hysterisch zurück "wir können doch nicht einfach hier sitzen und abwarten. Was ist, wenn der uns hier in dem stinkigen Loch verrecken lässt?"

Ioannis zog sie an beiden Armen zu sich heran.
„Jetzt hör mir mal genau zu. Das wird nicht passieren! Und Dein Schreien bringt rein gar nichts. Hier unten hört uns niemand. Wenn wir in Tristomo sind, dann wird uns so schnell keiner finden. Dein Schreien vergeudet nur unnötige Energie, und die wirst Du noch brauchen. Hast Du mich verstanden?"
Sarah sackte in sich zusammen. Sie weinte. Tränen liefen über ihr schmutziges Gesicht. Ioannis ließ ihre Arme los.
„Ich habe Angst."
„Ich weiß ..." Ioannis streichelte ihr über die Hand „Ich auch!"
Sarah sah ihn verwundert an.
„Und doch glaube ich, dass wir eine Chance haben, Sarah!"
„Was für eine Chance?"
„Bislang habe ich nur einen Mann gesehen. Er hat mir oben durch die Luke mein Essen gebracht und dann die Treppe wieder hochgezogen. Eine schmale, steile Holztreppe, verstehst du?"
„Nein ... noch nicht so wirklich." Sie wurde neugierig.
Ioannis sprach leise weiter.
„Der Kerl denkt doch sicher, ich sei ein alter, schwacher Mann. Er konnte mich leicht überwältigen und hier unten hat er mich nur am Boden sitzen sehen. Er denkt bestimmt, ich sei zu schwach, um aufzustehen. Wenn er das nächste Mal kommt, dann stürze ich mich im passenden Moment auf ihn. So alt wie er aussieht fühlt sich mein Körper noch nicht an. Wenn wir Glück haben, können wir so den Überraschungsmoment für uns nutzen. Wir müssen ihn überwältigen, das ist wahrscheinlich unsere einzige Chance. Finden wird uns hier keiner ... sie suchen ja noch nicht einmal nach mir!"
„Aber vielleicht nach mir?" Sarah hatte sich beruhigt, fing an wieder klarer zu denken.
Ioannis, meine Familie ist sehr reich. Mein Vater wird alle Hebel in Bewegung setzen, um mich zu finden. Du wirst schon sehen, die Polizei wird hier alles absuchen, ganz bestimmt."
Er reichte ihr eine Wasserflasche.
„Danke ... ich meine für eben." Sarah trank einen Schluck.

„Ich hätte sonst wohl völlig die Nerven verloren. Tom hatte recht, Du bist ein guter Mensch Ioannis!"
„Soso, hat er das gesagt?"
„Er hat mir, als wir in ihrem Restaurant gegessen haben, von Ihnen und ihrer Familie erzählt. Tom mag sie sehr!"
„Sie waren bei uns essen? Dann hat Christos die Taverne geöffnet." Er grinste und wusste genau, dass sein Sohn ihn noch nicht aufgegeben hatte.
„Deine Familie ist reich, sagst Du? Wahrscheinlich ist das auch der Grund, warum man Dich hierher verschleppt hat! Wer könnte da hinter stecken? Hast Du Feinde?"
„Feinde nicht, aber einen gierigen Ehemann!" Sarah konnte sich nur einen Menschen vorstellen, der in der Lage war so etwas durchzuziehen.
Ioannis schaute nun seinerseits ein wenig verwirrt.
„Mann? Du bist verheiratet?"
„Steve ist der Grund, warum ich hier bin. Er hat mich hergelockt, ich brauche eine Unterschrift von ihm. Für die Scheidungspapiere. Das hat er ausgenutzt." Wut stieg in ihr hoch. Sie trommelte mit der Faust auf den Boden.
„Na, wenigstens hast Du vor, Dich von ihm zu trennen. Allen Grund hast Du ja. Scheint ja wirklich ein netter Zeitgenosse zu sein, dieser Steve!", scherzte Ioannis.
„Sarah stand auf und sah sich in dem dunklen Raum um. Vor einer Ecke waren einige Steine wie ein niedriger Raumteiler aufgeschichtet. Dahinter befand sich ein Loch im Boden mit einem Balken darüber. Sollte wohl als Toilette dienen. Sarah war unwohl bei dem Gedanken, länger als nötig in diesem unwürdigen Loch zu hausen. Wahrscheinlich war Ioannis Plan wirklich die einzige Chance, die sie hatten. Wenn es auch gefährlich klang.
Nur, eines war ihr noch nicht ganz klar. Warum hatte Steve sie nicht in den Staaten entführt, sondern sich die Mühe mit alle dem hier gemacht? Was bezweckte er damit?

Tom parkte den Wagen so nah wie möglich am Flughafengebäude. Er sprang heraus und lief die kleine Rampe hoch in die Schalterhalle. Er blickte sich suchend um. Nur wenige Leute waren hier. Der Gepäckschalter war leer und auch vor dem schmalen Eingang zur Passkontrolle war, außer einem Zollbeamten, keine Menschenseele zu sehen.
Dann hörte er die Durchsage, dass die Maschine nach Kreta zum Start bereitstehen würde.
„Verdammt!", fuhr es laut aus ihm heraus. Der Uniformierte sah ihn gelangweilt an.
„Hey, Mister. Alles Okay?"
Tom ging zu ihm.
„Die Maschine nach Kreta ... ist sie schon zu ... ich meine ... sind alle Passagiere an Bord?"
„Warum wollen Sie das wissen?"
„Jetzt habe ich auch noch so einen Erbsenzähler erwischt."
Tom hatte keinen Bock auf ein Fragespiel.
Der Typ baute sich wichtig vor ihm auf und würde ihm bestimmt nicht gerne Auskunft geben.
„Meine Lebensgefährtin wollte mitfliegen. Sie hat etwas vergessen ... eine wichtige Unterlage."
Der Beamte musterte Tom argwöhnisch.
„Lebensgefährtin ... und sie hat was vergessen?"
„Ist das ein Papagei in Uniform, oder was?"
„Ja ... einen Brief!"
Der Mann zögerte kurz, gab dann aber doch Auskunft.
„Es ist zu spät. Die Maschine befindet sich bereits auf dem Rollfeld und startet gleich."
„Haben Sie eine Frau gesehen. Jung ... hübsch ... lange rote Haare?" fragte Tom ihn.
Der hochgewachsene, recht gut aussehende Zöllner grinste lässig.

„Die Rothaarige? Wie könnte man so eine Frau übersehen?" grinste er fett und hässlich, sodass man seine schmutzigen Gedanken dabei erahnen konnte.
„Supergemacht, Major schlau ... toll beobachtet. Und jetzt wisch Dir den Sabber wieder ab."
„Und?" Tom bohrte weiter, „ist sie an Bord???"
Der Zöllner nickte.
„Hören Sie, Mister, die Maschine hebt gleich ab. Senden Sie ihrer Freundin den Brief doch einfach zu, dafür sind Briefe ja schließlich da."
Tom reagierte da nicht mehr drauf. Er mochte die Griechen ja grundsätzlich, aber im Moment war er gelinde ausgedrückt etwas gereizt. Noch ein Wort von diesem kostümierten Sprücheklopfer und er hätte sich nicht mehr beherrschen können.
Er ging hinaus auf den Vorplatz. Links sah er die kleine Mauer, an der sie ihre erste Begegnung hatten.
Er war maßlos enttäuscht. Sarah war tatsächlich ohne ein Wort einfach abgereist. Als Tom im Auto saß überlegte er kurz, ob er überhaupt noch zu ihrer Tante nach Aperi fahren sollte.
„Wozu noch? Sie ist weg, und fertig!" Er startete den Motor und fuhr zurück. Jani staunte ebenfalls nicht schlecht, als Tom ihm später die Geschichte erzählte. Hatten sie sich denn beide so in Sarah getäuscht? Nach einer Tasse Tee im Iliotropio ging Tom noch zum Strand. Er wollte jetzt alleine sein.

Hass

Das Motorboot mit dem doppelten Außenborder schien zu fliegen. Brian genoss die rasante Fahrt über die flachen Wellen. Er liebte schnelle Boote, so wie überhaupt alles was hohe Geschwindigkeiten erreichte. Steve war da weniger begeistert. Er saß hinten und starrte auf das Meer und die vom Boot erzeugte Gischt. Bis jetzt lief alles nach Plan. Die Entführung war unbemerkt geblieben. Kein erneuter Fehler wie bei dem alten Griechen. Jenny hatte in Sarahs Rolle einen geilen Job gemacht. Völlig cool den Leihwagen am Flughafen abgestellt und mit ihrem Auftreten in der Abfertigungshalle dafür gesorgt, dass man sich an sie erinnern würde. Steve hatte alles beobachtet, nur für den Fall, dass er hätte eingreifen müssen. Spät am Abend würde sie über Athen zurück in die Staaten fliegen und dann sollte sich ihre Spur verlieren. Alle würden annehmen, Sarah wäre am Flughafen in den USA oder auf dem Weg nach Hause entführt worden.
Sie hatten Glück, dass Jenny Sarah sogar ein wenig ähnlich sah. Vorher hatte sie zwar glatte lange Haare gehabt, aber ein wenig Farbe und eine Dauerwelle ließen sie zu Sarah Kröner werden.
Dass Sarah auf den Köder mit den Scheidungspapieren eingehen würde, da war er sich von vornherein sicher gewesen. Sie hasste ihn, und nachdem er absichtlich schon zwei Treffen abgesagt hatte, hatte sie sich leicht nach Karpathos lotsen lassen. Die 100.000 Dollar von ihrem Vater interessierten ihn nicht. Es ging um mehr ... um viel mehr.
An der Backbordseite des Bootes ragten die steilen Felswände des nördlichen Inselteils auf. Hier und da von einer der Buchten unterbrochen, die nur wenige Urlauber je zu Gesicht bekamen.
In der Ferne tauchten die Umrisse von Saria auf. Die kleine Insel ganz im Norden von Karpathos sieht von oben betrachtet so aus, als sei sie fest mit ihrer großen Schwester verbunden. In der Tat ist die unbewohnte Felseninsel nur durch eine 200 Meter breite Meerenge von Karpathos getrennt.

Nur Minuten später hatten sie die Meerenge passiert und fuhren auf die Bucht von Tristomo zu.

Die stickige Luft in ihrem Gefängnis unter der Erde war kühl. Sarah hatte sich in eine alte, löchrige Decke gehüllt die aussah, als habe sie ihre beste Zeit in den Kriegsjahren erlebt.
Sie versuchte zu schlafen, vergebens. Ioannis ging in dem ca. fünf mal fünf Meter großen Raum auf und ab.
„Warum tust Du das?", meinte Sarah.
„Meine Knochen rosten ein, wenn ich nur rum sitze. Auf meinem Boot bin ich den ganzen Tag in Bewegung. Da gibt es immer was zu tun. Außerdem lenkt mich das ab und ich kann besser nachdenken."
„Worüber nachdenken?"
„Über unsere Flucht!"
„Du meinst das wirklich ernst, nicht wahr?"
„Es wird gleich dunkel", wich Ioannis ihr aus.
In dem Raum über ihnen brannte eine Gaslampe und sorgte für das Wenige an Beleuchtung, dass sie überhaupt hier unten hatten.
„Dunkel?" Sarah sah zur Holzdecke.
„Die Lampe da oben brennt nicht ewig. Ich habe ein gutes Gespür für Zeit und denke, es ist bald schon Abend", war sich Ioannis sicher." Wenn heute niemand mehr kommt, wird die Lampe nachher ausgehen.
Doch damit lag er falsch, denn es kam jemand!
Sie hörten Geräusche und blickten nach oben. Zusätzliches Licht flammte auf, es stammte von einer neuen Lampe, die aufgehängt wurde. Dann vernahmen sie Schritte. Zuerst weiter weg, dann direkt über ihnen.
Sarah wagte es nicht, zu atmen oder gar einen Mucks von sich zu geben. Ioannis setzte sich hin. Der Kerl brauchte ja nicht gleich mitzubekommen, dass er fit und auf den Beinen war.
Dann öffnete jemand die Luke und ließ eine Holzleiter herab.

Zwei Gestalten kamen zu ihnen herunter, der Erste hielt eine Pistole in der einen Hand und leuchtete Sarah mit einer Taschenlampe in der anderen Hand ins Gesicht.

„Hallo Sarah!"

„Steve ... habe ich mir`s doch gedacht!"

„Was hast Du Dir gedacht, meine Süsse?"

„Dass Du hinter diesem ganzen Irrsinn steckst. Und nenne mich nicht Süße!", antwortete sie selbstbewusst.

Der Lichtkegel der Taschenlampe schwenkte weg von ihr und sie konnte Steve genau erkennen. Sarah war inzwischen aufgestanden und stand direkt vor ihm.

„Schlaues Mädchen ... hast Dich nicht verändert! Immer noch hochnäsig und eingebildet, das Töchterchen aus gutem Hause. Ist was Besseres, musst Du wissen." Er drehte sich dabei kurz zu Brian um. Der lachte bloß abwertend auf.

Dann ging Steve langsam um Sarah herum, während Brian die Pistole auf Ioannis gerichtet hielt.

Sarah erkannte, dass Ioannis Plan eines Überraschungsangriffs so, wie es aussah, ganz sicher nichts werden konnte. Die waren zu zweit und hatten eine Waffe!

„Damit kommst Du nicht durch!", fuhr sie ihn an.

Steve lachte auf. Hämisch und selbstsicher.

„Deine Arroganz, Kleines, verlierst Du selbst jetzt nicht, was?"

Sarah sah ihn über die Schulter hinweg an.

„Man wird Dich kriegen und bestrafen. Meine Familie wird mich suchen!", entgegnete sie kämpferisch.

Erneut lachte er auf.

„DEINE FAMILIE?", schrie er sie urplötzlich an.

„Deine Familie ist nichts! Einen Scheiß werden die!"

Ioannis ballte die Fäuste. Wenn dieser feige Hund mit der Knarre nicht wäre, würde er dem anderen schon Benehmen beibringen.

Inzwischen stand Steve wieder vor ihr. Er nahm seine Hand und strich sanft ihr Haar zur Seite.

„Natürlich wird man Dich suchen. Aber nicht hier. Nicht auf Karpathos und nicht in Griechenland. Du bist nämlich morgen

früh zurück in den Staaten. Offiziell eingereist über die Passkontrolle am New Yorker Kennedy Airport."
Sarah sah ihn völlig irritiert und mit großen Augen an.
„Da staunst Du was, Prinzesschen?" Steve und Brian grinsten sich an.
„Was soll das?", fragte sie verunsichert nach.
„Hey Brian, sollen wir es dem kleinen Miststück sagen, was meinst Du?"
Brian grinste fett und nickte.
„Na dann pass mal auf, Sarahlein", sagte Steve „hier kommt die Pointe: Eine sagen wir mal gute Freundin von mir ist unter Deinem Namen auf dem Rückweg in die USA. Ist genau so ein rotes Lockenköpfchen wie Du. Ich habe Dir immer gesagt, dass deine Haare zu sehr auffallen."
Brian und er lachten los, als hätte Steve einen guten Witz erzählt.
Dann wurde Steve wieder ernst.
„Kein Mensch wird Dich mehr hier auf Karpathos vermuten. Alle glauben, Du bist längst abgereist! Na, wo bleibt jetzt Deine Arroganz?" Er drückte mit dem Zeigefinger ihr Kinn hoch.
Sarah holte aus und gab ihm eine schallende Ohrfeige.
Steve blickte nach hinten zu Brian und hielt sich die Wange. Der Schlag hatte gesessen. Er sagte nichts.
Aber er reagierte!
Im nächsten Augenblick schlug er mit voller Wucht aus der Drehung zu. Die Rückseite seiner Faust traf Sarah derart heftig, dass sie nach hinten flog. Sie rutschte aus, verlor das Gleichgewicht und stürzte zu Boden. Dabei riss der Ärmel ihrer Bluse auf. Steine schürften ihre Haut am Oberarm auf. Ioannis wollte aufspringen, um ihr zu helfen, doch ein brutaler Stiefeltritt Brians traf ihn in der Magengegend. Er sackte zusammen, krümmte sich am Boden und schnappte nach Luft.
Brian hielt ihm die Pistole an den Kopf.
„Keinen Mucks mehr alter Mann. Wenn Du Dich noch einmal bewegst, lege ich Dich um!"
Steve ging zu Sarah und stellte sich breitbeinig über sie.

„Und jetzt noch mal zum Mitschreiben, SARAH!"
Er packte sie an den Haaren und riss ihren Kopf nach hinten.
„Für Dich und Deine feine Familie war ich nur Dreck, dafür werdet Ihr jetzt bezahlen. Mal sehen, was Du meinem verehrten Schwiegervater Wert bist."
Er ließ sie los und ging zu Brian.
„Was meinst Du, 20 Millionen Dollar, reichen die uns?"
Brian nickte obercool wie einer dieser Rapper aus den billigen Videoclips im Fernsehen. Steve wandte sich wieder Sarah zu.
„Und sollte Dein Alter nicht bezahlen, dann bleibst du halt hier. Ich lasse Dich in diesem verdammten Drecksloch verrecken. Irgendwann wird Dein Vater nur noch Deine vergammelten Reste hier finden und dann wird er sehen, wo sein Geiz ihn hingebracht hat!" Steves Blick strahlte Wahnsinn und blinden Hass aus.
Sarah schossen 1000 Dinge durch den Kopf. Wie weit würde Steve gehen? Würde er sie überhaupt freilassen, wenn er das Geld bekam? Hatten sie überhaupt noch eine Chance, hier rauszukommen?
Sie richtete sich auf und sah sich hektisch und verzweifelt um.
Augen und Hände suchten nach irgendeinem Gegenstand, den sie Steve entgegenschleudern könnte. Aber da war nichts.
„Ja, schau' Dich nur um, Prinzesschen. Hier gibt es nichts. Nur den muffigen Gestank nach Angst und Hilflosigkeit von Dir und dem alten Mann da." Er sah Ioannis scharf an.
„Dich legen wir um, sobald wir die Kohle haben. Hättest nicht so neugierig sein sollen!"
Er deutete Brian an, zu gehen.
„Ich wünsche Euch noch viel Spaß hier unten. Hey alter Mann, zum Trost darfst Du mit dem jungen Ding da Deine letzten Stunden verbringen. Falls Dir langweilig wird: Ist gar nicht schlecht im Bett, die Kleine ..."
Ioannis spuckte verächtlich vor ihn auf den Boden.
Steve und Brian lachten unbeeindruckt. Sie waren sich ihrer Sache hundertprozentig sicher.

Sie gingen die schmale Holzstiege hoch und zogen sie dann sofort nach oben. Dann klappte die Luke nach oben.
Sarah stürzte hinterher, aber sie erreichte die Luke zu spät.
Panisch hängte sie sich noch dran, nur um sogleich abzustürzen.
Sie fiel auf ihren verletzten aufgeschürften Arm, schmerzverzehrt hielt sie sich die blutverschmierte Stelle ihrer Bluse.
Resignierend hockte sie da und weinte.
Dicke Tränen kullerten über ihre Wangen. Wut und Verzweiflung lösten ihren kämpferischen Stolz von vorhin ab.
„Du elendes Dreckschwein", schluchzte sie.
„Was habe ich Dir getan? ... Steve! ... STEVE!" schrie sie so laut, dass ihre Stimme versagte und sich zu einem Krächzen veränderte.
Doch es kam keine Antwort mehr.
Schritte entfernten sich, eine Tür wurde zugeschlagen, dann wurde es still.
Nur noch eines blieb zurück: unbeschreibliche Angst!

Nah dran

Am nächsten Morgen stand Tom früh auf. Es war gerade mal kurz vor Acht und er hatte unruhig geschlafen. Mal wieder! Und schlecht geträumt. Auch mal wieder!
Ein starker Kaffee spülte die Müdigkeit herunter. Er stand mit der Tasse in der Hand auf dem Balkon und sah aufs Meer. Der kühle Morgenwind ließ ihn leicht erschaudern. Inzwischen dachte er nicht mehr jede Sekunde an Sarah. Der gestrige Abend dagegen gehörte definitiv nicht zu seinen Besten. Er hatte den Frust und die Enttäuschung in Vassilis Bar mit ein paar Bieren und Whiskeys zu viel heruntergespült. Alle Versuche ihn aufzuheitern schlugen fehl, und irgendwann war er betrunken und mit schlechter Laune ins Bett gegangen.
Christos und Elena mussten noch vor ihm aufgestanden sein. Wahrscheinlich waren sie schon unterwegs und machten Besorgungen für die Taverne. Dann hörte er wie die Wohnungstür aufgeschlossen wurde und im gleichen Augenblick rief Christos auch bereits nach ihm. Eine Sekunde später stand er mit Jani vor ihm. „Kalimera Tom. Du musst mitkommen", sprudelte es sofort aus ihm heraus. „Wir fahren mit dem Boot rauf nach Tristomo."
„Nach Tristomo?", fragte Tom erstaunt.
„Ich verstehe nicht ... was wollen wir da, Christos?"
„Yassu Tom", begrüßte Jani ihn. „Ich habe Christos von dem Messer erzählt. Ich weiß, was Du jetzt denkst ... aber die Polizei hatte ihn gestern Abend angerufen und ihm mitgeteilt, dass er Ioannis Boot zurückbekommt. Er hätte das Messer dann ohnehin gesehen."
„Tom, mein Freund", fügte Christos hinzu. „Ist ja gut, dass Du mich nicht beunruhigen wolltest. Aber das mit dem Messer ist doch merkwürdig, das musst Du zugeben. Du kennst meinen Vater. Er hat es nie aus der Hand gegeben. Jedenfalls nicht freiwillig!"

„Ich fand das ja auch irgendwie komisch. Aber warum wollt ihr nach Tristomo? Ich meine, das Boot wurde doch näher vor Saria gefunden", entgegnete Tom.
Christos trat näher heran und legte Tom seine Hand auf die Brust.
„Weil mein Herz mir sagt, dass ich da suchen soll. Verstehst Du? Ich bin ihm das schuldig! Mein Vater ist früher mit mir oft im alten Hafen von Tristomo an Land gegangen, wenn wir vor Saria gefischt haben. Wir waren dann in der kleinen Kapelle Panormitis und haben gebetet."
„Komm schon", sagte Jani, „Es ist ein herrlicher Tag. Tue ihm den Gefallen. Oder hast Du etwas Besseres vor?"
Tom nickte Christos zu. Er wollte natürlich alles tun, um Christos zu helfen. Aber er befürchtete zugleich, dass Christos zu enttäuscht sein würde, wenn sie nichts fänden.
Nur wenig später hatten sie das Auto im kleinen, beschaulichen Hafen von Finiki abgestellt und waren in Christos Motorboot auf dem Weg in den Inselnorden.
Sie hatten eine Fahrt von gut 2,5 Stunden vor sich.

Ioannis riss einen Streifen aus Sarahs Bluse heraus, beträufelte ihn mit Wasser und tupfte die Wunde an ihrem Arm vorsichtig ab. Nach einer unruhigen Nacht war er gegen Morgen endlich eingeschlafen und dann von Sarahs Weinen wach geworden. Kein lautes Weinen und Wehklagen, wie er es von den alten Weibern aus dem Dorf kannte. Nein, es war ein verzweifeltes, enttäuschtes und zu tief verletztes leises Schluchzen einer Frau, die alles verdient hatte, aber sicherlich nicht so behandelt zu werden.
„Ich kann zwar immer noch nicht viel erkennen, aber ich glaube, das sieht nicht gut aus. Blutet immer noch", erklärte er besorgt.
Ioannis hatte die Wunde am Abend vorher versorgt. Aber mehr als die Stoffstreifen aus ihrer Bluse hatten sie halt nicht.

Sarah starrte still vor sich hin. Sie hatte immer gewusst, dass Steve zu einigem fähig war, aber das hier sprengte all ihre Vorstellungskraft. Dieser Hass, dieser abgrundtiefe Hass …
„Warum hab' ich nur auf seinen Brief reagiert?", warf sie sich im Stillen vor.
„So, das sollte erstmal reichen. Drücke den Lappen drauf, wahrscheinlich hört es irgendwann von allein auf zu bluten", kommentierte Ioannis optimistisch seine Hilfe. „Wenn wir hier rauskommen, solltest Du damit dringend einen Arzt aufsuchen!"
„Und Du? … Bist Du okay?"
„Ein alter Baum fällt wegen so eines Trittes nicht um. Hat ein wenig geschmerzt beim Schlafen, aber es geht schon wieder."
„Dieser Mistkerl!", kochte laut fluchend die ohnmächtige Wut in ihr wieder hoch.
„Du bist ganz schön temperamentvoll, junge Frau!"
Sarah glaubte, ein Lächeln auf seinem Gesicht zu erkennen.
„Die Ohrfeige jedenfalls hat gesessen", fügte er hinzu.
Sarah übernahm den Stofffetzen auf ihrer Wunde und berührte dabei seine Hand. Eine große und kräftige Hand mit vielen Narben und derben Schwielen von den Jahren harter Arbeit auf See.
Sarah hielt sie fest.
„Danke!", hauchte sie.
„Ach, wofür …?" Er sah verlegen weg.
„Dafür, dass Du nie die Hoffnung verlierst. Und dafür, dass Du da bist. Du erinnerst mich an meinen Vater. Er ist zwar ein Schreibtischhengst, aber auch er würde kämpfen. Deine Kinder können stolz auf Dich sein!"
„Stolz können sie erst recht sein, wenn ich uns hier raus gebracht habe!", wiegelte Ioannis die Lobeshymne auf ihn ab.
„Du glaubst immer noch daran, dass wir lebend hier rauskommen, nicht wahr?", stellte Sarah fest.
Er legte nun wiederum seine Hand auf ihre.
„Vor vielen Jahren im Krieg, während der deutschen Besatzungszeit, da haben wir Karpathioten gekämpft. Wir hatten nicht viel:

Schlechte Waffen, kaum Munition, wir waren unterlegen! Aber wir hatten unseren Stolz. Und unseren Überlebenswillen. Wir haben niemals aufgehört, an unsere Freiheit zu glauben.
Unsere Väter nicht, unsere Mütter nicht, und auch uns Kindern wurde das mit auf den Weg gegeben. Ich selbst war noch ein kleiner Junge, aber eines habe ich daraus für mein ganzes Leben mitgenommen: Es lohnt sich immer, für irgendetwas zu kämpfen und wer seine Hoffnung aufgibt, der gibt sich letztendlich selbst auf!"
„Aber Du kennst Steve nicht ... Du hast doch gestern gesehen, wozu er fähig ist!"
„Sarah, es gibt immer eine Lösung!"
„Ja, aber ... welche?"
„Wir werden eine finden. Außerdem: So oder so, unsere Zeit hier unten ist bald vorbei!"

Christos Boot war zwar schon etwas betagt, aber trotzdem noch recht schnell. Tom und Jani saßen auf den seitlichen Bänken und hielten sich an der Reling fest.
Sie hatten die Strände von Lefkos passiert und sahen oben am Steilhang der Westküste die weiß getünchten Häuser vom Dorf Mesochori. Im Hintergrund türmte sich stolz der Gipfel des Kali Limni auf.
Seine gerade einmal knapp über 1200 Meter Höhe wirkten von hier wie ein 3000er in den Alpen.
Tom träumte vor sich hin. Er dachte an Sarah. Er sah, wie er mit ihr durch die engen Gassen von Mesochori schlenderte. Er stellte sich vor, wie sie dann auf der Terrasse des malerisch gelegenen, bekanntesten Cafenions des Ortes bei einem Glas Wein die Stille und Ruhe genossen, die man hier oben hoch über dem Meer hatte.
„Warum ist sie abgehauen?", träumte Tom vor sich hin.
„Tom?" sprach Jani ihn an.
„Tom!!!" wiederholte er.

Verdutzt sah Tom ihn an.
„Du hast von *ihr* geträumt, nicht wahr?"
Jani hatte ihn mal wieder durchschaut.
„Es wird einen Grund dafür geben, warum sie abgereist ist!"
„Den wird es sicher geben. Ganz sicher sogar! Wahrscheinlich ihr Ex!" Tom war gereizt und konnte nicht wissen, wie richtig er mit seiner Vermutung lag. Nur in einer völlig falschen Richtung.
„Urteile nicht vorschnell, Tom. Ich habe sie auch kennenlernen dürfen, im Iliotropio. Weißt Du, sie ist nicht der Typ Frau für derartige Spielchen. Ihre Blicke waren echt, das konnte man genau spüren. Der ganze Raum war mit einer knisternden Atmosphäre belegt, wenn ihr zusammen gewesen seit. Und das war bestimmt keine Einbildung!"
Tom wusste, dass er Jani nicht zu widersprechen brauchte. Er hatte recht! Da war was zwischen Sarah und ihm gewesen, von Anfang an.
Christos beendete das Gespräch.
„Hey Jungs, wie lange ist es her, dass wir drei so eine Tour gemacht haben?" Er drehte den Außenborder höher und das Boot schoss nach vorne. Christos hatte es eilig, keine Frage.

Die beiden Männer sahen sich eindringlich an. Steve hatte Brian eine klare Aufgabe erteilt und der wusste, dass er jetzt keinen Fehler mehr machen durfte.
Erst das mit dem alten Griechen. Er hätte ihn gleich umlegen sollen! Und dann die Sache mit diesem Typen. Brian kannte den Namen noch nicht einmal. Er wusste nur, dass er ein paar Mal mit Sarah zusammen war. Und das störte ihn. Steve hatte er davon natürlich nichts erzählt. Womöglich hätte er die ganze Aktion aus Vorsicht abgeblasen und das wollte Brian nicht.
Mit diesem Schnösel würde er auch noch fertig werden.

Eine Leiche mehr oder weniger, was machte das schon. Und hier gab es herrliche Möglichkeiten, jemanden auf immer und ewig verschwinden zu lassen. Also, alles kein Problem!
Steve wiederholte noch mal, was er ein paar Minuten zuvor gesagt hatte. „Du machst ein Foto von der Kleinen mit der Times von heute in der Hand und kommst dann direkt zurück. Den Alten Griechen kannst Du umlegen, den brauchen wir nicht mehr. Jenny hat sich vorhin gemeldet. Mein geliebter Schwiegervater hat angebissen, er will nur noch einen Beweis, dass sein Töchterchen noch lebt. Gut, dass er nicht wissen kann, dass man auch hier die Times bekommt."
Brian steckte die Zeitung unter seine Jacke.
„Warum legen wir sie nicht gleich mit um? Ich meine, wenn er das Foto sieht, überweist er bestimmt die Kohle und die Sache ist gelaufen."
Steve verdrehte die Augen.
„Weil ich will, dass sie noch am Leben bleibt. Ich will das auskosten. Keiner versucht, Steve Meyers zu verarschen!"
Und das hatte das verdammte Miststück getan, wie er fand. Stank vor Geld und wollte ihn nicht teilhaben lassen an ihrem Reichtum. Dafür wollte er sie bestrafen. Sie sollte spüren, wie es war, im Dreck zu leben. Er hasste sie!
„Ich will, dass sie am Leben bleibt, Brian. Keine Fehler mehr hast Du mich verstanden?" Er startete den Motor des Jeeps.
Wenn alles gut ging, dann würde Jenny das Geld morgen am vereinbarten Übergabepunkt abholen. Steve traute ihr das alleine zu. Sie war Profi und absolut loyal, da sie ihm noch etwas schuldete. Steve hatte ihr einmal bei einer üblen Sache geholfen und mit diesem Job würde sie sich nicht nur revanchieren können, sondern es sprang auch ein schöner Batzen Geld für sie dabei heraus.
Steve wollte fahren, aber Brian hielt ihn zurück.
„Warte ... und das mit der Satellitenverbindung ist wirklich sicher?" Er klang skeptisch.
Steve schüttelte genervt den Kopf.

„Brian, Brian, Brian … Du bist für das Grobe zuständig und ich für die Feinarbeiten, alles klar? Also noch mal: Ich sende das Foto an Jenny und die schickt es aus einem Internetcafé an meinen Schwiegervater, fertig. Glaube mir, bis die was rauskriegen, haben wir die ersten Tausender verbraten!"
„Und Du glaubst wirklich, der reiche Sack schaltet nicht die Polizei ein?" Brian war immer noch nicht ganz zufrieden.
Steve atmete tief ein. War es schwerer, einem kleinen Kind etwas begreiflich zu machen, oder diesem kleingeistigen Idioten?
„Hör zu, der Alte liebt sein Töchterchen über alles. Er würde sie niemals bewusst in Gefahr bringen. Brian, alles läuft nach Plan, nichts kommt uns mehr dazwischen. WIR SIND REICH!!!"
Brian grinste, klopfte mit der flachen Hand aufs Wagendach und Steve fuhr davon. Brian machte das Boot los und ging an Bord. Er hatte einen Job zu erledigen.

Christos machte das Boot am Naturhafen in Tristomo fest. Einige Male war er mit seinem Vater hier gewesen, und immer hatte sein Vater dann das Boot vertäut. Er erinnerte sich noch genau daran, als Ioannis ihn das erste Mal mitgenommen hatte. Obwohl es so viele Jahre her gewesen war, sah er es deutlich vor sich. Kaum zehn Jahre alt war er damals, und so eine weite Bootsfahrt war für ihn ein richtiges kleines Abenteuer gewesen.
Er vermisste seinen Vater.
Die Drei gingen die Anhöhe hoch und blieben stehen.
Tom sah Christos an: „Und jetzt?"
Christos blickte sich prüfend um.
„Zur Kirche?"
Ohne eine Antwort abzuwarten, stapfte er los. Jani folgte ihm.
Tom sah hinüber zum alten Haus des Schäfers, welches noch gut erhalten war. Jedenfalls im Vergleich zum Rest der Gebäude, die mehr und mehr zu Ruinen zerfielen.

Er sah nach vorne, wo Christos und Jani schon ein paar Meter Abstand zu ihm gewonnen hatten, und dann wieder zum Haus.
Ein kalter Schauer lief ihm über den Rücken. Irgendetwas war auf einmal anders. Ein bedrückendes Gefühl beschlich ihn, er konnte es nicht genau einordnen. Und doch kannte er es! Aus seinen Albträumen in Dortmund. Was war mit ihm los? Beeinflusste ihn die Einsamkeit hier oben in Tristomo?
„Was ist?" rief Jani, der bemerkt hatte, dass Tom stehengeblieben war und das Schäferhaus anstarrte.
„Das Haus!" antwortete Tom.
Jani kam die paar Meter zurück.
„Was ist mit dem Haus?"
„Erkläre mich jetzt bitte nicht für verrückt, aber ich glaube mit dem Haus stimmt was nicht. Ist nur so ` ne Ahnung, ein Gefühl."
Tom machte einige Schritte auf das Haus zu.
„Es ist, als sei ich schon mal dagewesen, als ob mir etwas an dem Haus sehr vertraut wäre."
Er ging noch näher ran.
„Ich glaube, ich war schon mal hier ... im Traum!"
Er war nur noch wenige Meter vom Haus entfernt.
Plötzlich hörten sie Musik.
Jani sah Tom fragend an.
Dann hörten sie es wieder, der Ton kam näher, ein Handy klingelte. Der Ton kam aus Christos Richtung.
„Jani, ich kenne diesen Ort. Aus meinen Träumen in den letzten Tagen. Das muss etwas zu bedeuten haben."
Normalerweise glaubte er an so einen Hokuspokus nicht.
Ein paar Augenblicke später kam Christos auf sie zugelaufen, wild mit den Armen fuchtelnd.
„Wir müssen sofort zurück. Elena hat angerufen, der Kommissar kommt nachher, sie haben wohl was Neues herausgefunden. Er will mich dringend sprechen."
Er ging zielstrebig an den beiden vorbei.
„Los, wir fahren zurück!"

Schnellen Schrittes gingen sie zurück zum Anleger, machten das Boot los und fuhren raus in die Bucht. Tom sah zurück zum Schäferhaus, was noch so eben zu erkennen war. Er war immer noch irritiert von den Gefühlen, die ihn dort beschlichen hatten. Irgendwas stimmte hier nicht.
Wieder in Finiki angekommen erzählte Elena, was passiert war. Es waren noch zwei Stunden Zeit, bis der Kommissar kommen wollte. Tom hatte keine Lust so lange zu warten und beschloss, in der Zwischenzeit doch noch nach Aperi zu fahren, um Sarahs Tante aufzusuchen. Er wollte Gewissheit haben, vorher ging Sarah ihm nicht aus dem Kopf. Vielleicht hatte sie ja eine Erklärung für ihn. Vielleicht wollte sie aber auch gar nicht mit ihm sprechen, sie kannte ihn ja schließlich überhaupt nicht.
In der Hoffnung, doch noch eine brauchbare Information von ihr zu erhalten, fuhr er los.

Sarah war es spei übel. Ihr war heiß und sie schwitzte, obwohl es in dem düsteren Verlies alles andere als warm war.
Sie saß auf dem Boden und lehnte gegen die Wand, ihre Glieder fühlten sich schwer an. Ioannis war in ihrem „Luxus-WC" und rappelte wie wild an dem Brett, das ihnen als Toilettensitz diente. Das Brett lag auf einer Seite auf einem Stein auf, die andere Seite war in der Mauer fest einzementiert.
„Das könnte gehen ... ja, das funktioniert bestimmt!", kommentierte er sein tun.
„Was machst Du da? Renovierst Du das Bad?", scherzte Sarah mit schwerer Stimme und hustete.
„Was ist mit mir los?" Ihr ging es echt nicht gut!
„Könnte man so sagen ...", Ioannis Stimme ließ erkennen, dass er sich sehr anstrengte. Mit einem Krachen flog er mitsamt dem Brett in den Händen aus der Nische und landete auf dem Rücken.
„Das mache ich ... ich meine, ich baue um!", meinte er und kam mit dem ca. 1,5 Meter langen Brett auf Sarah zu.

„Ich habe eine Idee, wie wir hier rauskommen können. Du musst mir dabei helfen."

Ioannis ging zur Raummitte und stellte sich unter die Luke. Ein schwacher Lichtschein fiel durch eine breitere Ritze in der Klappe auf sein Gesicht. Ioannis deutete nach oben.

„Als Du Dich gestern drangehängt hast, als die beiden gegangen sind, ist die Luke beim Zuklappen nicht ganz eingerastet. Ich habe das gleich gehört. Wir haben in unserem Haus in Arkassa auch so ein Ding. Sieh mal, sie steht an der einen Seite einen kleinen Spalt weit auf. Wenn ich da das Brett zwischen bekomme, könnten wir es als Hebel benutzen."

Sarah stand auf, zumindest versuchte sie das. Sie torkelte wie betrunken und stieß mit ihrem verletzten Arm gegen die Wand.

Ihr schmerzvoller Aufschrei verhieß nichts Gutes!

Ioannis ging sofort zu ihr und betrachtete den Arm im fahlen Licht. Der Stoffstreifen, den sie um den Arm gebunden hatten, war verfärbt, die Wunde schien zu nässen.

„Mir ... mir ist total ... schwindelig ... und so heiß." Sie wirkte völlig erschöpft. Ioannis legte seine Hand an ihre Stirn.

„Ich glaube, Du hast Fieber!"

„Fühle mich ... wie bei einer ... Grippe." Das Reden fiel ihr bereits schwerer.

Ioannis holte Wasser. „Trink, und zwar reichlich."

„Aber ... wir haben nicht mehr viel!"

„Sarah, bitte trink, Du brauchst Flüssigkeit! Ich muss Dich hier rausbringen!" Er sah wieder hoch zur Luke.

„Glaubst Du, Du kannst Dich auf meinen Rücken stellen, wenn ich mich unter die Luke knie? Du hängst Dich dann daran, nur für einen Augenblick!"

„Weiß nicht ... bin so schlapp", ließ sie den Kopf senken.

Ioannis hob ihr Kinn und sah sie streng an.

„Nur für ein paar Sekunden, bis ich das Brett in den Spalt geschoben habe."

„Ich ... versuche es."

„Nein, nicht versuchen! Machen! Denke an meine Worte: Wer seine Hoffnung aufgibt ... hast Du es vergessen?"
Er legte das Brett neben sich auf den Boden und kniete sich hin, direkt unter die Luke.
„Jetzt komm!", forderte er sie auf.
Sarah nahm einen tiefen Atemzug. Sie versuchte sich zu konzentrieren, doch das fiel ihr schwer.
Wieder zogen Gedankenfetzen wie Wolken an ihr vorbei. Sie dachte an die Sonne, an warme Luft und den Wind. Tom, ja Tom sah sie jetzt deutlich vor sich. Dann wieder Steve und ihren Vater.
„Sarah! Du musst das jetzt tun!", mahnte Ioannis.
Sie nahm ihre ganze Kraft zusammen und ging die paar Schritte zu Ioannis. Sie stellte einen Fuß auf seinen Rücken, wollte hochsteigen, aber sackte wieder nach hinten. So gerade noch konnte sie verhindern, erneut hinzufallen.
„Ich ... Ioannis ... ich schaffe das nicht ... müde ... bin müde!"
Jetzt platzte ihm der Kragen und er brüllte sie an.
„Und ob Du das schaffen wirst, hörst Du? Schluss mit der Heulerei. Du kleines verwöhntes Ding steigst jetzt auf meinen verdammten Rücken und hängst Dich an die Klappe!", schrie er und drohte: „Und wehe, Du schaffst das nicht!"
Das saß! Sarah war so erschrocken über seinen Wutausbruch, dass sie nicht mehr überlegte. Sie setzte erneut den Fuß auf seinen Rücken, nahm alles an Energie zusammen, was sie noch hatte, und stieg hoch. Sie blickte nach oben, versuchte sich auf den Spalt zu konzentrieren. Ihre Beine zitterten, sie hatte größte Mühe das Gleichgewicht zu halten.
„Los jetzt", brüllte Ioannis und zählte "drei ... zwei ... eins ... los!"
Sarah griff mit beiden Händen an das Brett und in den schmalen Spalt, den sie mit ausgestreckten Armen recht gut erreichte.
„Häng Dich dran und halt Dich fest", rief Ioannis."
„Jaaa ...", kam die zögerlich Antwort, obwohl sie nicht wirklich wusste, ob sie sich überhaupt eine Sekunde so halten konnte.

„Wenn Du hängst, sag „Jetzt", und ich springe auf und schiebe das Brett in den Spalt."
Sarah klammerte sich verkrampft an der Luke fest und ließ sich langsam sacken, bis sie spürte, dass fast ihr volles Gewicht an ihren Armen hing.
Dann sagte sie, mehr stöhnend: „Jetzt!"
Ioannis entspannte seinen Rücken, rollte sich zur Seite und griff nach dem bereitliegenden Brett.
Sarah fühlte, wie der sichere Halt unter ihren Füßen wegsackte, und packte so fest zu, wie es eben ging. Mit ihrem gesamten Gewicht hing sie an der Holzklappe, die nun ein wenig nachgab. Der Luftspalt wurde dadurch größer. Ihr wurde schwarz vor Augen, ihre Wunde am Arm pochte, alles verschwamm und sie verlor das Gespür für Zeit, Raum und alles Wirkliche. Ihre Kräfte verließen sie, aber das war ihr jetzt egal. Keine Sekunde länger würde sie sich noch so halten können. Sie wollte fallen, keinen Schmerz mehr spüren, schlafen, nur noch schlafen.
Sie ließ los, landete zwar mit den Füßen auf dem Boden, aber sackte sogleich zusammen. Als sie kurz aufsah, registrierte sie noch, dass Ioannis das Brett in den entstandenen Spalt geschoben hatte. Er hebelte die Klappe so weit wie es ging auf. Es reichte aus, dass er die Luke zu fassen bekam und sich jetzt mit seinem ganzen Gewicht dranhängen konnte. Mit einem lauten Krachen klappte die Luke nach unten. Er hatte es tatsächlich geschafft! Über ihm und ganz dicht am Rand, konnte er die Holzleiter erkennen. Und ein Seil, welches an der Leiter befestigt war und nun ein paar Zentimeter in der Öffnung baumelte …
Sarahs Kräfte hatten sie nun vollends verlassen. Sie glitt nach hinten und legte sich auf den Boden. Ihr Gesicht berührte den kühlen Boden. Es tat gut, so zu liegen, sich nicht mehr anstrengen zu müssen, keine Schmerzen mehr zu spüren. Es war, als läge sie auf einem weichen Kissen. Von ganz weit weg hörte sie Ioannis besorgte Stimme. Sie hörte ihren Namen.
Dann wurde sie ohnmächtig.

Brian jagte mit dem futuristisch anmutenden Schnellboot über das an diesem Mittag ruhige Meer. Er holte alles aus den Motoren heraus, was sie hergaben. Alleine fühlte er sich wohl.
Er mochte es nicht, mit anderen zusammenzuarbeiten. Mit Steve, das war eine einmalige Ausnahme.
Steve hatte die Ideen und die Kontakte, die sie brauchten, um das hier auf Karpathos durchziehen zu können.
Ein größeres Boot kam ihm entgegen, aber das störte ihn nicht. Er musste sich ja auch nicht verbergen. Warum auch? Um diese Zeit fuhren Dutzende Boote und Schiffe die Küsten der Insel entlang. Einheimische, Touristen, Fischer, Taucher oder Individualisten, die hier Freiheit und Einsamkeit suchten. Menschen, welche die Schönheit der Insel und ihre Natur genossen.
Damit konnte er nichts anfangen. Brian war nur an dem Geld interessiert. Wahrscheinlich würde er jetzt das vorletzte Mal hier hochfahren.
Den Fischer umzulegen würde ihm keine Schwierigkeiten bereiten, Skrupel hatte er keine. Der Alte war ohnehin nur im Weg.
Und die Kleine ... vielleicht sollte er mal nachsehen, was so unter ihren engen Klamotten steckte. War schon ein scharfes Ding, obwohl: Mit der Kohle konnte er sich die besten Frauen besorgen, da war er ganz sicher. Warum sich also mit der dürren Rothaarigen abmühen? Er griff, nur um sicher zu sein, dass sie wirklich da war, an seine Brusttasche.
Dort steckte seine beste Freundin: seine Pistole.

Christina

Die Straße von Pigadia nach Aperi war menschenleer. Tom hatte die Route über die Inselhauptstadt gewählt, weil er keine Lust hatte, sich über die Bergdörfer zu quälen. Dazu war er jetzt absolut nicht in der Stimmung. Das Haus von Sarahs Tante lag im oberen Teil des kleinen, aber mondänen an einen Steilhang klebenden Ortes. Eine enge Straße führte durch die frühere Haupstadt der Insel und schlängelte sich an schicken Villen und malerisch angelegten Gärten vorbei den Berg hoch. Tom hielt an, denn an einer besonders unübersichtlichen Stelle sah er im Straßenspiegel, dass ihm ein Bus entgegenkam. Er fuhr so nah wie möglich an eine der Mauern heran, um dem Bus genügend Platz zum Passieren zu lassen. Oftmals schützten nur diese brüchigen Mauern die Fahrzeuge vor einem Absturz in die tiefe Schlucht eines Bachbettes. Definitiv keine Strecke für ungeübte Autofahrer!
Als Tom den Ort fast durchquert hatte, fuhr er langsamer. Er kontrollierte noch mal den Zettel mit der Adresse, den Mike ihm mitgegeben hatte. Jetzt musste das Haus gleich kommen. Dann sah er es. Ein wenig zurückgelegen von der Hauptstraße, in einem großen, verwilderten Garten.
Er parkte den Wagen auf dem schmalen Seitenstreifen gegenüber vom Eingang und betrat das Grundstück durch ein altes, verrostetes Eisentor. Toms Schritte auf dem Kiesweg waren sicher selbst für einen Schwerhörigen nicht zu überhören. Er wollte gerade an der massiven Eingangstür klopfen, als diese geöffnet wurde.
„Na hallo ... das nenne ich mal eine Überraschung!"
Auch ohne sie zu sehen, hätte Tom die rauchige, verführerische Stimme unter Hunderten erkannt: Christina!

„Die Überraschung ist ganz meinerseits." Tom war wirklich platt, mit ihr hätte er nun wirklich nicht gerechnet. Von wegen „altes

Tantchen von Sarah ... Wie angewurzelt blieb er stehen und betrachtete sie.
Ihr Outfit war mal wieder sehenswert. Unter ihrem hauchdünnen kaftan-ähnlichen Umhang blitzte ein tiefes Dekolleté samt schwarzem Spitzen-BH hervor. Ihre Füße mit frisch lackierten Zehennägeln steckten in atemberaubend hohen Sandalen. Mehrere Goldarmbänder rasselten und klimperten an ihrem Arm, eine Hand lehnte kess an ihrer herausgestreckten Hüfte.
Sie stand da wie eine Hollywooddiva. Lässig warf sie ihr Haar nach hinten und ihr Gesichtsausdruck schien zu sagen:
„Komm rein, Kleiner, ich fress` Dich auf!"
Tom fand die Situation irgendwie unangenehm. Da stand er vor der Tante genau der Frau, in die er sich verliebt hatte. Und diese Tante entpuppte sich als der männermordende Vamp aus dem Flieger, in deren Nähe er ganz schön ins Schwitzen gekommen war.
„Ist Dir langweilig?", hauchte sie.
„Was?"
„Ich hatte Dir im Flieger gesagt, Du könntest vorbei kommen, wenn Dir mal langweilig ist!", erinnerte sie ihn an ihre erste Begegnung. „Und? Ist Dir heute „langweilig?" Dabei beugte sie sich vor und gewährte ihm freien Einblick in ihren Ausschnitt, der nun bis zum Bauchnabel reichte.
„Ach so ... nein ... ich."
Tom versuchte, sich wieder zu fassen.
„Kann ich reinkommen?"
„Na, hoffentlich nimmt sie das jetzt nicht wörtlich!"
Christina lächelte und öffnete die Tür einladend weit. Sie ging voraus und Tom folgte ihr.
Das Haus sah von innen völlig anders aus, als es den ungepflegten äußeren Anschein machte. Durch eine helle Eingangshalle ging es in einen weitläufigen Wohn- und Essbereich mit einer großen amerikanischen Küche. Die Mitte des Raumes schmückte ein riesiges halbrundes Sofa, dekoriert mit weißen

Fellen und Dutzenden Kissen. Christina setzte sich auf das Sofa und schlug elegant die Beine übereinander.
„Möchtest Du Dich nicht setzen?", fragte sie und klopfte auffordernd mit der Hand auf den Platz neben sich.
„Die Nummer kenne ich doch schon", dachte er.
„Eigentlich bin ich nur gekommen, um Dich etwas zu fragen", versuchte Tom, die Spannung aus der Situation zu nehmen.
„Und das kann man nur im Stehen?"
Er gab nach und setze sich aufs Sofa, allerdings ein Stück weiter von ihr weg, als sie wollte.
Christina stützte ihren Ellenbogen am Sofa ab und lehnte ihren Kopf gegen die Hand. Ihre pechschwarzen Haare glänzten wie ein Pantherfell im hereinfallenden Licht.
„Und was jetzt? Was wolltest Du mich fragen?", hauchte sie. Dabei fuhr sie mit dem Zeigefinger über ihr Dekolleté.
Tom hatte keinen Bock mehr auf dieses „Schwarze Witwe fängt Fliege-Spiel."
„Ich suche Sarah, Deine Nichte!", sagte er direkt.
Sofort änderte sich Christinas Körperhaltung.
„Sarah?", antwortete sie erschrocken. Sie vermied auf einmal jeglichen Blickkontakt mit Tom.
„Ja, Sarah! Hast Du sie gesehen?"
Sie stand auf und ging hinüber zur Küche.
„Möchtest du einen Drink?", lenkte sie ab.
„Sie weicht mir aus!"
„Ein Wasser!"
Christina stellte sich hinter die breite Küchentheke und schenkte ein Glas Wasser ein.
„Und? Hast Du sie gesehen?", bohrte er weiter.
„Du meinst, Sarah gesehen? – Ja, vor ein paar Tagen. Warte mal." Sie tat so, als müsse sie groß nachrechnen.
„Ja, vor zwei Tagen, glaube ich!"
Sie kam zurück zum Sofa, stellte das Glas vor Tom auf einen kleinen Mahagoni-Tisch und setzte sich wieder.
„Hat Sarah was zu Dir gesagt?"

„Ist das jetzt ein Verhör?" antwortete sie und klang genervt.
Tom stand auf und ging um das Sofa herum.
„Christina, für mich ist das hier auch eine komische Situation."
„Ist es das?", hauchte sie wieder etwas besänftigter.
„Ich meine, ich komme hier hin ... und Du denkst ..."
„Ich denke was?", unterbrach sie ihn.
„Na, dass ich mit Dir ... Du weißt schon!"
Christina stand nun ebenfalls auf und stellte sich so dicht vor ihn, dass sich ihre Nasenspitzen beinahe berührten. „Schade ... bist ein hübscher Kerl. Aber was erwartest Du? Kommst hier her und schwärmst mir von Sarah vor." Dann drehte sie sich wieder weg und ging zu einem der bodentiefen Fenster. Das hereinfallende Sonnenlicht ließ den Stoff ihres Umhangs beinahe durchsichtig erscheinen, und es zeichneten sich die Konturen eines perfekt gebauten Körpers ab. Sie drehte sich um.
„Mit meiner jungen, hübschen Nichte kann ich natürlich nicht mithalten! Warum suchst Du sie?" Ihre Frage schien nun ernst gemeint zu sein und sie klang ein wenig entspannter.
„Wir haben uns näher kennengelernt. Haben ein paar Dinge zusammen unternommen. Na ja, und dann waren wir verabredet und sie ist einfach nicht gekommen", antwortete Tom.
„Du kommst hier her, weil meine Nichte ein Date hat platzen lassen?", fragte sie ihn vorwurfsvoll.
„Das ist ja noch nicht alles. Ich habe erfahren, dass sie abgereist ist, verstehst Du?"
„Nein, ich verstehe nicht!"
„Christina, ich empfinde für Sarah mehr als nur Sympathie und ich habe gespürt, dass bei ihr auch was da war. Da reist man doch nicht einfach so ab. Ohne Bescheid zu sagen."
„Und was habe ich damit zu tun?"
Tom ging zu Christina, legte seine Hand an ihre Schulter.
„Christina, bitte, hat sie Dir irgendetwas erzählt? Weißt Du vielleicht, wo sie sein könnte?"
Christina sah auf Toms Hand und er ließ sofort wieder los.

„Du kennst doch die jungen Dinger heute. Flippig, labil, unzufrieden, ständig auf der Suche nach dem Mr. Perfekt. Was weiß ich ...", versuchte sie zu beschwichtigen.
„Ja, aber ... hat sie Dir gegenüber nichts erwähnt?"
„Was macht Dich so sicher, dass ich Dir das sagen würde? Vielleicht will sie ja nichts von Dir?", wich sie aus.
„Tut mir leid, Tom. Ich kann Dir da nicht helfen. Ich denke es ist besser, wenn Du jetzt gehst!", brach Christina das Gespräch schließlich mit deutlichen Worten ab.
Tom ging zur Eingangshalle und Christina folgte ihm. Er öffnete die Tür und trat hinaus auf den Kiesweg.
„Tom?"
Er drehte sich noch mal um.
„Schade ... wir hätten eine Menge Spaß haben können!"
„Da bin ich mir sicher", versuchte Tom, ihr den kleinen Triumph zu gönnen, lächelte sie an und ging.
Auf dem kurzen Weg zum Auto kreisten seine Gedanken um die letzten Minuten. Ob sie wirklich nichts wusste? Oder hatte Sarah ihr verboten, etwas zu sagen? Wahrscheinlich würde er das nie herausfinden. Es war wohl endgültig vorbei!

Steve hatte Tom beobachtet, seit dieser Christinas Haus betreten hatte. In sicherer Entfernung hatte er gewartet, bis Tom wieder raus kam. Wer war dieser Kerl? Und was wollte er von Sarahs Tante? Er würde ihm nachfahren müssen, um das herauszufinden. Jetzt, so kurz vor dem Ziel, wollte er kein Risiko mehr eingehen!

Ioannis beugte sich über Sarah. Er saß auf dem Boden und hatte ihren Kopf auf seinen Oberschenkel gelegt. Anscheinend glühte sie, Schweißtropfen perlten von ihrer Stirn, ihre Haare waren klatschnass. Sie schlief immer wieder ein, träumte in fiebrigen Schüben. Er gab ihr von dem wenigen Wasser, dass sie noch hatten. Nur noch eine Flasche war ihnen geblieben. Er selbst hatte sich nur einen kleinen Schluck gegönnt.

Was sollte er bloß tun? Ioannis fing leise an zu beten.
„Oh Herr, was machst Du mit mir? Was ist das für eine Prüfung? Habe ich je Verbotenes getan? Ich bin kein Held. Für solche Geschichten hier sind andere da. Aber nicht ich! Ich bin Ioannis, der Fischer! Bitte, Gott, hilf mir!"
Er musste etwas tun. Sie mussten so schnell es ging hier weg. Die Kerle kamen bestimmt bald wieder. Und Sarah brauchte einen Arzt. Was hatte sie nur? Eines war ihm klar, hier konnte er ihr jedenfalls nicht helfen. Aber in diesem Zustand konnte sie nicht laufen, und tragen konnte er sie auch nicht ...
„Denk nach, Ioannis ... denk nach!", zwang er sich verzweifelt.

Steve versuchte, Tom in sicherem Abstand zu folgen. Leicht war das nicht, da Tom die Strecke immer noch sehr gut kannte und mit dem Frust des Besuches bei Christina im Bauch einen verschärften Fahrstil zutage legte. Die beiden Wagen hatten inzwischen die Bergdörfer passiert und fuhren die tückischen Serpentinen zur Westküste hinunter. Es war inzwischen Nachmittag und die Sonne stand bereits recht tief am Horizont. Tom liebte die Aussicht von hier oben. Die diesige Luft verschmolz das Meer am Horizont mit dem Himmel und den Wolken. Die Sonne spiegelte sich in Abertausenden kleinen Wellen und verwandelte das Wasser in einen glitzernden Teppich. Die steinige Küste wurde hier und da von weiß auftürmender Gischt überspült, und machte diese öde, menschenleere Gegend zu einem Paradies. Jedenfalls für Tom, denn er konnte sich kaum etwas Schöneres vorstellen. Gerade das wurde ihm in diesen Minuten deutlich, und für einen Moment vergaß er Sarah sowie die Ereignisse der letzten Tage.
Wahrscheinlich jagte er eh einem Gespenst nach und sie wollte wirklich nichts von ihm.
„Pech gehabt, Herr Färber ... das war`s dann wohl!"
Er bog unten an der Hauptstraße ab Richtung Finiki.

Zufälle

Brian stapfte den staubigen Schotterweg hoch zum Schäferhaus. Er hatte sich mehrmals sorgfältig umgeschaut, als er das Schnellboot hinter den Felsen versteckt und gesichert hatte. Es war weit und breit niemand zu sehen.
„Beschissene Gegend hier und dann noch diese verfickte lange Fahrt. Gut, dass ich mir den Scheiß hier nicht mehr länger antun muss!", dachte er.
Überhaupt hätte Brian die Entführung auch in den Staaten gewagt. Warum diesen riesigen Aufwand betreiben und die Kleine in diese schwer erreichbare Gegend schaffen? Und wieso überhaupt auf diese Insel? Brian fand sie zum Kotzen, viel zu langweilig!
In Ordnung, da war Steves ausgesprochener Hang zur Theatralik. Anscheinend wollte er die Kleine demütigen, hier an dem Ort, mit dem sie ihre angenehmsten Kindheitserinnerungen verband.
Steve wollte sich rächen, für was auch immer, vielleicht für sein eigenes verkorkstes Leben. Er wollte sie zerbrechen und in dem Loch verrecken lassen. Einmal würde er sie noch aufsuchen, ihr ins Gesicht grinsen und dann die Luke tief unter der Erde für immer verschließen.
Brian verstand auch, dass es hier scheinbar so gut wie keine Polizei gab, was schon eine gewisse Sicherheit bot. Und, ja, sie hatten alles so gedreht, dass alle jetzt Sarah am anderen Ende der Welt vermuteten. Ihr Vater würde vermutlich die halben USA nach ihr absuchen lassen.
Trotzdem! Es hätte auch einfacher gehen können. Brian war froh, wenn er hier wieder weg konnte.
Er hörte ein Geräusch. Blitzschnell wirbelte er herum. In einer einzigen Bewegung hatte er seine Waffe aus dem Schulterhalfter gezogen, sein Ziel anvisiert und war bereit abzudrücken. Zum Glück war sein Zeigefinger nicht zu nervös, denn sonst hätte er eine wilde Bergziege ins Jenseits befördert!

„*Blödes Scheißviech ...*", murmelte er und drehte sich wieder zum Haus um. Er ließ die automatische Pistole in der Hand, holte einen Schalldämpfer aus der Jackentasche und schraubte ihn auf. Eigentlich konnte er sich das sparen, denn wenn er den Alten abknallen würde, könnte das ganz sicher keiner hören. In dieser trostlosen Gegend wohnte kein Mensch und es lief auch niemand hier herum. Außerdem war das jahrhundertealte Schmugglerversteck geschickt angelegt worden.

Unter einem dicken massiven Kellerfußboden befand sich der Raum, den erst Bauernfamilien wiederentdeckt und als Vorratsbunker für sich genutzt hatten. Wenn die Luke zum Gewölbe unterhalb des Kellers geschlossen war, hörte man zwei Stockwerke darüber fast nichts mehr. Von draußen, bei dem Wind, der hier zumeist herrschte, ganz zu schweigen. Steve und er hatten das ausprobiert, keine Schreie, nichts drang durch die monströsen Wände nach außen. Aber er nahm trotzdem gerne den Schalldämpfer, auch wenn der hier überflüssig war.

Brian liebte das dumpfe Geräusch, wenn die Kugel mit einem leisen Zischen den Lauf verlies und kaum einen Wimpernschlag später ein „Plok" den Einschlag des Projektils in den Körper signalisierte. Er beobachtet dann neugierig die verkrampften Gesichter seiner Ziele, wenn sie realisierten, dass sie getroffen waren und ihr Leben ausgehaucht hatten.

Und auch dieses Mal würde er in das Gesicht seines Zieles, in das Gesicht von Ioannis sehen, wenn die Kugel in dessen Fleisch eingedrungen war!

Christos Restaurant war noch leer. Erst in ein paar Stunden würden die Gäste für hektische Betriebsamkeit in der Taverne sorgen. Tom fuhr die steile Straße nach Finiki runter und sah beim Näherkommen ein bekanntes Gesicht: Stavros.

Er stand bei Christos und Elena und beobachtete Tom, wie er gerade den Kleinwagen direkt an der Kaimauer einparkte.

Nach einer kurzen Begrüßung seiner Freunde wand Tom sich dem Kommissar zu.
„Was sind das für Neuigkeiten, von denen mein Freund Christos heute sprach?", fragte Tom.
Elena deutete an, dass sie sich setzen sollten.
„Möchten Sie etwas trinken, Herr Kommissar?", bot sie gewohnt höflich an.
„Nein danke!" Stavros griff in seine Jackettasche und holte ein zusammengefaltetes Dokument heraus.
„Ich habe heute Morgen ein Fax aus unserem Labor in Athen erhalten. Wir hatten dort einige Proben vom Schiff hingeschickt. Dreck, Haare ... dies und das." Stavros fuchtelt, während er berichtete, mit seinen Händen in der Luft herum „Sie wissen schon, alles reine Routine!"
Tom und Christos sahen sich fragend an, Elena steckte sich nervös eine Zigarette an. Der Kommissar fuhr fort.
„Man hat dabei, sagen wir mal, etwas Ungewöhnliches entdeckt!"
„Was?" drängte Elena aufgeregt.
„Nun, da waren Fußabdrücke unter Deck. Kaum zu sehen, aber Relativ frisch, wie mir meine Kollegen der Spurensicherung bestätigt haben. Und die Jungs sind wirklich gut!"
„Fußabdrücke!", wiederholte Christos schon beinahe entmutigt. So spektakulär war die Neuigkeit für ihn nun auch wieder nicht.
„Zuerst haben wir gedacht, oder besser gesagt die Kollegen in Athen, das seien Abdrücke ihres Vaters. Waren auf den Fotos ja auch nur schwer zu erkennen! Bis einer der jungen Kollegen wohl entdeckt hatte, es wären Abdrücke von amerikanischen Armeestiefeln. Und zwar neuerer Bauart! Ich glaube kaum, dass Ihr Vater so etwas trägt", sprach Stavros nun direkt Christos an. Der staunte und sah Elena und Tom fragend an.
„Wie können Sie sicher sein, dass es Armystiefel sind und dazu noch neue?", forschte Tom nach.
„Wie schon erwähnt, der junge Kollege im Labor ist sich ganz sicher. Diese Stiefel haben wohl bestimmte Charakteristika ... ach was erzähle ich, ist mir zu theoretisch. Wir haben die Ab-

drücke verglichen: Sie sind echt. Fakt ist also: Jemand der Armeestiefel trägt, war bei Ihrem Vater auf dem Boot. Und zwar in den letzten Tagen!" Die Drei sahen sich fragend ein.
„Wir kennen niemanden, der solche Stiefel trägt!", ergänzte Elena. „Und das Boot lag, bevor er raus gefahren ist, hier in Finiki vertäut. Da konnte keiner drauf!"
„Das ist noch nicht alles!", fuhr Stavros fort. Er lehnte sich zurück, holte sein Taschentuch raus und wischte sich in gewohnter Manie den Schweiß von der Stirn.
„Wir haben Pflanzenreste gefunden! In dem alten Stück Teppich, das bei Ihrem Vater in der Kajüte liegt. Unsere Experten im Labor sind sicher, dass sie von einer sehr seltenen Distelart stammen, die nur in der Gegend um Tristomo bis hoch nach Saria wächst. Das mag jetzt alles für Sie wie in einem schlechten Agentenfilm klingen, aber wir haben Glück gehabt."
„Glück?" fragte Tom.
„Ja Glück. Wir können aufgrund der neuen Spuren die Ermittlungen wieder aufnehmen. Wissen Sie, das mit den Stiefelspuren, das ist schon merkwürdig. Meine alte Spürnase sagt mir, dass da etwas nicht stimmt. Und ich werde herausfinden was!"
Tom zögerte nun nicht mehr und erzählte von seinem unerlaubten „Besuch" auf dem Boot und dem Messer. Christos bestätigte sofort, dass Ioannis das gute Stück niemals außer zum Baden oder zum Schlafen abnahm.
„Das ist in der Tat eigenartig!", grübelte der Kommissar.
„Und wenn Ihr Vater das Messer nicht da hingelegt hat, wer war es dann?"
Sie konnten nicht ahnen, dass Brian Ioannis das Messer abgenommen und achtlos unter Deck liegengelassen hatte, anstatt es verschwinden zu lassen. Ein dummer Fehler, der ihn nun einzuholen drohte!
„Was wollen Sie jetzt tun?", fragte Christos fordernd.
„Das kann ich Ihnen sagen, guter Mann. Das sind mir ein paar Ungereimtheiten zu viel, deshalb habe ich beschlossen, da oben mal genauer nachzusehen. Und zwar fangen wir sofort damit an!"

Er sah auf seine Uhr.
„Es ist jetzt gleich vier. In ca. 30 Minuten landet ein Helikopter mit zwei Leuten von der Spurensicherung am Flughafen. Wir fliegen noch heute nach Tristomo und schauen uns da mal um.
„Können Tom und ich mit?" Christos rechnete nicht wirklich damit, dass Stavros seiner Bitte nachkommen würde.
„Wenn Sie möchten ... ich denke, das ist kein Problem!", entgegnete der Kommissar aber zur Überraschung aller. Er hatte ein schlechtes Gewissen, da er den Fall anscheinend zu schnell abgelegt hatte. So konnte er ein bisschen Wiedergutmachung üben. Stavros ging zu seinem Wagen, der direkt vor dem Restaurant stand. Er stieg aber nicht gleich ein, sondern legte seine Hände auf das Wagendach. „Ich bin gespannt, ob wir da oben etwas finden. Jedenfalls haben wir den Helikopter auch den morgigen Tag zur Verfügung. Los, worauf warten Sie? Steigen Sie ein, ich nehme Sie mit!"
Gerade als Tom einsteigen wollte, sah er im Hintergrund einen Jeep vorbeifahren. Normalerweise hätte er keinen Gedanken daran verschwendet, da hier andauernd und das ganze Jahr über Jeeps durch den kleinen Ort fuhren. Nur: Dieser war Silber und der Fahrer sah auffällig lange zu ihnen hinüber. Als er bemerkte, dass Tom ihn gesehen hatte, gab er Gas und fuhr weg.
„Ein silberner Jeep. Sarah hatte doch ... aber der Typ an der Platia sah anders aus ... egal ... ist sicher nur ein Zufall."
„Alles klar Tom? Steig ein!", drängelte Christos. Tom dachte nicht weiter über die Sache nach und sie fuhren los zum Flughafen. Sie hatten nicht viel Zeit. In knapp vier Stunden würde es dunkel werden.

Inzwischen war Brian am Haus angekommen. Sein Handy vibrierte in der Hosentasche. Er sah auf das Display.
„Steve. Was will der denn jetzt noch?"
„Brian hier, was gibt's?"

„Hör zu, da war heute Nachmittag so ein Typ bei Sarahs Tante. Ich bin ihm nachgefahren. Er hat sich in Finiki mit 'nem Bullen unterhalten." Steve kannte Stavros nicht, aber einen Polizisten erkannte er auf 1000 Meter!
Brian schluckte. Scheiße! Er musste es Steve sagen.
„Du, Steve ... ich denke das ist der Kerl, der sich mit Sarah getroffen hat!"
„Er hat WAS???", brüllte Steve in das Handymikro.
„Wer ist der Typ, und warum erfahre ich erst jetzt davon?"
„Hey Stevie ... der hat sich nur ein oder zwei Mal mit der Kleinen getroffen. Nur so 'n Urlaubsflirt. Mehr nicht."
„Brian, Du Vollidiot!" Steve war mächtig sauer.
„Steve, ich hab das im Griff, ehrlich. Ich habe den Kerl beobachtet, der ist harmlos."
„So harmlos kann der ja wohl nicht sein, wenn er in Finiki mit den Bullen quatscht!" Steve dachte nach, versuchte ruhig zu bleiben. Es nützte nichts, wenn er jetzt weiter ausrastete.
„Brian, warst Du schon unten?"
„Ich wollte mich gerade um den alten Griechen kümmern!"
„Du gehst jetzt da rein, erledigst Deinen Job und kommst auf schnellstem Weg zurück. Ich brauche das Foto, sonst kauft uns Sarahs Vater nicht ab, dass sie noch lebt!"
„Hey Mann, ich sagte doch, ich hab das im Griff. Der Alte kriegt jetzt eine verpasst und fertig!"
Steve verdrehte die Augen. Womit hatte er einen Partner mit so viel „Geist und Verstand" bloß verdient ...
„Bis später, Brian, und ab jetzt keinen Fehler mehr. Wir treffen uns dann um ...", das Gespräch brach abrupt ab.
Brian starrte auf das Display: Der Akku war leer!
Egal. War ja alles gesagt. Er begriff sowieso nicht, warum Steve sich mal wieder so künstlich aufgeregt hatte. War doch nichts passiert. Sollte der Typ doch ruhig mit den Bullen reden. Die wussten nichts, das war sicher. Außerdem konnte es zig Gründe gegeben haben, warum der Bulle mit dem Milchgesicht geredet hatte. Vielleicht hatte er ja einen Strafzettel kassiert.

Darüber schmunzelnd öffnete er die Tür zum Schäferhaus und ging hinein.
„So, Schluss mit dem Gequatsche", sprach er vor sich hin. Seine Stiefelschritte halten dumpf auf dem schweren Dielenboden wieder und erzeugten kleine Staubwölkchen in dem seit Jahren ungenutzten Raum. Er öffnete die Tür zum zweiten Zimmer, in dem sich die Treppe zum Kellergeschoss befand.
„Ich hätte Dich gleich umlegen sollen, alter Mann!", sprach er weiter und lies die Tür hinter sich ins Schloss fallen. Sein Blick war auf die Kellertreppe fixiert, seine Pistole zielte auf das dunkle Loch unter der Treppe.
Brian war Profi, ein Killer. Skrupellos und brutal.
Aber er war kein Hellseher!
Sonst hätte er auch sicher das schwere Holzbrett hinter sich wahrgenommen, welches die stickige Luft des Raumes leise pfeifend durchschnitt und krachend an seinem Hinterkopf zersplitterte. Sein antrainierter Instinkt, seine Wachsamkeit hatten noch versucht, ihn in einem Bruchteil einer Sekunde vor dem Unvermeintlichen zu warnen. Sein Arm und seine Hand mit den drahtigen Fingern versuchten die Pistole herumzureißen, doch die Zeit reichte nicht aus. Sie reichte nicht einmal für einen Schrei. Die Wucht des Schlages ließ ihn nach vorne taumeln und er verlor den Halt. Mit einer halben Drehung stürzte er nach hinten. Im Fallen löste sich leise ein Schuss, mehr ein blinder Versuch oder auch ein Reflex seiner Nerven. Die Kugel schlug dieses eine Mal nicht in einem Körper ein, man hörte kein leises „Plok". Diese letzte Kugel richtete keinen Schaden mehr an!
Brian stürzte die steile Treppe in den Keller hinunter. Sein Körper schlug klatschend auf dem harten Steinboden auf.
„Auge um Auge, Du feiger Hund!"
Ioannis stand schwer atmend oben an der Treppe und hielt den Rest des zersplitterten Brettes in den Händen. Er hatte seine ganze Wut und alle Kraft die er noch aufbringen konnte in diesen einen Schlag gelegt. Seine einzige Chance!
Hätte er ihn verfehlt, wäre er nun der Jenige, der tot wäre.

Ioannis Blick die Treppe hinunter bestätigte seine Vermutung. Brians Körper lag abnormal verdreht auf dem Kellerboden. Seine Augen waren weit aufgerissen und um seinen Kopf wabberte eine riesige Blutlache. Er war tot!
Ioannis drehte sich um. In der Ecke hinter der Tür lag Sarah. Sie war bewusstlos. Er hob sie hoch und trug sie nach draußen an die frische Luft. Das grelle Licht blendete ihn nach all den Tagen in dunkler Gefangenschaft. Sanft legte er Sarah auf eine morsche, alte Bank vor dem Haus und beugte sich über sie.
„Sarah. Sarah. Hörst Du mich?"
Sie schlug die Augen auf.
„Wo ... sind wir?", fragte sie schwach. Sie sah fürchterlich aus. Ihr Gesicht wirkte völlig ausgemergelt, blass und krank.
„Wir sind in Tristomo. Hab` keine Angst, einen der Kerle sind wir los! Ich versuche, Hilfe zu holen."
„Steve, ... ist Steve?", versuchte sie ängstlich nach ihrem brutalen Ex-Mann zu fragen und bäumte sich auf.
„Nein, der andere war hier. Er liegt jetzt da unten."
Sarah lehnte sich zurück.
„Ich ... bin ... müde ... schlafen", stammelte sie nur noch.
Sie drohte wieder ohnmächtig zu werden.
„Sarah!" Ioannis schüttelte sie wach. „Du musst kämpfen, hörst Du? Wir haben jetzt nicht so lange da unten ausgehalten, damit Du jetzt einschläfst."
Er sagte „einschlafen", obwohl er „sterben" meinte. Er war zwar nur ein alter Fischer, aber man brauchte kein Arzt zu sein, um zu erkennen, wie schlecht es ihr ging. Sie hatte anscheinend hohes Fieber. Wahrscheinlich wegen der eitrigen Entzündung an ihrem Arm, dachte er.
Ioannis hatte Sarah im Laufe der letzten Tage in sein Herz geschlossen. Sie konnte gut und gerne seine Enkeltochter sein. Er musste auf einmal an seine eigenen Enkel denken. Und an seine Kinder ... wie so oft, während seiner Gefangenschaft.
Immer hatte er sich gefragt, ob er sie je wiedersehen würde.
Und ja, verdammt noch mal, er würde!

Jetzt hatte er es geschafft, sich und Sarah aus dem Drecksloch zu befreien. Und er hatte diesen Kerl ausgeschaltet, also würde er es nun auch schaffen, hier wegzukommen.
Er stand auf und ging wieder ins Haus. Er musste Hilfe holen. Vielleicht hatte der Mistkerl ja ein Telefon dabei. Nach ein paar Minuten kam er ernüchtert aus dem Haus zurück. Ein Telefon hatte Brian dabei gehabt, aber leider mit leerem Akku.
Alles, was Ioannis bei der Leiche finden konnte, waren Zigaretten und ein Feuerzeug.
Und die Pistole! Die hatte Ioannis vorsichtshalber mitgenommen. Dieser Steve war ja noch da ... was, wenn der hier auftauchen würde. Er betrachtete die schwarze Waffe. Wie funktionierte so ein Ding überhaupt? Konnte er es überhaupt mit diesem Steve aufnehmen, wenn der hier auftauchte?
Ioannis sah zur Bucht und Brians Boot am Kai liegen. Das war es doch! Mit einem Boot, damit konnte er umgehen, und bis nach Diafani runter war es nicht weit.
Dann wiederum überlegte er, dass es vielleicht günstiger wäre, die Westküste entlang zu fahren. Nach Mesochori oder Lefkos. Ein Krankenwagen wäre auch viel schneller dort.
Er drehte sich zu Sarah um. Sie lag da und war wieder eingeschlafen. Würde er sie überhaupt bis zum Boot tragen können?
Er musste es schaffen, hierzubleiben wäre ihr sicherer Tod!

Der schwere Marinehelikopter hatte den Flughafen verlassen und flog in niedriger Höhe die Küste entlang in Richtung Norden. Stavros hatte seine Beziehungen und Kontakte spielen lassen, denn einen Hubschrauber zu bekommen, grenzte an ein Wunder. Wie gut, dass einer seiner Cousins bei der Küstenwache arbeitete und dort einen wichtigen Posten bekleidete.
Tom schaute auf die dahinziehende Landschaft unter ihnen. Christos saß gegenüber von Tom und starrte stumm auf seine

Hände. Nervös knibbelte er an den Fingernägeln. Er war total aufgeregt. Sie würden zwar sehr schnell in Tristomo sein, aber bis es dunkel würde, waren es nur noch wenige Stunden.
Nicht gerade viel Zeit, sich dort oben richtig umzusehen.
Und vielleicht waren sie ja auf der falschen Fährte, vielleicht mussten sie ja auch auf Saria suchen.
Nein ... Christos wusste, dass sie nach Tristomo mussten, das hatte er irgendwie im Gefühl!
Er war froh, dass der Kommissar sich überhaupt soviel Mühe gab. Endlich glaubte auch Stavros nicht mehr daran, dass Ioannis einfach nur über Bord gegangen war. Aber was war ihm dann zugestoßen? Christos wusste, dass er nach den vielen Tagen seit dem Verschwinden seines Vaters kein Lebenszeichen erwarten durfte. Er wollte bloß Gewissheit haben. Irgendeinen Hinweis darauf, was wirklich mit seinem Vater passiert war.
Der Hubschrauber jagte an den steilen Hängen des Kali Limni vorbei. Ein Stück weit vor ihnen zog ein Motorboot mit hohem Tempo eine weiße Schneise durch das dunkelblaue Meer.

Ioannis hatte das entfernte Geräusch wahrgenommen. Ein Hubschrauber! Und er sah ihn direkt auf sich zukommen. Viel tiefer als sonst die Dinger, die von Rhodos hier rüber kamen, dachte er und stoppte das Boot. Nur noch wenige Minuten, und der Hubschrauber würde an ihnen vorbeifliegen. Ioannis war ohnehin schon kurz vorm Verzweifeln. Kein einziges Schiff weit und breit hatte er bisher gesehen, es war wie verhext.
Er musste sich bemerkbar machen, der Helikopter war seine große Chance.
Und die von Sarah!
Ioannis sah zu ihr. Sie lag auf der gepolsterten Bank des modernen Bootes. Er hatte sie zugedeckt, aber offensichtlich zitterte sie, hatte Schüttelfrost. Es ging ihr zunehmend schlechter.

Die Rotorgeräusche wurden lauter, der Hubschrauber kam immer näher. Ioannis konnte ihn jetzt sehr genau erkennen.
Er sah sich um, was sollte er tun.
Die Pistole! Aber was sollte er damit machen?
Auf den Hubschrauber schießen???
Natürlich!
Das war es!
Warum war er da nicht sofort drauf gekommen?
Er war Fischer, hatte Leuchtstäbe für Notfälle auf seinem Schiff.
Vielleicht gab es so etwas ja auch hier.
Hastig öffnete er die seitlichen Staufächer.
Das Erste war leer.
Er riss die Klappe von dem zweiten Fach auf.
Bingo!
Eine Leuchtpistole.
Der Rotorenlärm war jetzt unerträglich laut und Ioannis konnte bereits die Piloten erkennen.
Er streckte den Arm hoch und schoss.
Zischend jagte das Projektil in den Himmel und zog eine weiße Rauchfahne hinter sich her.
Der Pilot reagierte sofort!
War auch besser so, denn die Leuchtkugel hätte beinahe die Maschine getroffen. Er riss den Steuerknüppel herum und zog eine scharfe Linkskurve hinaus aufs Meer.
„Malaka …", fluchte Stavros „was war das?"
Alle an Bord hatten Mühe sich festzuhalten, um nicht von den Sitzen zu fliegen.
„Sir, da hat jemand mit Leuchtspurmunition auf uns geschossen", meldete sich der Pilot über Bordfunk.
„Wir sollten nachsehen, vielleicht ist da jemand in Schwierigkeiten geraten", ergänzte er.
Dem Piloten zu widersprechen hätte in der Situation keinen Sinn gemacht, wusste Stavros. Die Jungs waren von der Küstenwacht, und es war ihr Job, solchen Dingen nachzugehen.

Diese Zeitverzögerung passte ihm überhaupt nicht, war aber wohl nicht zu ändern.

Sie flogen eine Schleife und näherten sich erneut im Tiefflug, aber diesmal langsam, dem Boot, welches still auf dem Meer trieb. Der Pilot drehte die Maschine seitwärts, sodass Stavros und die anderen durch das Fenster der Seitentür sehen konnten.

Christos beugte sich hinüber und versuchte etwas zu erkennen.

Da stand ein Mann im Boot, winkte mit einem Stofffetzen.

Der Pilot brachte den Hubschrauber noch näher heran. Sie waren jetzt nur noch wenige Meter von dem Motorboot entfernt.

Die Rotoren erzeugten kreisförmige Wellen, Gischt sprühte auf. Stavros schrie: „Festhalten!", und öffnete die Schiebetür.

Tom und Christos sahen hinunter auf das Boot, dann sahen sie sich mit großen Augen an. Sie wussten augenblicklich, dass sie das gleiche Unglaubliche, das gleiche Unfassbare gesehen hatten: Ioannis!

Er stand einfach so da, in seinem alten verschlissenen Pullover und winkte, als sei er erst vor ein paar Stunden zum Fischen hinaus gefahren.

„Das gibt es nicht … das kann nicht wahr sein!", stammelte Christos. Er war nicht fähig, klar und deutlich zu reden.

„VATER!!!", brüllte er plötzlich, stieß einen schrillen lauten Schrei aus, sprang auf und wäre aus dem Helikopter gestürzt, wenn Tom ihn nicht festgehalten hätte.

Stavros guckte die beiden derart ungläubig an, als hätten sie ihm gerade erzählt, sie hätten einen Geist gesehen.

Tom schüttelte nur noch den Kopf, er konnte es nicht fassen.

„Da ist noch eine Person in dem Boot!", rief einer der beiden Kollegen von Stavros in den ohrenbetäubenden Lärm der Rotoren. Hinten in dem Boot lag eine anscheinend leblose Person.

Der Co-Pilot kam nach hinten und deutete auf die Küste und einen flacheren breiten Strandabschnitt ganz in der Nähe.

„Der Pilot meint, das könnte ohne Probleme gehen. Wir können da landen!"

Mit Handzeichen deuteten sie Ioannis an, was sie vorhatten und nur zwei Minuten später hatte der Hubschrauber auf dem relativ glatten Kiesstrand aufgesetzt.
Christos wurde von seinen Gefühlen übermannt, er weinte. Tom legte ihm eine Hand auf die Schulter „Alles wird gut, mein Freund!" Sie beide realisierten zwar nicht, was hier gerade passierte, aber das war ihnen egal. Sie hatten Ioannis gefunden. Irgendein wahnsinniger Zufall hatte sie zusammengeführt.
Die Seitentür wurde geöffnet und sie sprangen auf den Strand. Ioannis fuhr direkt in das seichte Wasser, so nah wie möglich heran, bis das flache schnittige Boot mit dem Bug auf Grund lief. Tom und einer der Polizisten erreichten das Boot zuerst. Sie wateten durch die flachen, knietiefen Wellen und zogen es noch ein Stück seitlich heran.
Ioannis stieg aus und drückte Tom.
Dann hatte Christos die Männer erreicht und schreiend vor Glück fielen sich Vater und Sohn erleichtert in die Arme.
Ioannis wand sich aber schnell wieder ab und deutete zum Boot. Stavros und die beiden Polizisten hoben gerade einen leblosen Körper heraus und legten ihn zwei Meter weiter auf den trockenen Strand.
„Tom, ich habe Sarah dabei", sagte Ioannis. „Sie ist sehr krank!"
Erst jetzt sah Tom richtig hin. Er sah die wilden, roten zerzausten Locken. Das feine Gesicht, welches blass und krank wirkte. Er dachte, er würde verrückt werden, er wäre in einem schlechten Traum, alles sei nur ein Irrtum. Er verstand es nicht.
Was machte sie hier? Wieso war sie bei Ioannis?
Auch Christos stand staunend da und kapierte überhaupt nicht, welchen Zusammenhang das alles hier haben konnte. Aber sie war es tatsächlich. Sarah!
Gemeinsam trugen sie ihren schlaffen, leblosen Körper in den Hubschrauber. Mit dröhnenden Rotorblättern hob die schwerfällig wirkende Maschine vom Strand ab und flog davon.

Herzschläge

Tom stand am Ende eines langen Ganges. Wände und Boden des Flures waren weiß, nirgendwo war auch nur der geringste Farbtupfer zu finden. Die sterile, kalte Atmosphäre des Krankenhauses schien ihn zu erdrücken. Dann ging er los!
Erst nur langsam, dann immer schneller, bis er rannte. Im Laufen zog er sich den grünen OP-Kittel über. Die dünnen Bänder, mit denen man den Umhang am Rücken zuschnüren konnte, baumelten ungenutzt an den Seiten herunter. Sein Blick war auf eine Doppel-Pendeltür am Ende des Ganges fokussiert. Er lief und lief, schien nicht ankommen zu wollen, bis er endlich die Tür aufstieß und in einem hell gekachelten Raum stand.
Er konnte nichts sagen, die Situation überforderte ihn. Das weiß bezogene Krankenhausbett in der Mitte des Raumes war überall mit Blut beschmiert.
Er sah sich um und stellte fest, dass Wände und Boden, einfach alles, mit Blutspuren versehen waren.
Hektisch bemühten sich Ärzte und Schwestern um das Leben ihres Patienten. Tom stand regungslos da und sah seinen Vater dort liegen, angeschlossen an unzählige Geräte.
Erst jetzt war ihm bewusst, wie sehr er es bereute, sich nicht mit seinem Vater ausgesprochen zu haben.
„Tom!?"
Stavros schüttelte Tom an der Schulter und schließlich wurde er wach. Irritiert blickte er sich um.
„Sie müssen geträumt haben. Hier, ich habe Ihnen einen Kaffee mitgebracht."
„Danke!" Tom nahm mit zittrigen Händen den Pappbecher und gönnte sich einen Schluck des heißen Getränkes. Komisch. Irgendwie schmeckte es wie der lösliche Kaffee, den er immer bei Schmidts im Kiosk bekam.
„Ich bin kurz eingenickt, wie spät ist es?"

Gleich drei Uhr morgens. Und Sie wollen wirklich nicht ins Hotel?"
„Nein ... aber danke ... ich meine, für Ihre Hilfe."
Die letzten Stunden waren wie ein Film an Tom vorbeigelaufen. Sie hatten Sarah mit dem Helikopter nach Rhodos ins Krankenhaus gebracht. Hier hatte sie die bestmögliche Versorgung.
Während des Fluges hatte Ioannis ihnen grob erzählt, was passiert war. Eine unfassbare Geschichte und ein noch unfassbarer Zufall, der Sarah und Ioannis zusammengeführt hatte.
Ein Zufall, der ihr das Leben gerettet hatte.
Wenn ... ja, wenn sie überlebte.
„Haben Sie schon was gehört?", fragte Stavros.
„Es war seit über einer Stunde keiner mehr draußen. Was machen die mit ihr?", fragte Tom besorgt.
„Tom, sie ist hier in guten Händen. Sie müssen Geduld haben."
Die beiden Männer schlürften an ihrem Kaffee.
„Wir haben eine Fahndung eingeleitet und ich habe Verstärkung angefordert. Diesen Steve kriegen wir, verlassen Sie sich drauf. Meine Leute sehen sich auch in Tristomo um. Da liegt ja auch noch die Leiche von dem einen Täter."
Tom nickte zustimmend und Stavros fuhr fort.
„Wir haben über Interpol die US-Amerikanischen Behörden und den Vater von Sarah informiert. Herr Kröner ist auf dem Weg hierher, er kommt morgen Mittag. Wir wissen bis jetzt aber schon, dass dieser Steve Sarahs Familie erpresst hat. Es geht dabei um sehr viel Geld! Wenn uns niemand dazwischen gefunkt hat, wird das FBI bei der Geldübergabe zuschlagen. Wahrscheinlich erwischen wir dann seinen Komplizen, womöglich die junge Dame, die sich als Sarah ausgegeben hat."
Stavros nickte zufrieden, so wie nach einem gut gemachten Job.
Tom dachte da anders ...
Sie hatten einfach Glück gehabt, verdammt viel Glück!
Die Tür der Intensivstation ging auf.
Eine kleine hagere Frau kam heraus und stellte sich als behandelnde Ärztin vor.

„Was ist mit Sarah?", bestürmte Tom sie sogleich.
„Ihre Freundin hat eine Sepsis … eine akute Blutvergiftung. Hervorgerufen durch die eitrige Wunde am Arm!"
Tom sah Stavros an, dann die Ärztin.
„Was heißt das? Wie geht es ihr? Kann ich zu ihr?"
Die Ärztin zögerte einen Moment.
„Eine Sepsis in der Schwere muss sehr schnell behandelt werden, wissen sie. Wird nicht ausreichend therapiert, kommt es möglicherweise zu einer Ausbreitung von Bakterien im Blut. Es könnten dann das Herz, das Gehirn … im Prinzip alle Organe geschädigt werden!"
„Was bedeutet das im Klartext?", hakte Stavros deutlicher nach.
Die Ärztin steckte ihre Hände in die Kitteltaschen.
„Sagen wir es mal so: Wenn sie die Nacht übersteht, haben wir gewonnen. Beten Sie für sie!"
Als die Frau gerade gehen wollte, hielt Tom sie auf.
„Darf ich zu ihr?"
Sie sah ihn eindringlich an.
„Na gut, aber wirklich nur kurz!"
Die Medizinerin deutete ihm an, hineinzugehen.
„Tom, ich gehe dann wieder", sagte Stavros. „Ich soll Sie übrigens von Ioannis und Christos grüßen. Sie sind mit der Spätmaschine zurück nach Karpathos geflogen. Christos meldet sich morgen früh bei Ihnen, ob Sie etwas brauchen, und so." Er grinste. „Der Alte ist verdammt zäh, das muss man ihm lassen. Hat sich nur die alte Kopfwunde nachversorgen lassen und ist dann wieder raus. Würde mich nicht wundern, wenn der Morgen wieder zum Fischen raus fahren würde!", lachte er.
„Kommen Sie?", forderte die Ärztin Tom auf, und er betrat mit einem kurzen Gruß für Stavros die Intensivstation.
Tom bekam einen Mundschutz und eine Schwester band ihm den Kittel zu, den er sich übergestreift hatte.
Diesmal träumte er nicht. Dieses Mal war es real. Wie vor vielen Jahren, als er den Anruf bekommen hatte, sein Vater sei schwer gestürzt und würde im Sterben liegen.

Die Schwester führte Tom zu einem der wenigen Intensivzimmer. Langsam näherte er sich dem Krankenbett.
Sarahs Kopf lag auf einem riesengroßen, weißen Kopfkissen. Ihre roten Locken fielen auf dem hellen Stoff noch mehr auf als sonst, fand er. Sie trug ein weißes OP-Hemdchen.
Eine Schwester stand an der anderen Seite des Bettes und wechselte gerade eine Infusionsflasche.
Tom stand wie angewurzelt neben dem Bett, seine Arme hingen schlaff herunter.
Was machte er hier eigentlich?
Hatte er das Recht hier zu sein?
Er kannte sie doch eigentlich gar nicht richtig!
Ob es ihr überhaupt recht wäre, wenn sie wüsste, dass er sie in dieser intimen, hilflosen Situation sehen konnte?
Doch! Es war richtig! Er spürte das!
Er beobachtete die piepsenden Geräte, an denen Sarah angeschlossen war. Sie überwachten ihre Körperfunktionen: Blutdruck, Herzfrequenz, Sauerstoffsättigung im Blut ... ihr Herz schlug unruhig. Tom erinnerte sich ausgerechnet jetzt daran, wie er sie nach ihrem gemeinsamen feucht-fröhlichen Abend erst nach Hause und schließlich ins Bett gebracht hatte. Er musste schmunzeln. Die alte Krankenschwester sah das und schüttelte verständnislos den Kopf. Dann ging sie raus, nicht ohne ihm dabei einen strengen Blick zu zuwerfen.
Tom war mit Sarah allein. Er trat näher ans Bett heran.
Wie friedlich sie da lag. Fast so, als wenn sie schliefe. Man sah ihr nicht an, dass ihr Körper verzweifelt gegen den Tod kämpfte.
Sarahs Hand lag flach neben ihrem Körper auf der Bettdecke. Tom nahm sie ganz vorsichtig, so als könne sie zerbrechen, in seine Hand. Er betrachtete ihre zarten Finger. Von Anfang an fand er ihre Hände irgendwie schön und er fühlte, dass er diese Hände noch ganz oft halten wollte. Sie musste es nur zulassen.
Aber dafür musste sie erstmal überleben.

Es war ein wunderschöner Morgen. Ein strahlend blauer Himmel deutete auf einen herrlichen Frühlingstag und die Sonne schien angenehm warm.

Christos und Elena saßen mit Ioannis auf der Terrasse des Restaurants. Sämtliche Nachbarn waren bereits aufgetaucht, als sie von der frohen Nachricht gehört hatten, und hatten Ioannis mit herzlichen Gesten und kleinen Geschenken begrüßt. Die Familie war noch in der Nacht vorbeigekommen, und jetzt waren die Drei froh, etwas Ruhe zu haben. Christos und Elena wunderten sich, dass Ioannis nach den Strapazen nicht länger geschlafen hatte. Er war nach ein paar Stunden schon wieder runtergekommen und nun saßen sie in der Vormittagssonne in Finiki und tranken Kaffee. Ioannis blickte nachdenklich hinaus aufs Meer.

„Vater, woran denkst Du?"

Der alte Grieche wischte sich mit der Hand über das Gesicht.

„Ich denke an Sarah. Wie es ihr wohl geht?"

„Der Kommissar hat gesagt, es gäbe noch nichts Neues. Er ruft uns wieder an, und ich will mich gleich bei Tom melden!"

Christos hatte seinen Freund nicht gerne alleine auf Rhodos gelassen, aber jemand musste Ioannis begleiten.

Elena sah das sorgenvolle Gesicht ihres Schwiegervaters.

„Du magst sie, nicht wahr?"

„Ja, ich mag sie. Die Tage zusammen in dem Loch haben uns irgendwie verbunden. Sie ist … fast wie eine Tochter, versteht ihr?" Christos nickte bestätigend.

„Vater, Tom ist bei ihr. Sie wird durchkommen! Du hast ihr das Leben gerettet. Ich bin stolz auf Dich! Stolz auf Deine Stärke!"

„Ach was, Christos." Er sprang auf.

„Stolz … ich habe das getan, was getan werden musste. Du hättest das Gleiche gemacht!"

„Wahrscheinlich … ich bin ja auch von Dir!", bestätigte Christos.

Ioannis wand sich den beiden zu.

„Es tut mir leid, Ihr müsst in den letzten Tagen wegen mir einiges durchgemacht haben. Danke, dass Ihr mich nie aufgegeben habt!"

Elena sah ihn ernst an.

„Wir waren nicht ganz alleine. Tom war sofort da, als wir ihn gerufen haben."
„Tom!" Ioannis atmete schwer ein. „Er ist ein guter Junge. Ich hoffe für ihn, dass Sarah durchkommt. Sie wären ein hübsches Paar, die beiden!" Dann sah er wieder hinaus auf sein geliebtes Meer. Wie sehr hatte er das in dem dunklen Verlies vermisst.

Steve stand mit dem Jeep auf einem verlassenen Grundstück in der Nähe des Flughafens. Er starrte verzweifelt ins Leere.
Nachdem Brian sich am Vortag nicht mehr gemeldet hatte, auch er ihn nicht erreicht hatte und inzwischen eine Nacht vergangen war wusste er, dass die Sache fürchterlich schief gegangen sein musste.
Und spätestens, als die Nachricht heute Morgen wie ein Lauffeuer Umging, ein Hubschrauber habe gestern zwei Verletzte aus Tristomo geborgen, war ihm klar, dass es vorbei war.
Wütend trommelte er mit der Faust aufs Lenkrad.
„Brian ... dieser elende Schwachkopf! Warum habe ich es nicht ohne ihn gemacht?", beschimpfte er sein Spiegelbild.
Das war aber noch nicht alles in puncto schlechter Nachrichten ...
Da war ja auch noch Jenny! Vier Mal hatte er heute Morgen versucht sie anzurufen, aber sie ging nicht ran. Die Sache stank zum Himmel. Vielleicht war sie ja untergetaucht, als sie gestern Abend von Steve informiert worden war, dass er das Foto noch nicht hatte und es somit eine Verzögerung gab.
Je mehr Steve über alles nachdachte, desto deutlicher wurde ihm, dass er sich die Millionen jetzt abschminken konnte.
Und es war klar, dass man ihm früher oder später hier auf der Insel auf die Spur kommen würde.
„Okay Steve, ganz ruhig. Dich kennt keiner, Du bist nicht aufgefallen." Er musste hier weg, und zwar schnell.

Aber vorher wollte er noch mal telefonieren. Schließlich hatte er Kontakte, sehr gute Kontakte!
Er musste herausfinden, was passiert war.
Irgendwas, oder besser: Irgendwer hatte ihm die Tour vermasselt und er wollte wissen, wem er das zu verdanken hatte.

Tom schreckte hoch, er musste eingeschlafen sein. Gegen Morgen hatte die Nachtschwester ihm einen Stuhl gebracht. Er durfte bleiben und so hatte er die ganze Nacht bei Sarah am Bett gesessen. Draußen war es hell. Er würde sich erst mal einen Kaffee besorgen. Gerade als er aufstehen wollte, bemerkte er, wie Ihre Finger auf dem Bettlaken nach etwas tasteten.
Er beugte sich über sie. Ihre Augenlieder zitterten und dann öffnete sie vorsichtig die Augen. Tom hielt ihre Hand.
Ihre Blicke suchten hektisch den Raum ab, sie sah zur Tür, dann wieder zum Fenster und wollte sich aufrichten. Natürlich war sie noch viel zu schwach und sank mit ängstlichem Blick zurück ins Kopfkissen.
„Wo ... wo ... bin ich?"
„Bleib ganz ruhig. Du bist in Sicherheit. Hab keine Angst, hier kann Dir nichts passieren", versuchte Tom, sie zu beruhigen.
Sarah sah ihn an.
„Tom ... wie kommst Du hier hin? Was ... ist passiert?"
Tom strich ihr eine Locke von der Stirn zur Seite und streichelte dabei vorsichtig über ihre Wange.
„Ich erkläre Dir alles später. Du bist im Krankenhaus von Rhodos. Du musst Dich jetzt ausruhen. Hab keine Angst ... alles wird gut!"
Die Ärztin kam mit einer jungen Schwester rein.
„Herr Färber, würden Sie bitte hinausgehen?"
„Ja klar ... natürlich!"
Er wollte gerade gehen, als Sarah ihm leise nachrief.

„Tom?"
Er drehte sich noch mal um.
„Kommst Du wieder? Bitte!" Ihre Stimme klang immer noch unsicher und ängstlich.
Tom lächelte sie an.
„Ich warte draußen. Ich gehe nicht weg, versprochen!"

Auf dem Flur kam ihm Stavros entgegen.
„Hey Tom, wie geht es ihr?"
„Sie ist gerade wachgeworden. Die Ärztin ist bei ihr. Ich glaube, sie hat es geschafft!", antwortete Tom erleichtert.
„Ihr Vater ist auf dem Weg hierher. Er kommt spät am Abend hier an. Ich dachte, das würde Sie interessieren!"
Stavros deutete Tom an, sich zu setzen.
Auf dem Flur gingen nur ab und an ein paar Schwestern hin und her, sonst war so gut wie kein Betrieb in dem Krankenhaus.
Vor Sarahs Zimmer war ein Polizist postiert.
„Haben Sie schon irgendwas über den anderen Entführer rausbekommen? Ich meine, wo dieser Steve ist?"
Der Kommissar schüttelte den Kopf. Ausnahmsweise schwitzte er mal nicht wie ein Stier, und ein frisches Hemd hatte er sich wohl auch gegönnt.
„Das nicht, aber wir haben vorhin Neuigkeiten aus den Staaten erhalten. Das FBI hat am Geldübergabeort eine junge Frau geschnappt. Sie soll übrigens Ähnlichkeit mit Frau Kröner haben ... komisch nicht?" Stavros grinste siegessicher.
„Was mich nur wundert, ist, dass diese Frau ohne jegliche Beweise für Sarahs Leben am Übergabepunkt aufgetaucht ist. Hat wohl kalte Füße bekommen ... und zu hoch gepokert! Sie hat bestimmt gedacht, Sarahs Vater zahlt in der Angst um seine Tochter auch ohne Beweise."
Tom dachte nach. Dann fiel es ihm wie Schuppen von den Augen. „Ja sicher ... das war er!" sagte er bestätigend.
„Wer war was?", entgegnete Stavros.

„Gestern Nachmittag, in Finiki, bevor wir losgefahren sind. Da fuhr ein silberner Jeep langsam vorbei und der Fahrer hat total auffällig geguckt. Das war Steve!"

„Was macht Sie da so sicher?"

„Weil Sarah vor ein paar Tagen von einem Typ in so einem silbernen Jeep beobachtet wurde. Abends in Arkassa an der Platia, da war der Kerl wieder da. Als wir es bemerkt hatten, war er ruckzuck verschwunden."

Stavros stutzte.

„Hmm ... aber Sarah hätte doch sicher ihren Ex erkannt, also war das wohl dieser Kerl aus Tristomo."

„Genau, und gestern Abend lag der bereits tot im Keller des Schäferhauses ... Stavros! Der Typ in dem Jeep muss dieser Steve gewesen sein. Und ich würde sein Gesicht wiedererkennen, ganz sicher!"

„Ist schon mal ein Vorteil für uns. Die Frage ist nur: Wo steckt er???" Stavros Handy klingelte.

Aufgeregt lautstark diskutierend prasselte ein griechisches Wortgewitter auf den Anrufer ein. Tom verstand ein paar Brocken, aber nicht alles. Dann beendete Stavros das Telefonat.

„Meine Kollegen sind in Tristomo und haben die Leiche des einen Entführers geborgen. Er trägt übrigens Armeestiefel. Von Steve fehlt allerdings weiter jede Spur!"

Sarahs Zimmertür ging auf und die Ärztin kam heraus. Sie wirkte erleichtert und bestätigte Toms Hoffnung.

„Sie hat das Schlimmste überstanden. Ich bin sicher, sie wird wieder gesund!"

Tom pustete erleichtert aus. Die Medizinerin fuhr fort.

„Frau Kröner ist aber noch sehr schwach. Wir werden sie in den nächsten Tagen mit Antibiotika behandeln und wieder aufpäppeln. Sie dürfen jetzt zu ihr!"

Tom hatte bereits die Türklinke in der Hand, als die Ärztin noch ergänzte: „Sie hat Schlimmes durchgemacht ... vergessen Sie das bitte nicht. Was sie jetzt braucht, ist vor allem Ruhe und viel Zuneigung!"

Tom sah zu Stavros.

„Na gehen Sie schon! Ich kann auch noch später mit ihr sprechen." Stavros gab dem Polizeibeamten vor der Zimmertür ein Grußzeichen.

„Ich gehe diesen Steve jagen. Würde mich wundern, wenn der nicht irgendwo auftaucht. Ich hoffe nur, er hat Karpathos nicht bereits verlassen!"

Dann griff er in die Jackentasche und gab Tom ein Schriftstück.

„Hier, das ist für Sie. Falls Sie nach Karpathos wollen, damit kommen Sie durch alle Kontrollen. Das Papier ist auch so etwas wie ein Flugticket, ein Hotelgutschein, was Sie wollen. First class auf Kosten der griechischen Polizei." Er lachte herzhaft. „Wissen Sie, die griechische Regierung ist bei solchen Fällen großzügig. Das Wohl unserer Gäste ist uns sehr wichtig, also fühlen Sie sich eingeladen. Yassas!"

Tom ging zu Sarah ins Zimmer.

Sie war wach, hatte ihre Augen aber nur halb geöffnet. Die Schwester erklärte Tom, dass Sarah von den Medikamenten wohl bald einschlafen werde.

Dann waren sie wieder allein.

„Hallo!" kam leise von ihr.

„Hallo Sarah! Ich frage jetzt nicht, wie es Dir geht."

„Was sage ich ihr denn jetzt bloß ... Trottel!"

„Schön, dass Du dageblieben bist!"

„Ist doch selbstverständlich."

„Was ... ist mit Ioannis?", fragte sie. „Geht es ihm gut?"

„Er ist vollkommen O.K.! Der alte Seebär ist ein zäher Kerl."

„Schön.", sie versuchte zu lächeln. „Weißt Du, er hat mir ... das Leben gerettet. Und er hat mir immer Hoffnung gegeben."

Für einen Moment sagten sie nichts und sahen sich nur an.

„Ich habe Dich gesucht. Ich konnte mir irgendwie nicht vorstellen, dass Du einfach so abgehauen bist", erklärte Tom.

„Das ... wäre ich auch bestimmt nicht!"

„Jani glaubte das übrigens auch nicht. Ich habe gestern Abend, als Du eingeliefert wurdest, mit ihm telefoniert."

„Jani ... ich muss noch meine Arbeit bei ihm vollenden!"
„Ja, das musst Du ... aber erst wirst Du wieder gesund!"
Sie hob ein wenig den Arm, Tom nahm ihre Hand und Sarah drückte sanft zu.
„Ich habe oft an Dich gedacht, als ich ... dort eingeschlossen war!"
Er beugte sich über sie und gab ihr einen sanften Kuss.
„Ich ... bin müde", man merkte, dass sie damit zu kämpfen hatte die Augen offen zu halten.
„Sarah, eines noch: Dein Vater kommt morgen Mittag."
„Das ist schön ..."
„Schlaf Dich aus und komme erst mal zu Kräften."
„Bleibst Du noch, bis ich eingeschlafen bin?"
Tom konnte ihr den Wunsch natürlich nicht verwehren.
Wobei sie schon kaum eine viertel Stunde später eingeschlafen war. Tom verließ das Zimmer. Er hatte ihr zum Abschied einen Kuss auf die Stirn gegeben und dabei noch einen Augenblick ihr friedlich schlafendes Gesicht betrachtet. Selbst in diesem Zustand fand er sie noch wunderschön. Er hatte sich total in sie verliebt, keine Frage!
Aber was war mit ihr? Empfand Sarah das Gleiche für ihn?
Gedankenverloren schlenderte er den Krankenhausflur hinunter bis zum Treppenhaus.
Jetzt war erst einmal wichtig, dass sie wieder völlig gesund würde. Alles andere musste warten!
Hungrig und müde beschloss er, sich in der Nähe des Krankenhauses für die Nacht ein Zimmer zu suchen. Außer einigen Bechern Kaffee und alten trockenen Keksen von der Nachtschwester hatte er nichts zu sich genommen. Ein paar Straßen weiter fand er ein kleines Hotel. Mit dem Dokument von Stavros bekam er das beste Zimmer des Hauses.
Die Zimmertür fiel hinter ihm ins Schloss. Er sah sich in dem spärlich eingerichteten Zimmer um. Dann zog er die Vorhänge zu und legte sich aufs Bett. Durch das Fenster drang Straßenlärm herein. Tom gingen zig Dinge durch den Kopf. Er dachte an seine

Abreise aus Deutschland zurück, an die Sorgen um Ioannis. Dann wiederum an Sarah.
Was musste sie für Ängste ausgestanden haben, als sie in diesem Loch eingesperrt war. Er begriff aber immer noch nicht, warum Steve das alles auf Karpathos gemacht hatte. Warum diese Mühe? Er hätte doch Sarah auch in den Staaten entführen können.
Was verband Steve mit der Insel?
Über diese wirren Überlegungen schlummerte er ein.
Ein lautes Hupen direkt unter seinem Hotelfenster weckte ihn auf. Draußen war es bereits dunkel.
Tom blickte auf seine Uhr. Er musste ein paar Stunden geschlafen haben. Kein Wunder hatte er doch die ganze letzte Nacht an Sarahs Bett gewacht. Und in so einem Stuhl schläft es sich ja auch nicht sonderlich gut.
Zehn Minuten später drehte er den verrosteten Wasserhahn der Dusche wieder zu und nahm ein Handtuch. Er wickelte es sich um die Hüfte und ging zum Fenster.
Unten auf der Strasse herrschte nach wie vor reges Treiben. Rhodos war nicht Karpathos, hier war schon erheblich mehr los.
Er beschloss erst mal was zu essen, denn sein Magen meldete sich mit einem lauten Knurren zu Wort.
Später ging er dann zu Sarah. Stavros hatte recht. Mit dem Dokument kam er wirklich überall rein, selbst hier ins Krankenhaus außerhalb der Besuchszeiten.
Tom saß neben Sarahs Bett und beobachtete sie. Immer wieder wurde sie für ein paar Sekunden wach, nur um dann wieder wegzudösen. Jedes Mal wenn sie Tom sah, lächelte sie und gab Tom das Gefühl froh zu sein, dass er bei ihr war.
Gegen Mitternacht schlief sie dann fest ein und Tom beschloss zu gehen. Morgen kam ihr Vater, bestimmt würde der versuchen Sarah, sobald sie transportfähig wäre, mit in die Staaten zu nehmen. Wahrscheinlich konnte der sich sogar so einen Medical-Flieger leisten. Und Tom? Was konnte er noch tun? Ihr morgen früh direkt sagen, dass er sich in sie verliebt hatte? In der

Situation, nach der Entführung, bestimmt keine besonders gute Idee ... oder doch? War er zu egoistisch?
Tom war fürchterlich verunsichert.
Er beschloss noch ein wenig spazieren zu gehen und verließ das Krankenhaus. Was sollte er tun, wenn sie jetzt endgültig aus seinem Leben verschwand? Sollte er nach Deutschland zurück? So tun, als sei er ihr nie begegnet? Er atmete tief ein. Die Luft war klar und hatte diesen Geruch, den es nur hier auf den Inseln gab. Nein, nach Deutschland zurück ... was sollte er dort?
Gedankenverloren ging er zu seinem Hotel zurück.

Abgründe

Am nächsten Vormittag wurde Tom vom Klingeln seines Handys geweckt. Endlich hatte er mal durchgeschlafen, und das seit Langem völlig ohne Albträume.
„Tom Färber."
„Yassas Tom, sind Sie bei Frau Kröner?"
Stavros war dran.
„Nein, wieso?"
„Weil ich gerade erfahren habe, dass ihr Vater doch nicht mit der Frühmaschine kommen kann. Vermutlich kommt er heute überhaupt nicht mehr. Die haben da drüben einen schweren Schneesturm. Verrückt nicht wahr?"
„Ist doch normal, in den Staaten ist halt Winter!", bemerkte Tom lapidar. Er konnte seine Freude über die Nachricht nicht verbergen. Das war zwar Sarah gegenüber gemein, denn sie freute sich bestimmt schon darauf, ihren Vater zu sehen, aber so hatte Tom noch ein wenig mehr Zeit mit ihr allein.
„Wie dem auch sei, ich habe gedacht, Sie richten ihr das aus. Ich habe Herrn Kröner Ihre Handy-Nummer gegeben, Tom. Er wird um 15 Uhr Ortszeit anrufen, dann sollten Sie bei Sarah sein. Er kann sie anders nicht erreichen. War doch O.K., oder?"
„Daraus schließe ich, dass ich heute noch hier bleibe?", schlussfolgerte Tom.
„Hey, sagen Sie nicht, dass Ihnen das unangenehm wäre."
Die beiden unterbrachen kurz das Gespräch. Unter Toms Hotelzimmerfenster donnerte ein LKW anscheinend ohne Auspuff mit lautem Getöse vorbei.
„Tom? Noch was. Ich habe Frau Kröners Tante Christina gestern Abend nach meiner Ankunft auf Karpathos noch besucht. Ihr Interesse an dem Schicksal ihrer Nichte hielt sich meiner Meinung nach sehr in Grenzen. Kennen Sie die Frau?"
„Nur flüchtig ..."
„Und beinahe sehr viel näher als Du denkst, Stavros!"

„Ist eine gleichsam attraktive wie interessante Person, diese Christina. Finden Sie nicht auch, Tom?"
„Wie meinen Sie das?"
„Nun ja ... sie will noch nicht Mal ihre Nichte besuchen. Ist das nicht eigenartig?"
„Vielleicht sind die beiden sich nicht ganz grün", versuchte Tom, die Sache herunterzuspielen.
„Oder es steckt mehr dahinter ... ist jedenfalls gut, wenn Sie noch bei Frau Kröner bleiben! Ich bleibe noch ein wenig an dieser Tante dran ... da ist was faul, glauben Sie mir."
„Faul?"
„Nennen Sie es polizeiliche Intuition! Mal sehen, vielleicht habe ich ja noch eine Überraschung für Sie parat."
„Was für eine Überraschung?"
„Tom, dann ist es doch keine Überraschung, wenn ich das jetzt verrate. Ich melde mich bei Ihnen."
„Stavros, aber ...", Tom wurde weggedrückt.
Er fand die Anspielung des Kommissars recht weit her geholt. Was hatte das mit Christina schon zu bedeuten? Wahrscheinlich war sie immer noch gekränkt, dass Tom ihr einen Korb gegeben hatte. Außerdem: Welche Frau in den besten Jahren wurde schon gerne von einer Jüngeren ausgebootet? Vor allem, wenn man so aussah wie Christina.
Woher sollte Stavros das auch wissen? Tom hatte ihm ja nicht erzählt, dass er von Christina angebaggert wurde. Und sie hatte das dem Kommissar bestimmt nicht auf die Nase gebunden.
Natürlich wirkte so ihr Verhalten auf den Kommissar eigenartig.

Tom dachte nicht weiter darüber nach, zog sich irgendwann an und ging zum Krankenhaus. Von seinem Hotel waren es keine zehn Minuten Fußweg. Als er Sarahs Zimmer betrat, war die Ärztin gerade bei ihr. Anscheinend hatte die immer Dienst ...
„Oh, Entschuldigung, soll ich ..."
„Nein, nein, bleiben Sie ruhig. Ich bin hier fertig."
Die Ärztin packte ihr Untersuchungsbesteck zusammen.

„Ihre Freundin macht erstaunliche Fortschritte. Erklären Sie ihr bitte, dass sie noch absolute Ruhe braucht und es noch zu früh ist, um hier herumzulaufen!", erklärte sie mit strengem Blick.
„Ein zwei Tage Bettruhe und Sie dürfen mit ihr spazieren gehen", sagte sie noch beim Hinausgehen.
Tom hatte Sarahs Blick gesehen, als die Ärztin „Freundin" gesagt hatte. Und dieser Blick gefiel ihm ...
„Na Du!", begrüßte sie ihn leise.
Er nahm den Stuhl und setzte sich neben sie.
„Hallo Sarah ... wie geht es Dir?"
Sein Blutdruck stieg mal wieder ...
„Ich habe versucht aufzustehen, weil ich zur Toilette musste. War gerade keine Schwester da", lächelte sie.
„Hätte mich auch gewundert, wenn Du hier so tatenlos liegenbleiben könntest", antwortete Tom.
„Und dabei haben sie Dich erwischt?"
„Nicht direkt ... ich habe den Handtuchhalter abgerissen, weil mir schwindelig wurde", erzählte sie zu Ende. „Und dann kam ich nicht mehr hoch und musste nach der Schwester schellen.
Anscheinend hatte Sarah ihren Spaß, während sie das erzählte.
Es ging ihr wirklich schon viel besser. Sie hatte ihre Gesichtsfarbe zurück, ihre Augen wirkten wach und ausgeruht.
Tom berichtete, dass ihr Vater nicht so bald kommen würde, sich aber heute melden wollte.
Gegen drei rief dieser dann wirklich auf Toms Handy an. Nach einer kurzen und freundlichen Begrüßung reichte Tom an Sarah weiter. Tom bekam mit, wie sie über die Einzelheiten der Entführung und die Geschehnisse in Tristomo berichtete. An einigen Stellen hatte sie dabei Tränen in den Augen und es fiel ihr schwer, alles zu erzählen. Tom spürte, wie sehr ihr die letzten Tage psychisch zugesetzt hatten!
Und Tom hörte, wie sie ihrem Vater versprach, dass sie, so bald es ihr besser ginge, zurück in die Staaten fliegen würde.
Als das lange Gespräch zu Ende war, sahen sie sich eine ganze Weile nur an. Tom hatte das Gefühl, als wäre ihr die Situation

unangenehm. So, als würde sie überlegen, wie sie ihm schonend beibringen könnte, dass sie zurück musste.
Tom konnte nichts sagen.
Was auch? „Ich liebe Dich, bleib hier"?
Er kam sich ziemlich dämlich vor. War er einem Gespenst nachgejagt? Einem wunderschönen Traum? Hatte er sich da in was verrannt? Was konnte er einer Frau wie Sarah auch schon bieten? Sie war sicher ein nobles und teures Leben gewohnt.
Und er, er hatte nicht einmal einen Job! Und sein Wohnklo in Dortmund konnte mit der Villa ihres Vaters sicher auch nicht gerade mithalten. Auf der Haben-Seite des Lebens stand bei ihm also nicht gerade viel.
Auch wenn Sarah sich in den wenigen Tagen, die sie gemeinsam hatten, nicht so präsentiert hatte, würde sie sich auf so ein Leben, wie er es in der letzten Zeit führte, bestimmt nicht einlassen.
Es klopfte, eine Krankenschwester brachte das Essen und erlöste die Beiden aus dieser misslichen Lage.
Danach unterhielten sie sich noch über alles Mögliche, vermieden es aber, die Entführung oder Sarahs Abreise zu erwähnen.
Gegen Abend wollte Tom dann gehen.
Er stellte den Stuhl zur Seite, nahm ihre Hand und streichelte kurz darüber, um sich zu verabschieden. Als er sich gerade abwenden wollte, hielt sie ihn zurück.
„Tom?"
„Ja …?"
„Danke!"
„Wofür?"
„Für alles was Du für mich getan hast. Und dafür, dass Du da warst!" Sie lächelte ihn an.
„Wird das jetzt der Abschied?", dachte Tom.
„Ich wäre niemals abgereist, ohne mich vernünftig von Dir zu verabschieden." Sarah klang, als wolle sie sich entschuldigen.
Tom nickte bestätigend. „Ich weiß …"
„Du bist ein wirklich netter Kerl, Tom!"

„*Nett ... sie findet mich nett ... Nett ist der Bruder von langweilig!!!*" Tom versuchte, sich die Enttäuschung nicht zu doll anmerken zu lassen.
„Ich komme morgen früh wieder ... ich meine, wenn das in Ordnung für Dich ist!"
„Ich würde mich sehr freuen. Bis morgen!"
Tom verließ das Zimmer. Auf dem Flur lehnte er sich gegen die Wand. Nett! Was hatte er sich da bloß eingebildet. Sein Selbstbewusstsein sank gerade in astronomische Tiefen.
Es tat weh. Zu lieben, aber selbst nicht geliebt zu werden. Allzu oft hatte er das Gefühl in seinem Leben erfahren müssen. Bei seinen Eltern angefangen, die ihn zur Pflege freigegeben hatten bis zu seiner letzten Beziehung, die schmerzvoll zu Ende gegangen war. Und Sarah ... so eine Frau traf man vermutlich nur einmal im Leben, und woher kommt sie? Vom anderen Ende der Welt! Er musste sich wohl damit abfinden, dass es vorbei war, bevor es überhaupt richtig angefangen hatte.
Er schlenderte die Flure entlang zum Ausgang. Draußen auf der Straße nahm er nichts um sich herum wahr. Er ging einfach drauflos. Straßenzug um Straßenzug. Bis er irgendwann, nach einer gefühlten Ewigkeit, wohl mehr zufällig vor seinem Hotel landete.
Er verspürte große Lust, in die nächste Bar zu gehen und die trüben Gedanken einfach mit ein paar Drinks wegzuspülen. Aber er lies es bleiben.
Es würde weitergehen. Irgendwie ging es immer weiter.

Im gesamten Krankenhaus herrschte absolute Ruhe. Das Abendessen war genau wie in deutschen Krankenhäusern am Nachmittag serviert worden, alle Besucher hatten das Haus verlassen und die Nachtschwestern hatten längst schon ihren Dienst begonnen.

Kostas war ein noch recht junger Polizist. Erst ein halbes Jahr nach seiner Ausbildung im Dienst war er mächtig stolz, eine so verantwortungsvolle Aufgabe übertragen bekommen zu haben. Denn eine junge Touristin zu beschützen, die anscheinend in einem Kriminalfall verwickelt war, das gab es nicht alle Tage hier auf Rhodos. Der Dienstalltag beschränkte sich ansonsten für ihn auf das Notieren von Parksündern oder das Maßregeln von jungen Leuten, die in den zahlreichen Bars der Stadt ein klein wenig zu tief in die Cocktailgläser geschaut hatten.
Diese Aufgabe hier war eine willkommene Abwechslung, und Kostas würde sie mit vollster Konzentration erledigen.
Dachte er noch bis heute Nachmittag ...
Denn nun saß er auf diesem verlassenen Krankenhausflur und kämpfte im schummrigen Licht der Nachtbeleuchtung gegen die Müdigkeit an. Und die Schicht hatte gerade erst begonnen. Seine Finger spielten mit einem kleinen rosa Plastikarmbändchen. Es war von seiner Tochter, gerade mal ein Jahr alt, und er nahm es als Glücksbringer immer mit zu seinem Dienst.
Am Ende des langen Flures ging eine Tür auf. Ein Arzt und eine Krankenschwester kamen in weißen Kitteln den Gang hoch. Der Arzt hielt ein Klemmbrett vor der Brust und sprach leise mit der Schwester. Vermutlich über die junge Amerikanerin, dachte Kostas. Er stand auf, denn die beiden hatten ihn fast erreicht. Bestimmt wollten sie noch mal nach der jungen Frau sehen. Einen Blick würde er ja auch gerne riskieren. Sein Kollege hatte ihm bei der Ablösung vorhin zugeflüstert, die Frau sei sehr hübsch. Eigentlich durfte er als junger Familienvater ja an so etwas gar nicht denken, aber ein kurzer Blick ... da war ja nichts Verbotenes dran.
„Kalispera", grüßte er freundlich dem Arzt zu, der jetzt direkt vor ihm stand und nicht zurückgrüßte.
„Wusste gar nicht, dass wir hier ausländische Ärzte an der Klinik haben", dachte er, und versperrte dem hellheutigen Mann, der so gar nicht griechisch aussah, den Weg zu Sarahs Zimmer.
Jedenfalls würde er es dem unfreundlichen Kerl jetzt mal zeigen.

„Sie dürfen hier nicht rein, weisen Sie sich bitte aus. Ich ...", er kam nicht dazu, weiterzureden.
Eine Hand des Mannes schnellte hoch und drückte mit Gewalt gegen Kostas Gesicht und Mund, während die andere Hand brutal ein Messer in seinen Unterleib rammte.
Kostas verzog schmerzverzerrt, mit weit aufgerissenen Augen das Gesicht und wurde von dem Angriff total überrascht.
Der hagere Polizist konnte sich nicht wehren. Die Schwester stand mit einem Mal hinter ihm, verdrehte seine Arme, und ehe er begriff, was passiert war, schoben die beiden ihn auf eine schmale Tür gegenüber von Sarahs Zimmertür zu. Sie drängten ihn in den dunklen Raum. Den leisen Schrei, mehr ein Wimmern, als die große Klinge erneut in seine Eingeweide schnitt, hörte niemand.

Sarah war wach. Vorhin, als die Nachtschwester ihre erste Runde gedreht hatte, war sie von Sarah gebeten worden, Licht über ihrem Bett zu machen. Die Infusionen schienen zu wirken, denn sie fühlte sich schon bedeutend besser. Klar, sie war noch immer ziemlich schwach, aber ihre Müdigkeit war verflogen.
Die Zimmertür ging auf und zwei Personen in weißen Kitteln kamen herein.
„Visite? Um diese Uhrzeit?", wunderte sie sich.
Der Eingang lag im Halbdunkeln und Sarah konnte nicht wirklich etwas erkennen. Die beiden Personen kamen näher, und als sie ins Licht traten, sah Sarah, wer ihre Besucher waren:
Christina und Steve!
Sarah riss erschrocken Augen und Mund auf, wollte schreien. Sie war aber dermaßen geschockt, dass ihr die Stimme versagte. Sie fühlte sich wie gelähmt, verstand die Situation nicht, verstand die Zusammenhänge nicht. Steve und ihre Tante. Sarah stürzte in ein tiefes, bodenloses Nichts.
Dann, als sie nach einer gefühlten Ewigkeit wieder zu sich kam, wieder klar denken konnte, blickte sie in den Lauf einer 45er.

„Hallo Prinzesschen", sagte Steve in diesem widerlichen Ton, den er bereits in Tristomo angeschlagen hatte.
„Hast nicht gedacht, dass wir uns so schnell wiedersehen, was? Freust Du Dich denn wenigstens über unseren kleinen ... Verwandtenbesuch?" Er lachte hämisch und sah zu Christina, die sich auf der anderen Seite des Bettes postiert hatte.
„Tante Christina ... DU? ... Was?"
Christina trat ans Bett und beugte sich zu Sara hinunter.
„Da staunst Du, was? Deine Tante Christina. Oder soll ich besser sagen: Deine verarmte Tante Christina? Oder warte, noch besser: Deine verarmte und verstoßene Tante Christina?"
Ihre Stimme schwang aggressiv und verachtend, Sarah kannte sie nicht wieder. Richtig gut kannte sie ihre Tante eigentlich ohnehin nicht. Gut, da waren die Besuche während Sarahs Kindheit. Aber danach hatte sie Christina Jahre nicht gesehen. Und bei Sarahs Besuch bei ihr vor ein paar Tagen war sie eigentlich recht oberflächlich gewesen. Und jetzt stand sie hier. Mit Steve!
Sarah schaute zu ihm.
„Was wollt ihr? Was habe ich Euch getan?"
„DU?" keifte Christina.
„Du hast nichts getan. Lediglich den falschen Vater hast Du Dir ausgesucht!"
„Was ist mit Dad?" fragte Sarah besorgt.
„Dad ... Dad ..." Christina ging ums Bett herum und stellte sich neben Steve.
„Dein Dad ist ein stinkreicher geiziger Sack! Ich habe ihn um Geld gebeten, aber er hat mir keines gegeben. Ich hatte mich ein wenig ... sagen wir „verspekuliert", ... und Dein Dad hat mir jede Hilfe verweigert. Ich hätte mich da selbst reinmanövriert. Das scheinheilige Gelaber hättest Du mal hören sollen. Schlaue Lebensweisheiten verteilen war ja schon immer seine Stärke. Leicht für jemanden, dem alles von selbst in den Schoß gefallen ist."
„Das stimmt nicht, und Du weißt das. Vater hat für alles hart gearbeitet!", verteidigte Sarah ihn.

„Er hätte mir bloß ein wenig von seinem Reichtum abzugeben brauchen!", konterte Christina.
Ihre Hand mit den feuerrot lackierten Krallen strich über Steves Wange. „Und jetzt holen wir uns das Geld auf andere Weise, nicht wahr mein Schatz?"
Mit einem breiten Grinsen beugte sich Christina vor, zog Steves Kopf heran und schob ihm gierig ihre Zunge in den Mund. Steve ließ das nicht unbeantwortet ...
Fassungslos starrte Sarah auf den Mann, den sie einmal geliebt hatte. Und dieser Mann „leckte" gerade direkt vor ihren Augen hemmungslos ihre Tante ab.
Sarah war angeekelt, ihr wurde schlecht. Und wütend! Sie hob den Arm, wollte den Alarmknopf für die Nachtschwester drücken, aber Steve hatte das gemerkt und drückte ihr den Lauf der Pistole an die Stirn.
„Na, na, na, das lassen wir mal schön bleiben."
Sie traute sich nicht, sich weiter zu bewegen.
Ihre Augen wanderten ängstlich zur Tür.
"Da ist niemand mehr der Dir helfen könnte. Der kleine Polizist nicht und auch sonst niemand. Du bist allein, und wenn Du nur einen Pieps von Dir gibst, drücke ich ab." Er meinte das ernst!
„Wenn Ihr mich tötet, kriegt ihr keinen Cent", sagte Sarah mit dem Mut der Verzweiflung.
„Und was, wenn uns das egal ist? Vielleicht wollen wir ja nur Deinem Vater sein Prinzesschen wegnehmen? Vielleicht will ich mich ja nur für Eure verlogene Arroganz rächen?"
Sarah spürte, dass es nicht allein um Geld ging. Nein, er wollte sie demütigen, ihr wehtun. Und wenn es sein musste, dann würde er sie auch töten.
Christina griff in ihre Kitteltasche und holte eine Ampulle sowie eine Spritze heraus.
„Es ist Zeit zu schlafen Kleines!"
Christina fuchtelte mit dem Fläschchen rum.
„Ach übrigens", meinte Steve. „Eure feudale Unterkunft in Tristomo hast Du Christina zu verdanken. Ich bin mir sicher, wir

werden etwas ähnlich Nobles für Dich hier auf Rhodos finden. Oder auf einer der anderen Inseln? Ach ja, erwähnte ich bereits, dass wir ein schönes großes Boot haben? Und dieses Mal lasse ich Dich nicht mehr aus den Augen!"
Christina zog die Spritze auf. Ihre Augen hatten nun so gar nichts Verführerisches mehr. Sie blitzten eiskalt und entschlossen.
„Was habt ihr mit mir vor?" Sarahs Angst machte ihre Stimme zittrig. Panisch starrte sie die Spritze in Christinas Hand an.
„Na was wohl? Du machst jetzt mit uns eine kleine Reise", fasste Steve sie schroff am Arm.
„Sie werden uns finden. Ihr könnt mich nicht ewig verstecken."
„Ach, ich denke nicht, dass wir das brauchen. „Dad" wird schon zahlen, verlass Dich drauf!" sagte Steve.
Er war sich seiner Sache anscheinend nach wie vor sehr sicher.
Christina grinste überlegen. Steve schob den Ärmel von Sarahs Hemdchen hoch, um ihre Venen freizulegen. Sarah wollte sich wehren, schlug um sich. Dabei erwischte sie einen Plastikbecher auf ihrem Betttischchen, welcher polternd über den Boden hüpfte. Steve quittierte ihre Aktion mit einer Ohrfeige.
Dann hielt er Sarah erneut die Waffe an den Kopf.
„Du hörst jetzt auf mit dem Scheiß, verstanden? Ja? Spürst Du das?" Er drückte Sarah den Lauf so tief in die Haut, dass es schmerzte.
„Es macht mir nichts aus, Dir ein feines kleines Loch in Deinen hübschen Schädel zu pusten. Haben wir uns jetzt verstanden?"
Sarah zitterte vor Angst und nickte.
Sie wusste in diesem Augenblick, dass es keinen Sinn hatte, sich zu wehren. Gegen die beiden hatte sie keine Chance!

Tom wollte gerade in sein knuspriges Pita-Brot beißen, als sein Handy klingelte.
Er ging ran, kam aber erst gar nicht dazu sich zu melden.

„Tom … Stavros hier", hörte er die aufgeregte Stimme des Kommissars. Den Hintergrundgeräuschen nach zu urteilen saß er in einem Hubschrauber.
„Wo sind sie gerade?", fragte Stavros hektisch.
„Ich sitze in einer gemütlichen Taverne und esse gerade in Ruhe … warum? Was ist los?" antwortete Tom genervt. Was wollte Stavros denn jetzt wieder?
„Tom hören sie mir jetzt genau zu! Ich glaube, dieser Steve ist auf Rhodos."
„WAS?" Tom ließ erschrocken die Gabel fallen und sprang auf.
„Ja, und noch was. Christina ist bei ihm, sie stecken unter einer Decke!"
„Christina? Aber was …" Tom wurde wieder vom Kommissar unterbrochen.
„Meine Leute hier auf Karpathos hatten die Aufgabe, diese Christina zu beschatten, war nur so eine Vorahnung von mir. Ihr Verhalten bei meinem kleinen Besuch war mir zu seltsam. Wie dem auch sei, Sie ist heute Morgen weggefahren und diese Dummköpfe haben sie verloren."
„Und was hat das mit Steve zu tun?"
„Wir haben herausgefunden, dass ein Ausländer bei ihr gesehen wurde … mit einem silbernen Jeep! Die Nachbarn, verstehen Sie … hier bei uns fällt so was auf!"
„Steve!" bestätigte Tom.
„Ja. Und Tom, das ist noch nicht alles. Christina hat eine alte Motorjacht. Und die ist weg. In der Nähe der Anlegestelle haben wir den Jeep gefunden."
„Und Sie glauben, die kommen hier rüber nach Rhodos? Ist doch viel zu heiß für die beiden … die werden doch wohl eher irgendwo untertauchen!", relativierte Tom die Gefahr.
„Das sehe ich anders. Die haben was vor, glauben Sie mir. Es sind zwar ein paar Stunden von Karpathos nach Rhodos, aber mit der großen Jacht kein Problem!"
„Denken Sie wirklich, die sind so verrückt und tauchen hier auf?"

„Sie würden mir nicht glauben, wenn ich Ihnen erzählen würde, auf was für verrückte Ideen Menschen kommen. Vor allem wenn sie mit dem Rücken zur Wand stehen!"
Wahrscheinlich hatte der Kommissar recht. Tom zog seine Brieftasche aus der Hose und legte dem Kellner einen 20€ Schein auf den Tisch. Er ging ein paar Schritte weg, denn an den umliegenden Tischen hatte man sein lautstarkes Gespräch mithören können.
„Was soll ich jetzt tun?", fragte Tom den Kommissar.
„Gehen sie zu Sarah. Ich habe zwar einen Posten vor ihrem Zimmer, wie Sie wissen, aber sicher ist sicher!"
„Wie wäre es dann vielleicht mit ein wenig Verstärkung, Herr Kommissar?" Toms Tonfall wurde ironisch und er war kurz vorm Explodieren. Das konnte doch wohl nicht sein. Da lag eine junge Frau, die ihrem Entführer nur knapp entkommen war, im Krankenhaus, der Typ lief frei herum, und die Polizei hatte nur einen Polizisten übrig.
„Wir sind nicht in Deutschland, Tom. Das hier ist nicht München oder Berlin ... hier bei uns ticken die Uhren noch etwas anders!", regte Stavros sich auf. „Ich habe Verstärkung angefragt, aber unsere Kräfte sind wegen einer schon länger geplanten Razzia gebunden. Die können niemanden abziehen. Nicht vor den nächsten 3 Stunden. Außerdem, es ist ja ein Polizist vor Sarahs Zimmer postiert. Die werden nicht ohne Weiteres an ihm vorbeikommen!", versuchte er Tom zu beruhigen. Seine innere Stimme sagte ihm etwas anderes.
Er spürte, dass bei der Präzision und Brutalität der Aktion in Tristomo dieser Steve alles andere als harmlos war. Im Gegenteil, so wie es aussah, hatte dieser Steve noch eine Rechnung offen.
„Wir landen gleich am Rhodos-Airport. Ich bin so schnell wie möglich bei ihnen. Gehen sie zum Krankenhaus!"
Stavros war nicht wohl bei dem Gedanken, einen Zivilisten loszuschicken um eine Frau vor ihrem potentiellen Killer zu beschützen. Aber er hatte keine andere Wahl.

Zudem hatte er Tom nicht die ganze Wahrheit erzählt. Er bekam überhaupt keine Unterstützung. Die Leitungen zur Dienststelle in Rhodos waren mal wieder tot, er hatte keine Verstärkung anfordern können.
Tom rannte bereits in Richtung Krankenhaus, das Handy noch immer am Ohr.
„Wenn Sie am Krankenhaus sind, und irgendwas stimmt nicht, schlagen sie Alarm. Informieren sie die Nachtschwester, Ärzte, egal wen. Hauptsache, es sind Leute da. Das macht die Sache für die beiden erheblich schwerer!"

Tom bog um eine Straßenecke und sah das Krankenhaus gut hundert Meter weit vor sich.
„Tom?" Stavros befürchtete, die Verbindung wäre abgerissen.
„Ja? Ich bin hier!", antwortete Tom. Er hatte die Pforte erreicht.
„Junge, Sie machen das schon. Es ist ja auch nur ein Verdacht, mehr so ein Gefühl. Kann ja auch sein, dass die beiden längst über alle Berge sind." Er glaubte nicht daran, was er da sagte.
Und Tom spürte das irgendwie auch.
„Bis gleich! Und seien Sie vorsichtig!", beendete Stavros das Gespräch.
Tom steckte das Handy ein und ging ins Krankenhaus. In dem kleinen Pförtnerraum saß ein alter Mann, der Radio hörend vor sich hindöste. Er bemerkte es nicht einmal, als Tom vorbeiging.
Sollte Tom ihn ansprechen? Wie sollte er dem alten Mann so schnell erklären, was hier los war? Der würde ihn wahrscheinlich für bescheuert halten und nur unnötig aufhalten.
Nein! Er wollte zu Sarah. Jetzt! Sofort!
Stavros war sicher auch bald hier. Der Flughafen lag schließlich nur knapp 15 km von Rhodos-Stadt entfernt.
Er überlegte nicht lange und sprintete die Treppen hoch.
Er würde jetzt zu dem Polizisten vor ihrer Tür gehen, ihn warnen und dann bei Sarah bleiben. Was sollte da schon passieren. Schließlich war der Beamte vor der Tür ja bewaffnet!

Die Gänge des überschaubaren Gebäudes kamen ihm länger vor als in den letzten zwei Tagen. Sein Atem hatte sich inzwischen wieder etwas beruhigt. So ganz aus dem Training war er ja dann wohl doch noch nicht.
„Training? Auf was für bescheuerte Gedanken man manchmal kommt."
Dann hatte er die Tür erreicht, die zu dem Trakt führte, in dem sich die Intensivstation befand.
Er betrat den langen Gang und blieb erschrocken stehen. Der Stuhl vor Sarahs Zimmer fast am Ende des Flures war leer.
Weit und breit kein Mensch zu sehen.
„Wo verdammt noch mal ist dieser Bulle?"
„Toilette! Ja sicher, er musste bestimmt zur Toilette und ist gleich wieder da."
Tom ging weiter. Nichts war zu hören. Ob hier überhaupt noch jemand anderes außer Sarah lag?
Eine dämmrige Nachtbeleuchtung und die grün-weißen Lampen über den Türen beleuchteten den Flur nur notdürftig. Er sah sich um, so etwas wie ein Schwesternzimmer sah er auf Anhieb nicht. War ihm in den letzten Tagen gar nicht aufgefallen.
Er blieb abrupt stehen.
Er hörte ein Geräusch aus der Richtung, in der Sarahs Zimmer lag. Etwas polterte blechern, als sei es auf den Boden gefallen.
Dann war es wieder ruhig.
Tom ging weiter.
Er hatte die Zimmertür schon fast erreicht.
Dann fiel es ihm auf.
Nur unscheinbar, auch eher nur zufällig, denn er hatte nur kurz zum Boden gesehen. Schräg gegenüber von Sarahs Zimmer, direkt vor einer Tür, die etwas schmaler war als die anderen breiten Zimmereingänge, durch die ein Krankenbett passt, lag etwas auf dem Boden. Tom bückte sich und wollte es aufheben. Doch dann sah er den glänzenden Flecken auf den Bodenfliesen direkt vor der Tür. Ein dunkler Fleck, im Dämmerlicht fast

schwarz. Er fasste vorsichtig hin, es war feucht. Tom richtete sich auf und hielt seine Hand in den Schein der Flurbeleuchtung.
Blut! Es war frisches Blut.
Sarah … Tom packte die Panik, sein Herz begann zu rasen, ihm stockte der Atem. Was war passiert? Waren sie etwa schon hier? Was erwartete ihn hinter der Tür?
So leise er konnte öffnete er sie.
Das fahle Flurlicht fiel auf einen leblosen Körper in Uniform, der auf dem Boden lag. Ein großes Messer steckte in seinem Bauch.
Tom beugte sich zu dem Mann hinunter. Als er ihn am Hals berührte, zuckte der Mann leicht und drehte den Kopf in Toms Richtung.
Kostas lebte noch.
Er wollte etwas sagen, öffnete die Lippen ein paar Mal, aber er brachte nichts heraus.
Anbetracht der riesigen Blutlache, in der er lag, grenzte es für Tom an ein Wunder, dass der junge Mann überhaupt noch lebte.
Was sollte Tom jetzt tun?
Das Messer rausziehen? Machte man das?
Was, wenn er da nur noch mehr Schaden mit anrichten würde?
Tom beugte sich weiter zu Kostas hinunter und flüsterte ihm zu.
„Ich versuche, Hilfe zu holen. Sie müssen durchhalten!"
Was Besseres fiel ihm jetzt auch nicht ein. Er nahm ein paar saubere Kopfkissenbezüge, die in dem Abstellraum lagen und drückte sie so gut es ging auf den blutverschmierten Bauch rund um das Messer. Ein größeres zusammengefaltetes Lacken legte er dem jungen Polizisten als Kissen unter den Kopf.
Dann ging er raus auf den Flur und auf Sarahs Zimmertür zu.

Stavros hatte in seiner Karriere schon einiges erlebt. Raubüberfälle, Schmuggel, Drogenhandel, auch den ein-oder anderen Mord. Eifersucht, Rache, die ganzen Abgründe die sich zwischen Menschen auftun, wenn sie sich nicht mehr lieben, betrogen oder

verlassen werden. Aber das hier, eine Entführung und noch dazu in dieser Komplexität, das war auch für ihn Neuland.
Wie er vom FBI gehört hatte, ging es um 20 Millionen Dollar. Eine ganz schöne Stange Geld. Dieser Steve, der hatte ein Motiv. Mit der Tochter eines schwerreichen Industriellen verheiratet zu sein und dann festzustellen, dass man nach der Trennung leer ausgehen würde, das konnte so jemanden schnell auf verdammt dumme Gedanken bringen.
Aber was war mit dieser Christina? Wo war ihr Motiv? Sie wohnte in einer zwar alten, aber riesigen Villa, hatte eine Jacht, jettete um die Welt ... oder war das alles nur bröckelnde Fassade? Na gut, selbst wenn sie pleite wäre. Es ging hier immerhin um ihre Nichte, deren Tod sie anscheinend billigend in Kauf genommen hatte. Und alles nur für Geld.
Stavros schüttelte verständnislos den Kopf. Er konnte mit solchen Leuten nichts anfangen. Zählte die Familie heutzutage denn gar nichts mehr? Gab es so was wie Ehre heute nicht mehr?
Für ihn als Polizist machte das die Sache häufig komplizierter. Er durfte nicht urteilen, war kein Richter. Wenn es um Delikte im Zusammenhang mit der Familie ging, musste er seine persönlichen Gefühle raushalten. Manchmal kotzte ihn das an!
Er sprintete mit seinem Assistenten, der ihn nach Karpathos begleitet hatte, vom Hubschrauber zum bereitstehenden Polizeiwagen. Wie immer schwitzte er wie ein Stier, die schwarzen Locken klebten an seiner Stirn. Mit quietschenden Reifen jagten sie vom Flughafengelände und fuhren in Richtung Stadt.
„Hoffentlich habe ich mich geirrt und die beiden sind längst abgehauen!" dachte er besorgt.
Seine Hand trommelte nervös am Armaturenbrett ...

Tom versuchte an Sarahs Zimmertür zu horchen, verstand aber nur ein Gemurmel. Er musste handeln, und zwar schnell.
„Los ... denk nach ... denk nach ... verdammt!"

Es machte ihn wahnsinnig, er hatte nicht die geringste Ahnung, was er tun sollte. Er sah sich um, der nackte Flur gab nichts her. Doch dann sah er doch etwas. Das konnte funktionieren ...

Sarah würde die Injektion über sich ergehen lassen müssen. Sich zu wehren hatte keinen Zweck, sie war einfach noch zu schwach und dazu waren die zu zweit. Selbst im Vollbesitz ihrer Kräfte wäre Steve allein schon zu stark für sie gewesen.
Und doch wollte sie nicht so einfach aufgeben, denn sie ahnte, was sie nun kommen sollte. Sie würden sie verschleppen, erneut Geld erpressen und ihr Vater würde zahlen. Und dann würden die beiden sie töten.
Verdammt noch mal, etwas musste sie doch tun.
Christina setzte die Spritze an, die Spitze der Nadel bohrte sich in ihre Haut. Sarah riss den Arm zurück und die Nadel war wieder raus. „Du kleines Miststück, halt still!", fluchte Christina, drückte Sarahs Arm brutal in die Matratze und setzte erneut an.
Mit einem lauten Krachen flog die Zimmertür auf.
Tom stürmte herein und rannte mit einem vorgehaltenen Feuerlöscher auf Steve zu. Der hatte mit dem Rücken zur Tür gestanden. In der weißen Pulverwand, die ihn im nächsten Augenblick einhüllte, wirbelte er herum. Steve war so perplex über diesen Überraschungsangriff, dass er eine Sekunde lang zögerte zu schießen.
Lange genug, dass Tom sich mitsamt Feuerlöscher mit voller Wucht gegen ihn werfen konnte. Die beiden stürzten zu Boden, der Löscher knallte krachend gegen die Wand.
Steves Pistole rutschte über den Boden auf das Bett zu. Sarah reagierte sofort. Sie richtete sich auf und packte Christinas Arm, der immer noch die Spritze festhielt. Woher sie die Kraft nahm, wusste Sarah in dem Moment wohl selber nicht, aber sie schaffte es aus dem Bett heraus und stürzte sich auf ihre Tante.

Die beiden Männer rangen am Boden. Tom tobte vor Wut und er war ja auch alles andere als schwach gebaut. Nur ein einziger Gedanke trieb ihn an: Sarah! Er musste sie schützen.
Zwei Faustschläge von Steve steckte er Adrenalin gepusht zu dessen Überraschung einfach so weg. Tom gewann die Oberhand und Steve lag unter ihm am Boden. Tom prügelte wie ein Besessener auf Steves Kopf ein ...

Sarahs Kräfte reichten nicht aus, um ihre Kontrahentin festzuhalten. Mit einem heftigen Stoß schubste Christina sie von sich weg. Sarah flog rücklings vor ihren Bettwagen und stürzte zu Boden.
Polternd flogen die Sachen, welche auf dem Wagen gelegen hatten, durch den Raum.
Auf allen Vieren kroch Christina zu der Pistole, die unter dem Bett lag, hob sie auf und lud durch.

Tom saß immer noch auf Steve und schlug mit der Faust immer wieder zu. Steve hatte nicht mehr viel entgegenzusetzen und schaffte es nicht sich zu befreien. Drei, vier Schläge hintereinander landeten in Steves Gesicht, dessen Nase und Lippen bereits stark bluteten.
Christina stand auf und zielte auf Toms Rücken.
„NEIN!" Der gellende, verzweifelte Schrei von Sarah wurde von dem Schuss verschluckt, der sich im kahlen Krankenhauszimmer wie ein Donner anhörte.
Sarah richtete sich auf und starrte über das Bett.
In der offenen Zimmertür stand Stavros. Die Arme ausgestreckt zielte er mit seiner Dienstwaffe auf Christina.
Einen zweiten Schuss musste er nicht abfeuern. Die Kugel hatte Christinas linke Brust durchschlagen, der Blutfleck in ihrem weißen Kittel wurde binnen Sekunden größer.
Ungläubig sah sie den Kommissar an. Ihr Mund bewegte sich wie bei einem nach Luft schnappenden Karpfen auf und ab.

Einer Zeitlupe gleich ließ sie die Waffe auf den Boden fallen und sackte dann leblos nach vorne.
Stavros Assistent sprang ins Zimmer und half Tom, den mittlerweile sichtlich angeschlagenen Steve endgültig zu überwältigen.
Sie drehten ihn auf den Bauch und fesselten seine Arme mit Handschellen. Stavros stand bei Christina und kickte mit dem Fuß die Waffe weg, die neben ihr auf dem Boden lag.
Tom ging sofort zu Sarah und half ihr hoch.
Schluchzend sank sie in seine Arme.
Tom sah zu Stavros, der an Christinas Hals den Puls fühlte.
Der Kommissar schüttelte den Kopf.
Es war vorbei.
Der Albtraum hatte ein Ende.

Abschied ... !?

Zwei Wochen später ...

Die Terrasse der hübschen Strandtaverne wurde von der warmen Frühlingssonne angestrahlt. Die im Wind wehenden Blätter der riesigen Palmen warfen ein Schattenspiel auf die frisch geschrubbten Bruchsteinplatten.
Tom war schon früher gerne hier hergekommen, häufig zusammen mit Jani und Barbara. Von ihnen hatte er auch den Tipp, dass es hier den Besten gegrillten Kalamar der Insel gab. Die Besitzer der Taverne waren gute Freunde von Christos und Elena. Die Vier besuchten sich gegenseitig, so oft es der Restaurantbetrieb zuließ.
Manchmal tauschten sie neue Rezepte aus, manchmal saßen sie aber auch nur da und sprachen über alte Zeiten.
Sarahs Vater hatte zum heutigen Essen eingeladen. Sarah stand am Rand der Terrasse und unterhielt sich mit Ioannis.
Nach einigen Tagen im Krankenhaus von Rhodos hatte sie zurück nach Karpathos fliegen dürfen und Ioannis hatte darauf bestanden, dass sie bei ihm und seiner Familie wohnte. Christos und Elena hatten sie herzlich aufgenommen, durch die Geschehnisse in Tristomo war ein unsichtbares Band zwischen ihnen entstanden. Sarahs Vater saß am Tisch und redete angeregt mit Christos. Er war überglücklich, dass seine Tochter diesen Horror überlebt hatte. Ganz entgegen seiner sonstigen Gewohnheiten, war er sofort nach Griechenland gekommen. Und hätten die Schneestürme an der Ostküste der Staaten ihn nicht aufgehalten, wäre er schon früher da gewesen. Vielleicht früh genug, um den erneuten Entführungsversuch zu stören oder vielleicht sogar zu verhindern. Er machte sich ziemliche Vorwürfe deswegen, obwohl das Blödsinn war. Das letzte Mal, dass er alle Termine auf

unbestimmte Zeit abgesagt hatte, dachte Sarah, war wahrscheinlich bei ihrer Geburt gewesen ...
Tom und Jani betraten das Restaurant und begrüßten alle herzlich. Schließlich standen Tom und Sarah sich gegenüber.
„Hallo Tom." Ihre Augen glänzten.
„Sarah ...", lächelte er ihr zu. Tom wirkte verlegen, unsicher.
„Ich habe Dich vermisst in den letzten Tagen", sagte sie.
Tom hatte sich in der vergangenen Woche ziemlich rargemacht. So musste sie ja das Gefühl haben, er wolle ihr plötzlich aus dem Weg gehen. Seit Sarahs Vater da war, wollte Tom sich nicht zwischen die beiden drängen. Dabei hatte er sich nach den Ereignissen im Krankenhaus rührend um sie gekümmert. Aber halt mehr auch nicht ... es gab einfach keine Gelegenheit, um sich mal auszusprechen. Ständig war jemand da: Die Polizei, um weitere Einzelheiten zu erfahren; Ärzte; Ioannis kam zu Besuch und dann natürlich ihr Vater, der Sarah kaum von der Seite wich. Zusätzlich haderte Tom mit sich selbst. Er war sich nicht sicher, ob er ihr überhaupt seine Gefühle für sie offenlegen wollte.
Zu groß war die Angst, sie damit unter Druck zu setzen, zu groß war die Angst, sich den heftigsten Korb seines Lebens abzuholen. Außerdem war nach den traumatischen Erlebnissen erst mal wichtig, dass sie zur Ruhe kam.
„Wo warst Du denn die ganze Zeit?", fragte sie.
„Ja ... oh ... ehm", stotterte er. „Sarah, ich hatte halt viel zu tun!"
„Scheiß Ausrede ... das kauft sie Dir nie ab!"
„Soso, viel zu tun ...", natürlich hatte sie gemerkt, dass er sich herausreden wollte.
„Ich hatte nur gehofft, wir würden noch etwas Zeit miteinander verbringen, bis ich abreise!"
„Du reist ab?", er verkniff sich einen Aufschrei des Entsetzens.
„Warum soll ich dann noch mehr Zeit mit ihr verbringen? Damit es mehr wehtut, wenn ich ihr am Flughafen nachwinke???"
„Ja, Herr Färber, wir fliegen morgen zurück in die Staaten!" Ihr Vater war hinzugetreten.

„Tom ... sie dürfen Tom sagen." Er konnte nicht glauben, dass sie so kurzfristig abreisen würde.
„Na gut. Tom, Sie können sich nicht vorstellen, wie dankbar ich ihnen bin. Wenn Sie nicht rechtzeitig im Krankenhaus gewesen wären ... nicht auszudenken!" Er legte väterlich seine Hand auf Toms Schulter. „Ich werde ihnen nie vergessen, was sie für meine Tochter getan haben. Genauso wie Ioannis. Siehst Du, mein Schatz", wand er sich Sarah zu, „jetzt hast Du sogar zwei Schutzengel!"
Plötzlich blickten alle zur Einfahrt des staubigen Schotterparkplatzes vor der Taverne. Ein Auto fuhr rasant auf die Terrasse zu und hielt kurz vor den Treppenstufen mit blockierenden Rädern an. Sarah zuckte zusammen. Ihr kurzer Schreck löste sich aber sofort wieder, als sie sah, wer ausstieg.
Stavros schlug die Wagentür zu und begrüßte mit einem lauten „Yassas" die Runde. In der Hand hielt er wie immer ein Taschentuch und, was auch sonst, auf seiner Stirn perlte schon wieder der Schweiß ab.
„Danke für die Einladung, Herr Kröner! Zu einem guten Essen sage ich übrigens selten Nein."
„Aber das war doch selbstverständlich, Herr Kommissar. Schließlich haben wir auch ihnen viel zu verdanken. Sie haben einen großen Teil dazu beigetragen, dass meine Tochter ... Sie wissen schon." Er sah Sarahs strenge Blicke, die über das Thema für heute Abend wohl endgültig genug gehört hatte.
„Ach übertreiben Sie nicht so, die wahren Helden sind Ioannis und dieser junge Kerl hier." Stavros deutete auf Tom.
Der Kommissar schüttelte ihm die Hand.
„Diesem Steve dröhnt wahrscheinlich noch wochenlang der Schädel, so wie Sie ihn zugerichtet haben."
Tom lachte auf, obwohl ihm gar nicht so wohl in seiner Haut war. Das letzte Mal, dass er sich geprügelt hatte, war, als er noch als kleiner Junge Stress mit den Nachbarbrüdern hatte. Er wunderte sich immer noch, welche Kräfte in ihm freigeworden waren, als er mit Steve gekämpft hatte.

Stavros wand sich an die Runde.

„Ich soll alle, insbesondere Sie Tom, von Kostas grüßen. Der Junge hat eine Haut wie ein Wasserbüffel ...", scherzte er.

„Wie geht es ihm denn?", fragte Sarah.

„Er hatte unglaubliches Glück, die Stiche haben keinen Schaden angerichtet, der nicht wieder zu beheben wäre. Die Ärzte meinten, in ein paar Monaten ist er fast wieder der Alte!"

Wahrscheinlich war sein großes Glück, dass er in einem Krankenhaus niedergestochen wurde. Und das er eine Blutgruppe hatte, von der ausreichend Konserven vorhanden waren. Bei dem Blutverlust hätte das schlimmer ausgehen können.

Dann ging Stavros zum Tisch und suchte sich einen guten Platz mit Blick auf die Küche. Sein Hemd, das wieder einmal so aussah, als wollte es jede Sekunde seinem gewaltigen Bauch nachgeben, zeigte, wie gerne er aß und wie sehr er sich auf das bevorstehende Festmahl freute.

Sarah räusperte sich unruhig.

„Was ist ... mit Steve?"

Alle wurden abrupt ruhig und sahen den Kommissar erwartungsvoll an.

„Wir haben ihn heute früh nach Athen verlegt. Das FBI hat zwar einen Auslieferungsantrag gestellt, aber ich denke mit wenig Erfolg. Die ihm vorgeworfenen Straftaten hat er auf griechischem Boden begangen. Unsere Gerichte gehen mit solchen Leuten nicht gerade zimperlich um. Ich denke, der wird einige Jahre zum Nachdenken haben. Lebenslänglich ist bei uns noch Echtes Lebenslänglich!"

Fast unbemerkt hatte sich Jani hinter Tom geschlichen, der jetzt etwas abseits stand und sich gegen einen Pfeiler lehnte. Die anderen unterhielten sich wild durcheinander, stießen mit Wein an und stürzten sich auf die gerade servierten Vorspeisen.

„Was ist los mit Dir?", fragte Jani.

„Wieso ... was meinst Du?"

„Ich meine, dass Du bedrückt wirkst."

„Ja, tue ich das?", kam die trotzige Antwort, während er Sarah unbemerkt fixierte.

„Ich denke, Du gibst zu schnell auf, mein Freund! Ziehst voreilige Schlüsse."

„Was ist daran voreilig, wenn sie mir eben sagt, dass sie morgen abreist und weg ist?"

Tom versuchte, leise zu sprechen, damit keiner was mitbekam, und ging näher an Janis Ohr heran.

„Jani, sie fährt nicht nach Rhodos oder sonst wo hin. Sie fliegt in die USA. Weg! Tschüss! Vorbei!"

„Na und?", kam die provokative Antwort, so, wie sie nur von Jani kommen konnte. „Was heißt das schon?"

Tom verdrehte die Augen.

„Deine positive Einstellung in Ehren, für mich bedeutet es, dass ich sie nicht wiedersehen werde!"

„Was macht Dich da so sicher?"

Jani hatte sein verschmitztes Grinsen aufgesetzt, welches Tom sehr mochte aber auch gleichermaßen hasste, da es bedeutete, dass der verdammte Kerl allzu oft recht behielt.

„Du glaubst also ernsthaft, wir hätten eine Chance ... also ich meine ... ich bei ihr?" fragte Tom nach.

„Hast Du es denn versucht? Hast Du sie gefragt? Tom, schau in ihre Augen! Und nicht nur weil die so schön sind. Schau auf das, was dahinter ist und Du wirst das erkennen, was ich bei Eurem ersten Besuch im Iliotropio bemerkt habe. Sie schaut Dich nicht so an wie jemand, der Dich nicht wiedersehen möchte."

Mit diesen Worten ließ Jani ihn allein und setzte sich zu den anderen.

„Hey Tom, was ist, haben Sie keinen Hunger?", forderte Sarahs Vater ihn auf.

„Genau! Setz Dich zu uns!" Christos deutete auf den freien Stuhl zwischen ihm und Ioannis, Sarah saß schräg gegenüber.

Sie aßen und tranken, genossen alle den herrlichen Nachmittag.

Immer, wenn ihre Blicke sich trafen, durchfuhr es Tom wie Nadelstiche. Auch Sarah wirkte verunsichert.

Irgendwann stand sie beinahe unbemerkt auf und ging eine schmale Treppe hinunter die zum Strand führte. Nach einem kurzen Moment des Zögerns, aber sicher auch nach einem strengen Blick von Jani stand er auf und folgte ihr.
Einige Meter von der Taverne entfernt saß sie an eine Begrenzungsmauer gelehnt. Sie hatte die Schuhe ausgezogen und spielte mit den Füßen im Sand.
„Darf ich?", fragte Tom, als er neben ihr stand.
Sie nickte nur und sah ihn nicht an, als er sich neben sie in den Sand setzte.
Einen Moment schwiegen sie sich nur an, nur um dann gleichzeitig anzufangen.
„Tom ...", sagte sie.
„Ich möchte ...", kam von Tom.
„Okay, Du zuerst!", gab er ihr höflich den Vortritt.
Sarah zögerte zunächst noch.
„Ich fühle mich wirklich wohl in Deiner Nähe, Tom!"
„*Was wird das jetzt? ...Kommt jetzt: „Aber Du bist nicht mein Typ" ... Quatsch, Tom, lass sie erst mal ... Jani hat recht ..."*
„In den Tagen bevor diese schrecklichen Dinge passiert sind hatten wir viel Spaß, weißt Du noch?" fuhr sie fort.
„Wie könnte ich das vergessen?"
Sie zog mit ihren hübschen Füßen kleine Kreise und Striche in den Sand. Dann drehte sie sich zu ihm herüber und sah Tom direkt in die Augen.
„Es ist so viel passiert ... ich stecke das nicht so einfach weg. Und das mit Steve, ... weißt Du ... Er war mein Mann! Genau genommen ist er es noch ... und ich bin ja nicht mal geschieden! Ich habe ihn einmal geliebt. Und dann, dann will er mich umbringen. Verstehst Du, was ich meine?"
Toms Gedanken fuhren Karussell in seinem Kopf. Sie so dicht vor sich zu haben und nicht augenblicklich in den Sand zu werfen, um sie leidenschaftlich zu küssen zwang ihm einiges an Selbstdisziplin ab. Aber andererseits sah er ihr an, wie schlecht es

ihr wirklich noch ging und dass nur die äußeren Spuren der demütigenden Erlebnisse nicht mehr zu sehen waren.
„Ich hasse Steve ... und ich hasse Christina. Selbst jetzt noch, wo sie tot ist. Warum haben sie mir das angetan?"
Tränen kullerten ihre Wange hinunter.
„Tom, ich brauche Zeit, um das alles zu begreifen, alles zu vergessen. Viele Dinge, an die ich geglaubt habe, gibt es für mich so nicht mehr ... Liebe ... Vertrauen ... alles ist auf einmal anders."
Eine einzelne dicke Träne lief herunter und blieb in einer langen Haarsträhne hängen.
„Du hast mal gesagt, dass Du Deine Haare nervig findest, weißt Du noch?"
„Ja, und Du hast mir dann das erste Kompliment gemacht", erinnerte sie sich.
„Immer wenn ich ab jetzt eine Frau mit langen lockigen Haaren sehe, werde ich an unsere erste Begegnung denken. Und an die zwar kurze, aber schöne Zeit mit Dir!"
Er strich mit der Hand über ihre Stirn, dann nahm er schützend ihre Hand.
„Sarah, na klar verstehe ich Dich. Kein Mensch kann sich ausmalen, was Du durchgemacht hast. So etwas zu verarbeiten braucht sehr viel Zeit. Und wenn Du mal jemanden zum Reden brauchst ... egal wann, ob Tag oder Nacht, rufe einfach an. Ich bin für Dich da. Stell Dir vor, wir haben sogar Telefon bei uns im Ruhrgebiet."
„Du bist echt süß", hauchte sie. „Danke!!!"
Ihre Lippen näherten sich langsam und dann gab sie ihm einen zärtlichen Kuss.
„Sarah, ich ..." sie unterbrach ihn und legt ihm den Zeigefinger auf die Lippen. „Pssssst! Sag jetzt nichts!"
Dann rückte sie ganz nah an ihn heran und lehnte ihren Kopf an seine Schulter. So saßen sie noch eine ganze Weile da.
Sie blickten einfach nur aufs Meer. Auf den Wellen tanzte ein kleines Fischerboot und weit draußen war die Nachbarinsel

Kassos im Abenddunst zu erkennen. Und über ihnen ragte das mächtige Paleokastro von Arkassa.

Tom stand am Fenster seines Dortmunder Apartments und sah hinunter in den Garten. Es war inzwischen Ende August und endlich gab es in Deutschland mal einen richtigen Sommer.
Er beobachtete seinen Nachbar, der im Feinrippunterhemd und Hosenträgern auf seinem Campingstuhl im Garten saß und eine Flasche Bier zischte.
Tom würde das alles hier schon irgendwie vermissen, aber er hatte sich nun mal entschieden.
Er wollte sein Leben auf Karpathos verbringen!
Alles war bereits geregelt. Die Formalitäten mit den Behörden waren erledigt und er hatte sogar schon einen Job auf der Insel.
Jani und Christos hatten da natürlich kräftig mitgeholfen.
Nach Sarahs Abreise von Karpathos war er noch eine Woche bei seinen Freunden geblieben und hatte sich dann schweren Herzens von allen verabschiedet. Nur, dass es diesmal nicht für lange sein sollte. Im Juni hatte er noch zwei Mal mit Sarah telefoniert und beim letzten Gespräch hatte sie ihm gesagt, dass sie eine Psychotherapie antreten wollte. Zu sehr nagten die Erlebnisse noch an ihr. Kurz bevor sie in die Privatklinik in Kalifornien eingeliefert wurde, hatte sie sich dann noch mal gemeldet und seit dem war der Kontakt abgerissen.
Das war jetzt gut 8 Wochen her.
Tom blickte sich in seinem Zimmer um. Alle Regale und Schränke waren bereits leer, die Wände kahl. Einen Teil seiner Sachen hatte er vor Tagen schon über eine Spedition auf den Weg nach Karpathos gebracht. Dauerte wahrscheinlich eine Ewigkeit, bis die in Griechenland ankamen, aber damit konnte er leben. Hauptsache er konnte zurück auf die Insel.

Als Tom wieder nach draußen sah, kam der Nachbarsjunge mit dem Zeitungswagen vorbei. Nur, diesmal war er nicht allein, sondern hatte ein kleines Mädchen dabei. Sie hatte lange, blonde Locken. Tom musste sofort wieder an Sarah denken. Was sie wohl machte? Er bekam sie einfach nicht aus seinem Kopf.
Ob sie sich nach der Therapie noch mal melden würde? Wahrscheinlich würden die ihr dort raten, alles zu vergessen und hinter sich zu lassen. Also auch ihn abzuhaken …
„Schluss jetzt, Tommi-Boy, ein neues Leben wartet auf Dich!"
Sagte er, mehr sich selbst ermutigend, laut vor sich hin.
Er hörte Schritte im Hausflur. Sicher die Möbelpacker. Die waren jetzt ehe schon ziemlich lange unten am Wagen. Die waren doch längst fertig, bestimmt machten die noch ein Zigarrettenpäuschen, bevor sie losfuhren. Er versuchte, aus dem Fenster den Transporter auf der Straße zu erkennen.
„Ist noch ein wenig Platz in Deinem neuen Leben?"
Die Stimme hinter ihm klang vertraut.
Er konnte es nicht glauben. War sie es wirklich?
Langsam drehte er sich um.
Sarah stand in der Tür und neben ihr Jani. Dessen siegessicheres Schmunzeln sollte Tom zeigen, dass er mal wieder recht behalten hatte …
Im Hintergrund grinste Frau Paschupke breit wie ein Honigkuchenpferd.
„Tom, mein Junge, hab` die nette junge Dame und den Herrn reingelassen. War doch kein Problem, nicht wahr?"
Er war nicht fähig zu antworten. Er stand einfach nur da und konnte es irgendwie immer noch nicht glauben, dass sie hier war.
Jani drehte sich um.
„Wollen Sie mir nicht ihren wundervollen Garten zeigen, Frau Paschupke?", fragte er. „Und einen Hund haben Sie auch, gnädige Frau?"
„Mensch, Sie haben ja höfliche Freunde, Tom", antwortete sie und war sogar leicht rot geworden. „Ein Jammer, dass sie uns verlassen!"

Jani sah noch mal zu Tom und erinnerte ihn spitzbübisch: „Ich sagte Dir doch … Du bist zu voreilig!" Breit grinsend ging er mit Frau Paschupke hinunter.
Tom und Sarah waren allein.
Sarah kam langsam ohne seinen Blick zu verlieren näher, stand jetzt ganz dicht vor ihm.
Sie sah toll aus und Tom blieb mal wieder die Spucke weg.
„Du hast mir noch nicht auf meine Frage geantwortet!", sagte sie.
„Wie war die Frage noch mal?" Tom hatte sie sehr wohl verstanden, wollte es aber noch mal hören.
„Also gut: Ist noch Platz in Deinem neuen Leben?"
Tom legte seine Hände um ihre Taille.
„Was ist, wenn ja?"
„Ach weißt Du, eigentlich möchte ich einfach nur meine angefangene Arbeit bei Jani vollenden", antwortete sie keck.
Tom zog sie zu sich heran.
„Du willst wirklich mitkommen?"
Ihre Nasenspitzen berührten sich fast.
„Wenn Du mich nicht bald küsst, überlege ich es mir vielleicht noch anders!", sah Sarah ihn verliebt an.

Unten im Garten saß Jani in einem bequemen Liegestuhl und genoss ein Stückchen selbstgebackenen Apfelkuchen mit einer duftenden Tasse Kaffee.
„Wollten Sie mir nicht etwas vom Ruhrgebiet und ihrem Leben hier erzählen?", fragte er Frau Paschupke interessiert.
„Haben` Se denn Zeit?", antwortete die alte Dame freundlich.
„Das kann nämlich wat dauern, wenn ich mal ins Schwätzen gerate, wissen´ Se."
Jani sah nach oben zu Toms Fenster und lächelte zufrieden.
Er hatte Zeit, und wenn es sein musste den ganzen Nachmittag …

ENDE